三島由紀夫短篇小説2

三島由紀夫研究 ㉓

〔責任編集〕
松本　徹
佐藤秀明
山中剛史
有元伸子
久保田裕子

鼎書房

目次

三島由紀夫研究㉓

特集　三島由紀夫・短篇小説2

山中湖文学の森　三島由紀夫文学館　第17回レイクサロン　特別講演

三島由紀夫の存在論

特別講師　平野啓一郎
パネリスト　佐藤秀明・井上隆史・山中剛史
２０２２年10月30日（日）於 ホテルマウント富士

平野啓一郎

「ほめられた事」――初等科時代の作文

むかし、マウント・フジ・ジャズ・フェスティバルに二回ほど来まして山中湖に宿泊し、三島文学館にもまいりました。その時、湖を一周歩いたんですが、途中にバッティングセンターがあったんですね。二十年ぶりぐらいに入ってみたら、いきなりホームランを打ったんです。先ほど文学館に行って、昼ご飯を食べて車で移動している間に、その記憶が忘却の彼方から蘇ってきました。

平野啓一郎 氏

そのホームランのようにうまくゆくかどうか、今日の講演は「三島由紀夫の存在論」というテーマです。これは難しく語ろうと思えばどこまでも難しく語れる話なんですが、簡単に言えば、自分という人間はどういう人間で、どういう世界にいて、どんなふうに生きているのかということを考える。つまり、この世界とは何なのか、自分とは何か、そしてこの世界と自分との関わりは何なのか、ということですね。

三島由紀夫にはいろいろな面があって、詩的、華麗な文体を駆使して耽美的な作品を書いたというイメージを持っている人もいれば、政治思想運動に邁進して最後に自決したというイメージを持っている人もいますが、作品を丹念に読んできて僕が一番に共感したのは、今言った存在論の部分なんです。ですから今日は、三島はどういうふうに世界と関わっているのかということをまず把握して、その上でそれをどのように言葉にしようとしていたのかということを、彼の歩みを辿る形で話してゆきたいと思っています。

三島由紀夫はボディビルディングをしてこれを誇示するような写真を撮っていますから、マッチョなイメージを持ってる方もたくさんいらっしゃると思うんですが、実際は小柄で、背格好で言うと元プロボクサーの内藤大助さんとだいたい同じです。子どものころは非常に病弱で、学習院初等科二年生の時の作文に、「ほめられた事」というのがあるんですが、そこで一年生の時に五十日学校を休んだけど二年になって、まだ一日も休んでいないということと、遠足に行ったときの「綴り方」と、この二つのことで先生に褒められたと誇らしげに書いています。これは、あたかも彼の人生を象徴しているように思います。

　学校をずっと休んでいる子供の世界というものをちょっと考えると、今頃は一時間目でみんな国語の勉強しているのかとか、休み時間にどんな話をしてるのかなとか、自分のいない世界、自分の不在の世界を想像するんですね。それが一日だけではなく五十日もあると、自分は今、家の中にいるんだけど、自分が不在の世界というものがどこかに存在していて、その中でみんなが生活している。その想像の中の教室の世界と、自分が休んでいた間に実際に教室で起こったこととの関係については、その後、登校してみんなの話を聞いて、想像と現実との間で、いわば答え合わせのようなことをするわけです。こういうことが、三島の思考の根元にあるのではないかと思います。後に三島は現実と認識との対立という抽象的な言葉で整理していきますけれども、その原体験は、皆が自分のいないところで楽しんでいることと、部屋に籠っている自分との分裂ということにあったのではないか。

　その時、三島のように本が好きで想像力がありますと、現実以上に豊かな世界を想像してしまうんですね。これは困ったことで、やっぱり子どもだからみんなと一緒に遊びたい。この世界を生きたいと思っているのですが、いざ現実に行ってみると案外楽しくない、期待したほどじゃないんじゃないか。すると、現実を生きることに面白さを感じなくなって、非常に孤立してしまう。現実にはやっぱり現実にふさわしい、よい場所であって欲しいと思うんだけど、一方で想像力がいつもそれを上回ってしまうという矛盾を抱え込むことになってしまいます。

　それから病気というのは、単に現実世界に自分が参加できないというだけではなくて、極端に自分自身に集中する経験なんですね。皆さんも、強烈にお腹が痛い、頭が痛いと、隣の人が喋っていることとか今日の晩御飯は何だろうとか、そういうことは全部どうでもよくなって、ひたすら自分に向き合うだけになるわけですよね。しかも、その先にはもしかしたら「死」が待っているかもしれない。すると、外の世界との間にやはり一定の距離が開いてしまいます。しかも「痛み」というのは、ある抽象的なものです。どういうことかと言うと、頭が痛い、お腹痛いというとき、僕たち独自の痛みというのはないわけです。僕たちは人間の体を備えていて、体は同じような仕組みで成り立ってる以上、腰のこの辺りが痛いというその痛みは、ある程度皆に共通した痛みなわけです。だからこそ、色んな人に適用できる医学というものが成り立つのですが、その意味では病気になって「痛み」に集中するということは、自分自身にどこまでも集中しながら、どこかで人間一般に広がる、ある平凡で抽象的なものに集中することになる。病気というのは、そういう不思議な状態なんじゃないかと思います。

三島の中では、この自分の思い描いた世界像と現実とのギャップということが、ずっと大きなテーマになっていて、典型的なのは『金閣寺』ですが、『豊饒の海』でも認識と現実との関係として思想的に追究されています。

これを逆の方から言うと、皆が生活しているのと異なる世界というのは、プライベートなものなんですね。それを僕たちは普段は見ることができないのですが、何かの拍子に覗き見ることがあります。本当にやっちゃうと犯罪になりますが、この「覗き見」ということも、三島文学の特徴的な主題の一つです。『金閣寺』、『禁色』、『午後の曳航』、『暁の寺』と、何度も何度も「覗き見」が主題化されます。『金閣寺』では蚊帳の中で母親が親戚の男性と関係を持っている場面、『禁色』では悠一と鏑木氏の同性愛、『午後の曳航』では母親と男性との関係が覗き見られます。『暁の寺』では本多という副主人公、ほとんど主人公クラスの人物なんですが、彼が「覗き見」に夢中になってしまう。三島の中には、おおやけに皆が信じている生活とは別の世界というものがやはりあって、それが「穴」から「覗き見」られる。そして覗き見られた対象は、今挙げた例からわかるように、すべて性的なもの、エロチシズムと関係している。

死の意味と罪悪感

三島由紀夫の病弱な身体ということについて改めて考えてみたいのですが、これは彼の個人的な条件だったわけですけれども、それが第二次世界大戦の時期と重なっていましたから、身体の弱さは、徴兵検査、入隊検査を通じて公的なランク付けに晒されることになります。つまり、戦争に行く健康な青年男子という理想像に合致してるのかどうかということを、おおやけの権力によってジャッジされるわけです。三島由紀夫の場合は、徴兵検査はそれほど良い成績ではないけれども合格する。しかし、その後入隊検査で、風邪をこじらせていたのを肺浸潤と誤診されて、結局、戦地に行くことのないまま終戦を迎えることになります。ここに非常に複雑な屈折が生じて、少年時代の三島は健康な日常世界に憧れているけれども、そこに参加できず疎外されていた。なぜなら自分は病弱だからで、その場合、健康であるということは、生きることに直結するはずだったんですね。しかし、戦時中には、健康である人こそが戦争に行くことができて、結局死ななければならない。逆に、病気であることは「死」につながるはずだったのに、戦地に行かなくて済むために、かえって生き延びる可能性が増すわけです。こういう非常に屈折した状態に、三島は置かれてしまう。しかも、戦争で死ぬ人たちはただ死ぬのではなくて、国のため、大義のため、天皇のために死ぬ。死にそういう大きな意味が伴う。ところが、もし病気で死んでしまうなら、それは非常に個人的な、国家にとっては何の役にもたたない、孤独な死になるわけです。

もう一つ、三島は単に身体が弱かったというわけではなくて、どうも入隊検査の時に風邪をこじらせたということを、大げさに訴えているんですね。病状を誇張してる。嘘をついたかもしれない。そのことがやはりある種の罪悪感になって、後年、政治活動を活発化させていくなかで、三島は誠実であるということに非常に強くこだわるようになります。三島由紀夫は若い時からオスカー・ワイルドという作家が好きでしたが、二人とも嘘というものの効用を語っていて、ナイーブな正直さということを決して信じない。ある意味では露悪的、偽悪的な振る舞いをする。しかし、ワイルドの「幸福な王子」などを読みますと、ナイーブすぎるほどナイーブで、結局、彼には、お互いに正直なことを言い合うと、かえって傷つくんじゃないか、なんでもかんでも心の内を表すことなんかできないよ、だからやっぱり人間は嘘をつくんだ、というところがあって、根は非常に善人なんじゃないか。そして、そういう点では三島もよく似ているんじゃないかと思います。

現実世界を生きたいがそれが出来ないという三島のコンプレックスには、彼の性的指向も関わっています。『仮面の告白』という作品があります。女性を愛することができず、男性に性的関心を持っている青年がそのことに苦しむ姿を描いた作品なんですが、彼は自分の部屋の中で、いろいろ性的な妄想を膨らませる。「聖セバスチャンの殉教」に象徴されるような、非常にサディスティックな光景を思い描きながらマスターベーションをする。残酷で処罰的な行為と性的な興奮が結びついているということが、ある意味ではこの作品の不思議なんですが、僕は一種の自己処罰的な感覚なのではないかと思うんですね。今、性の多様性が尊重されるべきだという意見がようやく浸透してきて、男の人が男の人を好きになっても何も悪くないと思う人が多いかもしれませんが、当時はまだ偏見があって、非常に厳しい社会的な目がありました。その社会的な目を内面化してしまいますと、自分の中にそういう気持ちが芽生えたときに、どうしても処罰的な対処をしてしまいます。すると、これは一種のメカニズムになってきて、何か処罰的なモノを観ると、逆にそれに付随して性的なものが掻き立てられるようになる。そのような、反転した仕組みが生まれてくるのではないかと思うんですね。

セクシャリティと恋愛との不一致

三島由紀夫のセクシャリティについてはいろいろなことが言われてきました。現代ではアウティングという言葉がありまして、誰かの性的指向を、他人が勝手に暴露してしまう。それはいけないことだというのは、多くの人が同意していると思うんですが、では故人の場合はどうなのか、あるいは文学者の場合はどうなのか。これは、やはり議論しなければいけないことだと思います。三島由紀夫は、自分ではカミングアウトしたことはありませんでした。本人が亡くなってるから、もう何を言ってもいいんだということになるのか？　ただ、一人の文学者を研究する過程で、どうしても触れなければならないこともあると思いますし、そこをどういうふうに調整してゆくべきか、今はその過程にあると思います。

今まで大雑把に言われてきたのは、三島は異性愛者だったのか、それとも同性愛者だったのかという二分法的な議論でした。村松剛や猪瀬直樹は、三島由紀夫は完全な異性愛者で、『仮面の告白』は当時の文壇ジャーナリズムを意識しながら、あえて同性愛という設定で書いたのだと解釈しています。実際に、三島由紀夫は結婚もして子供もいましたし、夫人とは非常に仲睦まじかったという証言もたくさんあります。たとえば、美輪明宏さんは三島とも三島夫人とも親しい付き合いをしていて、あの二人は決して、仮面夫婦ではない、本当に仲が良かったんだということを、瀬戸内寂聴さんとの対談で強調して話されていました。その一方で、三島と性的な関係があったっていうことを証言している男性も何人もいまして、堂本正樹さんや福島次郎さんは、かなり具体的に語っています。ですから、三島の同性愛的な経験というのを完全否定するのは難しいのではないかと思うんですが、だからと言って、三島が本当に同性愛者だと言っていいのか、そうだとしたら瑤子夫人との関係はどうなるんだろうか？

ところが、今では、セクシャリティについての知見というのが進んできて、人間の性的指向というのは、それほど単純ではないということがわかってきました。性自認に関してもいろいろな形がある。そこで改めて『仮面の告白』を読んでみますと、主人公が園子というヒロインを精神的に全く愛してないかというと、どう考えても真剣に愛してるとしか思えない書き方になっている。疎開先の彼女と別れる時に、「園子！　園子！」と名前を連呼するあたりも非常に胸をうたれる。彼女とデートをしている時の緊張感も、「普通」の異性愛の恋愛を描いているようにしか読めません。ところが、主人公は性的には男性に対して興味を持っていて、なぜ園子との恋愛がうまくいかないかというと、どうしても性的に興奮することができないんです。単刀直入に言うと勃起しない。これは、どういうことでしょうか。

　園子という女性にはモデルがありまして、三谷邦子といいます。戦争末期に三島は彼女と結婚まで考えるような関係にあったんですが、三島の煮え切らない態度によって、結婚には至らなかった。戦後、彼女は別の男性と結婚してしまうんですが、その時に三島はかなり大きな精神的な打撃を受けているんですね。それは失恋の経験です。それから、後に豊田貞子という女性とも、結婚を意識したような深い関係にありながら、やはり破綻し、三島はその時も非常にショックを受けています。一方で、三島の同性愛関係は、まだ明らかになってないものがたくさんありますが、男性との関係の中でそれほど大きな精神的な傷を負った失恋の相手の固有名詞が、なかなかあがって来ない。いろいろなパートナーはいたんだけど、別れた後に何年も引きずるような、あるいはその後の主題としてずっと描かれるような失恋体験は、知られていません。そういうことを総合して考えますと、三島はやっぱり女性に対して愛情を強く持っていたんじゃないか。ただ、性的指向としては男性に向いていた。その不一致というのが、三島にとっては非常に苦しかったのではないかという解釈が、特に『仮面の告白』を見ていると可能ではなかろうかと思います。恋愛に関しては異性が好きだったかもしれないけど、それと性的指向が一致しないというのは、かなりマイナーなセクシャリティかもしれません。

　そうしますと、三島は生涯をかけて肉体と精神の不一致ということを主題にするんですが、これは、一般的には病弱ということから説明されます。つまり、精神的には非常に豊かであっても、肉体が病弱だと、それを一致させて行動することができない。確かに、そういうことがあったでしょう。しかし、もう一つの面では、恋愛において精神的なものと肉体とがどうしても合致しないということ、自分がどれほど相手のことを愛していても、肉体は完全にコントロールすることができないんだというのが、三島の経験だったのではないか。これが肉体と精神との対立という、後に至るまで何度も何度も繰り返して描いてゆく問題の、一つの出発点になったと思うのです。

学習院の環境と戦後のフリー・セックス

　興味深いのは、三島は学習院に行っていましたけれど、学習院は特に白樺派の世代ぐらいまでは、実は同性愛が非常に盛んだったんですね。里見弴は実際、学生時代に志賀直哉のことが好きで、そういう小説を書いていますし、志賀直哉もそれについて、今さらそんなことを書かなくてもいいじゃないかという反論めいた文章を残しています。なぜ、明治から大正にかけて、特に男子校で同性愛が流行っていたかということは諸説あるんですが、一つは薩摩藩の遺風であるという分析があります。これは『武士道とエロス』という氏家幹人さんの講談社現代新書に詳しく書かれています。ただ、白樺派の人たちは、学生時代に一時的に同性愛的なことに夢中になるんだけども、だんだん、言うなれば卒業してゆくんですね。社会に出て異性に触れ、異性愛者になってゆくというケースが一般的でした。ところが三島の場合は、年齢が上がっていっても女性に対する関心が、性的な意味では湧いてこないのです。三島は『仮面の告白』の序文をいくつも書いていて、実際には公表されなかった序文がたくさんあるんですけれども、その中で自分はセックスの学校の落第生なんだということを書いています。他の人たちは、学生時代にちょっと同性愛的なことに関心があったとしても、みんな卒業していく。ところが、自分だけはどうしても性的指向を変えることができないというわけです。そのために、当時考えられたような「正常」な男性として、この世界を生き生きと生きてゆくことができない。その無力感に非常に苦しんでいた。当時式場隆三郎という精神科医で、文学、芸術をよく理解する人に『仮面の告白』について手紙を書いて感想を求めています。そこで三島は、自分の傾向に悩んでいるわけじゃない、ただ自分の無力感に悩んでいるんだということを、はっきりと区別して書いています。自分の性的指向それ自体というよりも、その事のために人生が難しくなってしまったことに悩んでいるんですね。

それに対して、式場は反応しなかったみたいですが、結局そうなりますと、当時は同性愛者が社会の中でまだまだ差別されている時代でしたから、自分は異性に性的興味がある「普通」の男性であるというふうに、装って生きてゆかなければならなくなる。そのために、自分は何かこう本物ではない偽物の人生を生きているという虚偽意識のようなものが、常に付き纏うようになります。

三島由紀夫は、『仮面の告白』の次に『禁色』という作品を書きまして、その中では戦後、匿名化された形で都市に生まれたゲイ・コミュニティにおける男性同士の性的な関係が赤裸々に描かれています。しかし、そのコミュニティは決して社会の中でおおやけにすることができないものであって、登場人物は自分たちがゲイであると世間に露見することを非常に恐れています。ばれてしまえば、社会的な地位を失って、生活や人生自体が破綻してしまう。あくまでも隠し続けなければならない。

だから、抑圧されていた性的なものが解放され、何でもありになった戦後の社会というものを、三島は「やっと自分の時代が来た」と言って謳歌するかというと、そうではない。三島は戦後のフリー・セックスのようなものを非常に厳しく批判します。なぜかというと、そこで言われている性的な自由というのは、完全に異性愛中心主義的なフリー・セックスであって、依然として同性愛者たちを厳しく差別し抑圧した。それは非常に偽善的な自由にすぎなかったんですね。『禁色』では「多数決原理」という言葉を用いて、異性愛を通じて子どもを産み、家族を作って、日曜日にみんなで動物園に遊びに行くような理想的な家族像は、すべて「多数決原理」によって成り立っているものにすぎないんじゃないかと登場人物に語らせています。

戦争にまつわる三つの言説空間

　このように、三島には病弱だったという個人的な条件、それからセクシャリティについての条件という二つの問題があり、さらに先ほども申し上げた通り、やはり戦争体験が非常に大きなものでした。戦時中、三島は戦地で死ぬということはありませんでしたけれども、空襲によって死ぬかもしれないという恐怖はあって、勤労動員で都心にはいなかったにせよ、東京に戻ってきた時に焼け跡の生々しい情景を見ています。ところが、三島は空襲の悲惨さというのを小説の主題にすることがなかなかできませんでした。正面切ってそれを書くことができたのは、『豊饒の海』の『暁の寺』になってからではないかと思います。

　なぜでしょうか。成田龍一という歴史学者が分析してるんですが、彼は戦後の戦争にまつわる言説空間を三つの時期に分けています。彼によると、最初の時期は１９５０年代を中心としていて、それは社会全体が戦争という共通の経験を有している時期です。そこでは人は自らの「体験」を語るのであって、語り手の中心は復員兵でした。つまり、実際に戦場に行ってフィリピンで生死の境をさまよった、中国の北部でどういう目にあった、こういう目にあったということを社会に向けて語る。文壇でも大岡昇平や小島信夫がそうですね。そうしますと、三島は自分の体験を語るということがなかなか出来なかったと思います。三島君、何していたの、と聞かれて、いや、身体が弱くて勤労動員に行ってましたというのは、当時は不名誉なことでした。三島は最晩年、自決一週間前の、「最後の言葉」というインタビューで、自分だって戦時中は「ぼくなりに戦争を見ている」と言ってます。勤労動員で「賄い」が今、機関銃でやられた、そこに行くと魚の血みたいなのがいっぱいあって、皆、箒で掃いている。艦載機が来たっていうんで、パッと穴の中に入ると、穴の端にババババババッと銃弾の跡が残っている。これは、今の僕たちなら、ショッキングな経験として「堂々と」語ることができるかもしれないんですが、戦地の経験と比較すると相対化されて、そんなのたいしたことないじゃないかと言われてしまうようなものだったんですね。だから三島は、インタビューの中でも、戦争における死というものを多少は見てる、多少は見てると、「多少は」という言葉を四、五回繰り返すんです。そういう言葉を使わないと語れないような困難というものが三島にはあった。

成田龍一の分析をもう少し紹介すると、70年代になって、特定の相手に対して経験の具体相を伝える「証言」の時代が続くといいます。この時に重要になったのは銃後の女性たちの生活でした。次に90年代以降になりますと、これまで語られ書き留められてきた戦争体験を手がかりに、非体験者がそれぞれに追体験し、検証して、その言説自体を再構成してゆく。成田龍一は、これを集合的な「記憶」の時代と言っています。

三島に戻れば、戦後の言説空間の中で自分の体験を語ることができず、体験に基づいた政治的な立場を主張することが、非常に難しかった。ですから戦後の三島は自分でも言っていますが、重要なのは美だけだという一種の耽美主義者として、どうにか時代を潜り抜けようとして出発します。

死を命ずる天皇

戦時の時間感覚に関して言いますと、三島はいつ自分が死ぬかわからない、戦争には行かないんだけども空襲で死ぬかもしれないという生活の中にあった。国もずっと戦争していて勝つのか負けるのかもわからない。そうすると、大学を卒業して十年後に結婚してマイホームを建てるというような一直線の人生のプランを立てる事が出来ないんですね。これは第二次世界大戦時には多くの人が経験したと思うんですが、ごく最近、僕の本がロシア語に翻訳されまして、翻訳してくれたロシア人が、二週間ぐらい前にふっと日本に来日したんです。非常にびっくりして「日本に今来れるんですか」と聞きましたら、意外とすんなりビザを取って来ることが出来ましたということで話したんですが、彼女が語っていたのが、まさに三島の戦時の経験と同じで、将来自分の国がどうなるか全く分からないから、みんな未来の予定を立てることができない。個人の生活もそうだし、会社もそういう。

三島の場合は、それが自分の十代と重なっていて、未来の予測がまったく立たないという不安と、思春期独特の、ちょっと懐かしい楽しい時代というのが、彼の中で複雑に絡み合っている。三島は『金閣寺』の中でも戦争末期の「夏休み」について語っていますが、終戦は言わば「夏休み」が終わってしまったような感じで、これから日本は民主主義化されて、未来に向かって復興していかなければいけないと、突然スケジュールを立てて、それを目指して行きなさいと言われても、どうしていいかわからず呆然としてしまうのですね。三島の終戦の時の経験は、戦争が終わってよかったなというわけでも、なんで負けてしまったんだと絶望するわけでもなく、いったいこれからどうしていったらいいのか、という思いでした。

さらに、戦時中の経験として大きかったのは、死の緊張感が、天皇と共に経験されたということだったと思います。『仮面の告白』や『金閣寺』で主題化されたこととして、自分が性的にマイノリティである、あるいは、吃音のために他の人とうまくコミュニケーションを取れず劣等感を感ずるということがあります。しかし、空襲で焼け死んでしまえば、もうみんな一緒です。『仮面の告白』の主人公も『金閣寺』の主人公も、死によって、すべての人間が平等に扱われることに、ある絶望的な希望のようなものを感じるわけです。自分が抱えている一切のものを終わりにしてくれる死、絶対的な経験としての死が、特別の意味を持つ。そしてそれは単なる死ではなく、天皇という存在と結びついた、戦争の中での死なんです。これは三島に限らず、例えば三島より十歳年下の大江健三郎さんのような世代の人にとっても同じです。大江さんにとっての戦争中の非常に恐ろしい経験は、学校の先生から天皇のために死ねるのか、と問い詰められて、自分ははたしてそれが出来るだろうかと躊躇ってると、バンと張り手で顔を殴られたりする。天皇は、自分の死を捧げなければならない存在として、非常に恐ろしい存在なのです。

そこで、天皇の権威というのは何かということを考えますと、神話的な存在であるとか、歴史的な存在であるとか、いろいろな理屈づけがありますが、戦時中、死という絶対的な経験を国民に命じる存在、その意味において天皇は絶対者なんだ。天皇が命ずる死というのはもちろん無意味な死ではなくて、国家を守るという大義と結びついている死であるわけで、その死というのは共同体にとって非常に有意義である。つまり死というものを通じた共同体のイメージが、戦争中の三島の経験として非常に大きかったんですね。

戦後はもちろん、天皇は国民に死を命じたりすることはできないわけですが、三島は、戦後の天皇を、かつてのような神格化された存在として価値づけるときに何を期待するかというと、もう一度、国民に死を命じる絶対者であって欲しいというイメージを何度も描くわけですね。「英霊の声」という作品においても、二・二六事件で決起した将校たちは、決起をした後に天皇から「腹を切れ」と命じられることを非常に熱烈に願ってます。『奔馬』もそうです。

一方、三島は万世一系というような血統主義的な天皇というものはあまり強調しません。天皇は大嘗祭において天照大神という神話的な存在と直接結びつく。これは折口信夫的な天皇観で、だからこそ天皇は権威があるんだという考え方です。教育勅語に対しても、三島は非常に否定的です。これが今の右翼とかなり違うところで、教育勅語で語られる天皇は非常に儒教的で、それは『古事記』を読んで三島が感じとった、もっと血みどろの暴力の混ざり合った天皇の可能性を、矮小化してしまっていると言います。ただ、実際には『古事記』も後半になると天皇もかなり儒教的になってきますから、三島の『古事記』読解は、ちょっと頼りないところもがあるんじゃないかなと実は思ってますが……。

ただですね、「若人よ蘇れ」という、勤労動員で寮に入っていた当時の自分たちの経験をリアルなスケッチとして描いた戯曲があるんですが、そういう作品では、天皇の存在は非常に希薄で、戦争に対する見方も若者らしい、シニカルなところもありまして、三島が戦争中、本当は天皇についてどのように感じていたのかということは、結構アンビバレントなところがある気がします。四十代になって政治思想運動を開始してから天皇主義者として天皇を非常に神格化し、その原体験として十代の体験を強調するようになりますが、当時の三島が本当にどこまで天皇をそういう存在として見ていたかということは、ちょっと複雑なところがあります。天皇のことは「天ちゃん」と呼んでいた、といったことも語っています。

サバイバーズギルトと「生きよう」という意志

もう一つ重要なのは、『仮面の告白』も『金閣寺』も、三島の戦争中の体験がかなり色濃く反映されていて、特に『仮面の告白』は、私小説的に読もうと思えば読めないこともないほどですが、一つだけ描かれなかったことがあります。それは、小説執筆に関する話です。実際には、戦時中に三島は何を生きがいとして生きていたかと言えば、小説を書くことでした。非常に強い思いをもって小説を執筆した。それは、天皇制国家の日本という社会からある意味で逸脱し、日本のイデオロギーの中に完全に取り込まれない場所で、彼が生きがいとしてやっていたことですね。ところが、『仮面の告白』のなかでも『金閣寺』の中でも、創作活動が生きがいであるという三島の経験は、完全に削除されてしまっています。

これはなぜかということは、大きなテーマだと思うんですが、やはり、小説執筆ということは共同体全体の運命に直接つながるというより、一人の人間の孤独な活動だと思われていたのではないか。すると、戦後、先ほど言ったような国全体で戦争の「体験」を語る言説空間の時期に、いや、自分は小説を書くことが生きがいでしたなどと、どうして言えるのかと考えたのでしょう。芸術というものを、戦争とは無関係なもの、あるいは戦争体験と拮抗するものとして語ることが、果たして可能なのかどうか。この点に関しては、躊躇いがあったと思います。ですから、芸術を通じた詩的共同体を作ろうというようなドイツロマン派のノヴァーリスのような人が考えたようなイメージまでは、三島はなかなか行けなかった。

　ともかく三島は生き残ったわけですが、その経緯について言えば、まず病弱であった。それからちょっと嘘をついたかもしれない。このため、戦後、サバイバーズギルトと言われる、ある種のやましさがあったように思います。生き残ってしまった人間の苦しみですね。これは戦争体験に限らず、3・11の大震災の時、あるいは9・11のテロの時も、とにかく大災害が起こって九死に一生を得た後、生き残って、ああよかった、というだけではなくて、自分に非常に身近な人、あるいは同世代の人達がたくさん死んでいると、生き残ってしまったこと自体を、なにかやましく感じてしまう。なぜ自分が生き残ってしまったのかということを自問して、生き残ったからには、その命を粗末にすることもできないわけですね。生きている限りは、生き抜かなければならない、充実した生でなければならないと考える。それが、戦後の三島の生の一種の過剰さに繋がってゆくのではないかとも思います。

　戦後、三島はしばらく呆然とした状態でした。『私の遍歴時代』では、次のように語っています。「せっせと短篇小説を書き散らしながら、私は本当のところ、生きていても仕様がない気がしていた。ひどい無力感が私をとらえていた」。この無気力から始まって、しかしそれでも新しい時代を生き生きと生きたいという気持ちを、三島は非常に強く持っていた。一つは小説家として生きてゆく。もう一つは一人の若者として、社会に適応しながら生きていこうとする。「生きよう」という努力を、かなり積極的に行ったと思います。最後に衝撃的な死に方をするので、三島はずっと死を考えながら生きてきたように思えるかもしれませんが、戦後社会に適応しようと強い意志があった事実を押さえておくことが重要ではないか。『仮面の告白』を書いた後では「何としてでも、生きなければならぬ」と思ったと『私の遍歴時代』で書いています。『金閣寺』でも主人公の溝口は最後に「生きよう」と思いますね。あるいは『近代能楽集』の「邯鄲」の主人公の青年も、「僕は生きたいんだ！」と叫んで眠りから覚める。

　こうして三島は、非常に充実した文壇での生活を送ってゆくんですが、三十代後半になっていろんな事件に巻き込まれ、ややスランプ気味になり、社会との関係もギクシャクして、精神的沈滞期に陥ってしまう。昭和四十三年に秋山駿との対談では、こういうことを言っています。「昭和四十年に「三熊野詣」とか一連の短篇を書いたことがある。あの時は、自分がどうなるかと思いました。文学がほんとうにいやでした。無力感に責められていやでした。なにをしても無駄みたいで」。そこで今度は自分を奮い立たせるために、政治思想的な運動を開始する。そのきっかけになったのが「英霊の声」だと思います。

民主主義と身体

ここで三島個人のことをちょっと離れて、戦後民主主義という政治体制について考えたいのですが、実はそこには、人間の身体の置き場所がないんですね。説明の仕方が難しいのですが、例えばファシズムという体制では、教練という授業で実際に人間の身体を鍛えて、戦争という国家の目的に結び付けます。国家にとって人間の身体が非常に重要なわけです。ところが民主主義になりますと、政治を動かす原理の上で、身体というものが特段必要ではないんです。例えば寝たきりの人、身体が不自由な人でも、一票を投じて政治に対して発言することができて、逆に言うと民主主義は身体を重視しないからこそ、様々な人に開かれている政治体制なんですね。

そうすると、身体の持って行く場としては、仕事か余暇しかない。政治が必ずしも身体を必要としないので、皆、身体を資本にして会社で一生懸命出世を目指して頑張って働く。労働のために身体が使われます。それから余暇においては、身体の感覚、実感を通じて、何のために生きてるんだろうっていうボヤっとした心理状態から抜け出そうとする。ジャズとかロックとか、スポーツがそうですね。それから性的なこと、セックスですね。だから、性を通じて自分の実存を実感するという文学が、たくさん生まれます。

ジャズは敵性音楽として戦中禁止されていましたが、日本での禁止状況はドイツに比べると緩かったので、小川隆夫の『証言で綴る日本のジャズ』を読んでいますと、戦中に敵性レコードを家から全部出してしまわなければいけなかった時に、多くの人がこっそり隠して押し入れで聞いていたりした。ですから、戦争が終わるや否や、たちまちにしてジャズバンドがいくつもできて、コンサートも満員になり、観客の熱狂も、今からは想像できないほど「キャー」っていう興奮でした。ダンスホールとか、ゴーゴーバーとか、セックスもそういうものとして期待されていて、大江健三郎さんの初期の作品では、ニヒリスティックな、いつ自殺してもおかしくないような世界のなかで、性的体験だけが唯一自分の生を実感する経験として強調されるわけです。あるいは、深沢七郎の『東京のプリンスたち』という作品を読みますと、エルビス・プレスリーの音楽に心酔して、その音楽を聞くと身体が打ち砕かれるような興奮を経験してるんですね。

ところが三島はですね、戦後に多くの若者が身体的な興奮を通じて生の実感を経験したようなことから、どちらかというと距離がありました。三島はゴーゴーバーに行ったりしてたかもしれませんが、そこで踊り狂うことが、本当に好きだったっていうわけじゃないんですね。スポーツは非常に苦手でしたし、ただ性だけが、三島がリアリティをつかむ一つの手段になっていたと思います。やがて三島は、ボディビルや剣道、空手を始めますが、これは他の人たちがスポーツ、ジャズ、ロックなど身体感覚を通じて現実感を得たのと同様に、三島の中で非常に大きな重みを持つようになってゆきます。

ニヒリズムと存在論的な問いの出発

しかし、戦後社会は、民主主義と資本主義を両輪としてすべての価値観を相対化してしまう体制で、その中で三島はニヒリズムを経験することになります。それでも、その社会を生きてゆかなければならない、戦後社会に適応しなければならない、という決心をする。そこで重要な作品になったのが『金閣寺』であり、『鏡子の家』です。

作家は個人について書いたら、次は必ず社会について書きたくなると三島は言っています。例えばスタンダールは『赤と黒』を書いた後、『パルムの僧院』を書く。三島にとっては、『金閣寺』で溝口という個人の物語を書いた後に、『鏡子の家』でその社会の全体を描こうという構想があった。これは実は、『仮面の告白』と『禁色』という作品についても言えることで、三島の中には個人の問題を一般化してゆく手続きと言いますか型があったようなのですが、僕の見るところ、三島にはそれがどうも難しかった、あるいは得意ではなく、そこに大きな問題があったと思うんですね。つまり三島は、あんなにも自己分析が巧みな人はいないんじゃないかというぐらい、自分自身の世界について語った文章は晩年に至るまで面白いんです。ところが、先程から言ってますように、三島はある意味で非常にマイノリティで、その個人的な経験を人間一般の問題に敷衍しようとしたときに、いつも大きな問題が立ちはだかった。

『仮面の告白』では、自分が社会から疎外されているという個人的な経験が描かれる。その後に、社会と人間の疎外という、もっと抽象的な問題を考える。その時に、一人の人間がこの世界を認識している。その認識している世界というのは、現実としてあるんだけれど、個人の認識とは必ずしも合致しないということを、彼自身の経験に基づくというよりも、人間一般の問題として考えようとする。ここから三島の、非常に困難を極めた存在論的な問いが出発すると言ってもいいんじゃないかと思うんですね。

『金閣寺』を読む

『金閣寺』の金閣は一体何を象徴しているのか。この問いは、『金閣寺』を読むときに大きな肝になるんですが、三島自身は「創作ノート」の中で、絶対の象徴、美の象徴と言っていて、ここで時間をジャンプして、三島の最晩年に絶対者として語られているのは、必ず天皇なんですね。では、『金閣寺』が書かれた段階で、金閣を天皇のメタファーとして読むことができるのかどうか。これが、僕の『金閣寺』に対する関心の一つの中心的なテーマでした。

金閣寺は何を象徴しているのかということについて、いろいろなバリエーションを考えている人の一人に奥野健男という人がいまして、その『三島由紀夫伝説』という本を読むと、奥野もまず天皇なのではないか、と言っている。それから、三島のコンプレックス、当時一番焼き払いたい、消滅させたいと考えていたのは自己の貧弱な肉体だったんじゃないか、と言います。すると金閣放火というのは自己否定であり、金閣は三島自身だったんじゃないか。ただ、これはあまりに図式的すぎる、理に落ちすぎるのではないかと言って、自分で唱えて自分で否定しています。それから絶対の美のイメージとしての金閣は美少年、筋骨たくましい美青年の象徴で、だからこそ女性と関係を持とうとするたびに金閣が立ちはだかるんじゃないかと書いています。でも、これに対しても奥野は自分で、そうじゃないんじゃないかといって、さらにですね、むしろ女性の象徴なんじゃないかと言っています。

これは、三島のセクシャリティに対する考え方からすると、ちょっと興味深い説で、というのは金閣というのは、もともと自分で見て素晴らしいと思ったわけではなくて、父親からこの世に金閣ほど美しいものなないと教えられて、あ、そうなんだと思い込むようになったんですね。『春の雪』の中でも、松枝清顕という主人公が、父親からもっと女遊びをしたらどうだっていうことで、男らしい女性の扱い方を教え込まれようとして、それに対して反発を覚えるという場面があるんですが、異性を愛することは当然であるということが家父長制的な制度の中で子供に伝えられることに対する反発を重視するのであれば、確かに金閣を女性の象徴として見るというのは、ちょっと面白い解釈ではないかという気がします。ただ、だとすると、いざ女性と関係を持とうとするときに金閣が立ちはだかるというのは、なにか矛盾してるんじゃないか、というふうに思えるんですが、奥野健男はそこからさらに面白い解釈をしまして、むしろ三島にとって絶対的な存在はおばあさん、三島の祖母であり、また母親の象徴なんじゃないか、そして金閣は、彼女たちの女陰であり女性器の象徴なんじゃないかという説を提示してます。これはちょっと面白い説だなと思います。

ところが、金閣が最も存在感を発揮して輝くのは、戦時中に空襲の危機にあって、永遠と思われた金閣が燃えてしまうかもしれない、しかし燃えるからこそ、この醜い自分と同じ運命を共にして。共に滅びるという一体感を主人公が感じる場面なんですね。そのとき、金閣を女性の象徴だとか男性の象徴だとか、そういう風に考えますと、なかなかその重要場面の金閣とうまく合致しない。金閣はもちろん記号であり象徴であり、ある意味では意味の束、複雑な意味の塊ですから、確かに今言ったような、いくつかの解釈を許容する存在であると思うんですが、僕はやっぱり大戦末期、空襲の火に焼かれることによって、絶対的な存在、絶対的な美である金閣と、自分のような醜い人間とが一体化できるかもしれないという空想には、天皇と第二次大戦末期の一億玉砕というイメージの方が、しっくりくるんじゃないかと考えるわけです。

　このように天皇のイメージを透かし見ながら『金閣寺』を読む。すると、主人公は戦後、三島が言う「相対的」な社会を生きようとするわけですが、すでに大戦は終わったにもかかわらず、金閣がいつまで経っても人生に干渉し続けて、主人公は前に進めないんですね。この場合の金閣は非常に観念的な存在で、主人公は二回女性と関係を持とうとするんですが、二回とも突然金閣が現れて、女性との関係を邪魔してしまいます。一回目の邪魔の仕方は、その圧倒的な美によって、目の前の女性を金閣に比べてなにか詰まらないものに見せてしまう。これは、戦争体験が強烈なトラウマとして残っていると、戦後、何を見ても心を動かされない、興奮させられないという状態と、ある意味で重なる経験なのではないか。二回目に女性と関係を持とうとするときに、また金閣が出現するのですが、結局のところ金閣は中身が空洞の建築物に過ぎなくて、確かに美しいんですが、その中だけを見れば空虚で実体がないんじゃないかと主人公は考え始めます。そのような美の構造を女性の裸体に無理やり当てはめてしまって、目の前に見える乳房は確かに美しいんですが、これだって本当は中身は空虚なんじゃないかと感じてしまう。そうすると、表面的な美にとどまることができず、実相は単なる虚無じゃないかと思ってもう見ていられなくなり、再び人生から疎外されてしまいます。これは天皇制に関しても言えて、人をあれだけ動員して死に至らしめる象徴として機能したけれども、ではその実体は何なのか、結局は空虚だったんじゃないか、という言い方もできるわけですね。そういうふうに何度も何度も人生を邪魔する絶対的な価値を焼き滅ぼして戦後社会を生きていこうと決断するところで、作品は終わっています。

「チャンドス卿の手紙」と「帰国者の手紙」

　この時期の三島は、存在論ということで言いますと、ホフマンスタールという作家に影響を受けています。これは中村光夫との対談の中で自ら言っています。特に「チャンドス卿の手紙」という有名な短篇がありまして、チャンドス卿という非常に詩の才能に恵まれていて、見るもの何もかもがたちまちにして詩になるような天才だった人が、ある時、詩が書けなくなってしまって、「どうしたんだ？」という問い合わせに対して、「実は……」という手紙を書いたという設定の作品なんです。チャンドス卿は抽象的な言葉というものを全く理解できなくなってしまった、ある種の精神的な病気を発症してしまったといいます。抽象的な言葉、たとえば「精神」とか「魂」といった言葉を口にしようとすると、それで一体なんなのか分からなくなってしまう、口の中で言葉が腐ったキノコのように崩れてしまって、自分はもう詩を書くことができなくなってしまったと告白するんですね。これは、世紀末の文学を二十世紀に接続させることが出来た画期的な作品と評価されているんですが、三島はこの「チャンドス卿の手紙」だけでなく、実は「帰国者の手紙」というホフマンスタールのもう一つの作品のほうに、より強く影響を受けたようですね。

　サルトルの実存主義やゲシュタルト崩壊の心理学の発見によると、僕たちはこの世界の意味を自明のものだと思って生きているんだけども、なにかものをじっと見ていると、だんだん意味がわからなくなってきて、何なんだ、これは？　と思ってしまう。あるいは誰かの顔をずっと見ていると、だんだん意味が崩れてしまって、目の前にいる人の顔もわからなくなって不気味になる。僕たちはこの世界に当たり前のように接してるけれども、それは人間の意味によって構成されている世界であって、意味というのは一回解体されてしまうと、そこにまったくつかみどころのないものが現れる。そういうことが言われるようになりました。三島もまた、ヨーロッパで考えられていた、このような世界と人間との関わりについての思想の流れの中で『金閣寺』という作品を書いています。

　三島は中村光夫との対談で、こういうことを言ってます。チャンドス卿が庭を歩いていると如露がある、そのうち、どうして如露という名前がついていて、どうして如露という存在があるのかわからなくなってきた。いままではそれは自分で如露だと思って見ていたが、何だかわからなくなってしまった。そこからだんだん物が見えなくなっちゃって、こわくなって友達に手紙を書く。しかしこれは、「チャンドス卿の手紙」というより「帰国者の手紙」の内容で、チャンドス卿は物の名前がわからなくなったのではなくて、抽象的な言葉が分からなくなったんです。「帰国者の手紙」には、こういう一節があります。たとえば朝、このドイツのいろいろなホテルの部屋にいて、水差しや洗面器が、あるいは机や洋服が置いてある部屋の隅などが、ひどく現実ならぬものに見えてくることがある。とりたてて言うほどもないごく普通のものなのに、まったく現実離れし、ある意味では幽霊じみて見え、と同時に仮の物、言わば本当の水差しや水を張った本当の洗面器の代わりを一日務めて後を待っているものであるように見える。つまり、水差しを見ていて、それは本当は水差しではなくて、なにか水差しのふりをしている偽物なんじゃないかというふうに見えてくる。おそらく三島は、この「帰国者の手紙」に影響を受けたんじゃないかと思います。

「帰国者の手紙」で幽霊となった物体については続きがあって、水差しではなくて、水差しの幽霊のように見える物体は、永劫の無、永劫の非在から吹き寄せるなんとも言い難い風、死の息というより、むしろ生ならぬものの息を吹きつけてくる、というようなことが書かれています。では、この「帰国者の手紙」の、この世の中にあるものは全部本物じゃないような感じがするという症状に見舞われた人が、どうやって立ち直ってゆくかと言うと、ある時町を歩いていたら強烈な絵を見るんですね。実はゴッホの絵なんです。まさにそこに「モノ」がある、確かに存在しているとしか言いようのない絵を見て、この世界との関係を回復してゆくんです。

『鏡子の家』を読む

三島は、この「モノ」に対して、それが現実的ではないものに見えてしまう、だけど、その現実的じゃない世界との関係を回復しなければいけない、ということをこの時期に考えていて、そのことを次に書いた『鏡子の家』の中で主題化してゆくことになります。『金閣寺』では、絶対的な存在を滅ぼして、この出口なしの現実を生きようと自分から決めたわけですけれども、では、どうやって生きていったらよいのかということを、青年たちの人生を通じて描いていった作品です。この世界を欺瞞的な世界と知りつつ、どうせこの世界はいつかは崩壊するんだと思いながら生きている清一郎という青年、とにかく考えるということをせずに一瞬一瞬行動に突き進んでゆくボクサーの峻吉、自分の存在が何かということを確かめるには結局他者からの承認が必要なんだ、ということで、こんにちも承認願望ということがよく言われますが、人から見られることによって承認され、自分の存在を信じることができるという考えに基づいて俳優を目指している収。そして純粋な心を持った日本画家の夏雄。この四人の青年たちを通して、戦後社会をどうやって生きて行ったらよいのかということを描いている。

三島はこの中で夏雄という芸術家の人生に、一縷の希望を残しているんですね。ところが、この夏雄が青木ヶ原の樹海に行った時に、正に「帰国者の手紙」のように、目の前に見えていた樹海が一切の意味を喪失して、この世界との関係が全くずれてしまうという非常に大きな経験をします。僕は「樹海体験」と名付けているんですけれども、これは例えば哲学者のカントが言っている認識をイメージして頂くと、ある程度わかるんですが、この世界には物自体というのがあるわけですね。しかし、この物自体は、僕たちは今、人間として見ているから、その机には白い布が掛かっていて、この机は茶色だというふうに見ていますけど、例えば昆虫の目にはそう見えないですね。あるいは犬とか猫だとか、ほかの動物の目には全くこういう風に見えてないわけです。ですから、この世界は、独自にこういうふうになってるわけじゃなくて、あくまでも僕たちの認識がこう見てるから、こう見えているに過ぎないんですね。このようにカントは、この世界には物自体というものがあるんだけど、それが何であるかということには認識は到達できない。ただ、僕達の認識において悟性が観念を適用させて、ああ、これは机だとかマイクだとか認識しているにすぎない。カントはそう言うんですね。

　三島も、このカント的な認識に基づきながら、物自体の現実の世界と、僕たちが認識している世界との関係について考えているんですが、それが幸福なことに合致していれば、僕たちはこの世界に安心して生きていけるんだけども、「帰国者の手紙」のように関係が崩れてしまうことがある。そしてその向こうに、物自体のような何かが見えたとき、それがどういう世界かというと、非常に恐ろしい索漠とした無そのものである。それがこの世界の実態だというんですね。

　この世界の実態が無だと考えてしまうと、どんなに表面的に美しいものを日常的に経験していても、『金閣寺』のように、結婚したら虚無にすぎないんじゃないかというしらけた気分になってしまう。『鏡子の家』では最終的には、思い悩んでいた夏雄が、あるときふと起きると、枕元に一本の水仙の花が置いてある。夏雄はその水仙の花との間で、現実があって認識があって、それが合致しているかどうかというようなことを順序だてて辿ってゆくのではなくて、まさにそこに水仙が一本あるということを、直感的に、いわば現象学的に体験する。そこから一気に数珠繋ぎに世界が繋がっていって、この世界は有意味なんだ、有機的に繋がりあった世界なんだという確信を回復して、画家として、もう一回生きていこうという決断をするに至ります。夏雄が画家として世界を再構成して描いてゆくという発想には、僕はやっぱりゴッホの絵を見て、この世界の行く末というものを再認識する「帰国者の手紙」の影響があるんじゃないかなと思います。

ハイデガーと唯識仏教

　ところが、三島自身はですね、そんなに簡単に、この世界は意味に満ちた世界なんだと信じ切れなかった。とくに、作家として大きな経験だったのは、『鏡子の家』が非常に不評で、失敗作と目されたために、夏雄のように芸術家として生きてゆくというプランが崩れてしまうんですね。三島は非常に傷つきまして、それから二十代後半にかけて色々な作品を書いているんですが、一種のスランプに陥ってしまう。世界認識に関しても、決して三島自身は夏雄ほど単純にこの世界の意味を受け入れることが出来なかった。そこで、もう一回この世界の構造、つまり存在論的にこの世界は一体どうなっているのか、人間はどういうふうに存在していて、世界との関係はどうなっているのかということを根底から考え直そうとする。その過程で三島は、ハイデガーという哲学者に関心を示した。これは『絹と明察』という作品で取り上げるんですが、ただハイデガーを通じての存在論というものは、あまり深まらなかったように見えます。

むしろ、三島は『鏡子の家』の失敗から立ち直る時に、仏教の唯識という思想に興味を持つようになります。そして、世界認識の小説として、代表作となるような大長篇を書こうと決意します。その大作の思想的な骨格として、唯識という哲学に取り組もうと考えました。

ところが、仏教は究極的には、この世界はすべて人間の認識が生み出した虚妄に過ぎなくて、一切の個物には実体がないんだっていうところに辿り着く。三島はこの思想を信じたかったのか、あるいは対決するつもりで採り上げたのかということは、いま、ちょっと時間がなくなってきたので、この後のディスカッションでお話しできればと思いますが、いま一点言っておきますと、実はですね、タッチできない現実というものがあって、認識がこれを構成してゆくというカント的な世界認識の方法に立って思考を巡らすということを、ハイデガーは『存在と時間』の中で非常に厳しく批判しています。そしてこの批判は、三島がその後唯識を研究しながら迷いこんでいった複雑な隘路を言い当てているようなところがありますので、最後『存在と時間』の四三節から、ちょっと紹介しておきたいと思います（細谷貞雄訳）。

・人びとは、まず世界現象を世界現象としてあらかじめ解明することをせずに、「外界」の「実在性」への問いを立てている。（中略）こうして、これらの議論は、存在論的には、ほとんど手のつけられないほど混迷した問題設定へとおし流されていくことになるのである。

・現存在は存在者として、いつもすでに、ある世界の内で存在している（中略）。正当であろうと不当であろうと、「外界」の実在性を信ずること、十分にであろうと不十分にであろうと、この実在性を証明すること、明確にであろうと暗々裡であろうと、その実在性を前提すること、――このような試みは、みずから立つ地盤を十分に透察的に会得せずにいて、さしあたり世界を欠いている主観とか、自分の世界に確信の持てない主観とか——とにかく根底においてはこれから世界を確保しなくてはならない主観というようなものを前提にしている。

・外界が存在するや否や、それが証明可能なりや否やという問いの意味での「実在性の問題」は、こうして不可能な問題であることが判明する。

・世界＝内＝存在としての現存在が、「外界」をまず「認識論的に」掘り崩して虚無化しておいて、あとであらためてそれを証明しようとする傾向をそなえているのはなぜなのかということを挙示することこそ必要なのである。（中略）世界＝内＝存在の根源的現象が粉砕されたあとで、遊離した主観という残存する遺物をもとにして、「世界」との接着が企てられる。しかし、それは間違いである。

ちょっと何を言っているのかわかりにくいですが、要するに、常にすでに世界のなかにいるということを前提とせずに、それを対象として、その実在性があるのかないのかというような問いの立て方をしてしまうと、結局わけのわからないことになる、それがカント以来のヨーロッパ哲学が陥った大きな誤りだということをハイデガーは言っているのですね。

ところがまさに、三島はこのあと唯識論哲学を用いて、世界の実在というものがあるはずなんだけど、認識論的に到達できない、そして到達できないその認識というものは、仏教的に言うと、虚妄にすぎないんじゃないか。だけど、自分はあくまで文学者として言葉を信じているから、言葉によって創られた世界を虚妄とするような仏教の立場には立てない。だからやっぱり、小説を書き続ける。あるいは、身体的なリアリティを追求して自衛隊に入って肉体鍛錬を行う。しかし、終局には天皇を中心にした死があるのではないか。……

このようにいくつもの立場に分かれた混迷の中で、世界とは何なのか、そしてこの世界に生きている自分は何なのかと、格闘し続ける。三島がその考え方の基盤としたのは唯識だったわけですが、三島の立場が本当にそれでよかったかどうかということは、ハイデガーが指摘していたこととも関連します。三島は『存在と時間』を、それほど熱心に読んではいなかったようで、もし真剣に読んでいれば、考えがちょっと変わっていたかもしれない、という気もしています。

本当は、唯識と三島の話を、と思っていたのですが、時間もオーバーしてしまいました。このあと、ディスカッションのなかでお話しできればと思っています。

（小説家）

特集　三島由紀夫・短編小説2

「酸模《すかんぽう》」とモダニズム——あるいは一九三〇年代後半における〈空洞〉

鈴木貴宇

酸模くはへて 土手ゆく子 親の無い子も いるであろ[1]

1　はじめに——「刑務所」と市ヶ谷

三島由紀夫が自身の最期を劇的としか評するほかない方法をもって市ヶ谷にて終えたことは周知の事実であるが、この場所は三島の「終わり」のみならず「はじまり」にも関係していた。東京の都心、千代田区と新宿区にまたがるこの場所は、戦前は軍施設の要所として知られ、さらに江戸時代は武家屋敷が広がる場所でもあった。現在でもその名残は防衛省本部をはじめ、外濠周辺に建つ高級マンションやオフィスビルとして市ヶ谷の風景を構成している。そして、あまり知られていないことだが、ここにはかつて刑務所もあった。

『司法沿革史』（司法省編、一九三九年）という無味乾燥な書物を繰れば、一九〇四（明治三七）年三月の項目に「東京監獄（後市谷刑務所東京拘置所ト改称ス）新築竣工ス」と記されている。

> 手紙の初めにも申上げたやう私の家は市ヶ谷監獄署の裏手で御座います。五六年前私が旅行する時分にはこの辺は極く閑静な田舎でした。下町の姉さん達は躑躅の花の咲く村と説明されて、始めてあゝ然うですかと合点する位でしたが、今ではすつかり場末の新開町になつてしまひました。変りのないのは狭い往来を圧して聳立つ長い監獄署の土手と、其の下の貧しい場末の街の生活とです[2]。

永井荷風が帰朝後の索漠とした心情をこのように綴った「監獄署の裏」（一九〇九年）にある「市ヶ谷監獄署」は、戦前にあっては一般的に「東京監獄」で知られていたようで、大杉栄『獄中記』（一九一九年）にはその名称で登場する。荷風の捉えた「市ヶ谷監獄署」は、あらゆる点で西洋との彼我に疲れた心情が反映してか、ただ陰鬱なのに対して、大杉が描く「東京監獄」には破天荒な囚人たちが集い、どこか乾いた笑いも響いている。

日中戦争が勃発した一九三七（昭和一二）年、監獄の役目は巣鴨に移管され、この場は閉鎖となるが、かつて囚人が過ごした場所の記憶は百年を過ぎても土地に残され、跡地となった児童公園には「刑死者慰霊碑」が建つ。市ヶ谷と刑務所の記憶は歴史の表面には出てこないものの、先に引いた荷風を筆頭に、近代を生きた文学者たちの回想の中に随所で現れる。幼児だった三島もまた、両親に連れられてこの周辺を散歩に出ていた。その様子を母、倭文重はこのように語っている。

公威が四、五歳のころのある秋晴れの日に、たまたま祖母が留守中だったので、一つ日光浴でもさせてやろうと言い張る主人にそそのかされて、三人でどこというあてもなく出かけたことがあるのです。しばらくブラブラ歩いているうちに急に人家が疎らになり、長い長い塀の続いた淋しい通りに出て、やがてそこには広場があらわれましたが、門標には何々刑務所という文字が書いてありましたので、私は大変にびっくりいたしました(3)。

はじめて目にする刑務所の建築に驚いたのか、三島は母にしつこく「この建物は何か」と聞いたという。返答に窮した母は「この中は悪い人がたくさん入れられているところだから、早くお家に帰りましょう」と言い聞かせて、三島の手を引いて帰宅した。三島が五歳前後とのことだから、一九三〇年前後の市ヶ谷刑務所付近だろうか。それから四〇年の後に、息子もまたここを終結の場とすることなど、両親はおろか三島本人も思いはしなかったことだろう。もっとも、三島が絶命する場所は「悪い人」がいる建物ではなく、彼らを取り締まる「法」に近い権威を象徴する建物という違いはあるのだが。

母が語るこのエピソードは、親子連れだっての休日の散歩、という家族の穏やかな日常のものでありながら、突如として現れる「刑務所」のまがまがしさのせいか、暗い亀裂が走った風景という印象を残す。このエピソードから一〇年ののち、少年となった三島は最初の小説、「酸模《すかんぽう》——秋彦の幼き思い出」（一九三八年）というかたちでこの風景を創作に昇華させた。

2　不穏な童話としての「酸模」

「平岡公威の童話のような美しさも少しある作品、之が中学一年と聞いては驚かざるか《ママ》得ない(4)」。この評は「酸模」の初出である校友会雑誌「学習院輔仁会雑誌」の編集後記に記されたものだ。高踏的な雰囲気が漂っていたであろう、戦前のエリートたちが集う場という性質を差し引いても、評者が嘆息するように、わずか十三歳の少年の手になるものとは信じがたい完成度を有している。この掌編が持つ完成度の多くは隙のない構造に起因する。童話的にして散文詩的な象徴化が施された語りも、最後まで抑制のきいた端整なものだ。早熟な文学少年が陥りがちな過剰さも見られない。だが、こうしたあまりにも高い完成度は人を不安にさせるものでもある。十代の少年が書いた作品であれば、どこかに気負いの感じられる気障な表現があってこそ読むほうも安心できるというものだろう。少年、平岡公威がのちの作家、三島由紀夫でなかったとしたら――との想像はさらにこの完成度を恐ろしいものにする。こうした意味において、「酸模」は不穏な美が感じられる作品だ。

「灰色の家に近寄っては不可ません！」
母親は、其の息子、秋彦にいいきかせた。
秋彦の家の傍にはなだらかな丘が浮かんででも居る様に聳えて居た。樹木が少なくないのに、全体が薄紅色に映えて見えるのは其処に酸模の花が、それから少いけれど草夾竹桃《フロックス》のやや薄い臙脂とが零れる様に敷きつめてあったからであろう。けれども、そこに有ってはならない一つのもの（それは確かに辺りの風景を毀して居た）が、丘の真ん中にどっしりと頑固に座って居た。[5]（九ページ）

このようにきわめて視覚的な描写からはじまる「酸模」は、秋彦という少年と、ここで「灰色の家」とされる刑務所に収監されている男との出会いを主題としている。ある日、一人の囚人が脱獄したことから、秋彦はじめ子供たちは酸模の咲く丘で遊ぶことを禁じられてしまう。六歳になる彼は「脱獄」はおろか、「刑務所」や「囚人」という言葉の持つ「罪」の意味をまだ知らない。母の目を盗んで丘で遊んだ秋彦は、夢中になったあまり帰路に迷い、そこで脱獄囚の男に会う。無邪気な秋彦の姿に心打たれた彼は自ら刑務所に戻り服役を果たす。歳月が流れたのち、変わらず酸模の花が咲いている丘に成人した秋彦が訪れるが、そこには脱獄囚だった男の墓標が立ち、秋彦の記憶には少年時に経験した男との出会いは残されていないだろうと締め括られる。

杉山欣也による先行研究にもあるように、三島自身はこの作品のテーマを「脱獄囚の暗い心に童心がよびさます純潔な魂を酸模の花に象徴させたもの[6]」と簡潔に要約している。酸模の咲く丘＝自然と、母の禁じる刑務所＝法や秩序といった規律が強制される空間、という二項対立を主軸に、純心な少年である秋彦と罪を犯した大人である男が対置され、この境界が無効と化すときの緊張感を二人の出会いに凝縮させた。三島の意図はこのように寸分の狂いもなく図式化することができてしまう。しかし、この端整に仕上げられた短編の重要性は、こうした計算された構図から逸脱してしまう表象のありかたに求められるのではないだろうか。

少年の三島がテクストに散りばめたそれぞれの表象が、同時代の文学的言説とはからずも共鳴してしまう様子が「酸模」には見てとれる。最終的にその共鳴は、「一九三八年」というこの作品が書かれた時代相と、当時の文学思潮の底流にあったモダニズム――より正確に言えば、すでに日本浪漫派を経験した――と接続していく。表題となっている「酸模」が、そのありかた自体を象徴する表象として機能している。それは、なぜそもそも、少年の三島は「酸模」の花をもって「童心がよびさます純潔な魂」に象徴させ得たのか、という素朴な問いを解釈の中心に据え、そこで見えてくる〈空洞〉の表象に注意を寄せることで明らかにすることができるものでもある。

3　モダニズム詩との共鳴

先に引いた三島自身による同作の回想は、主題については簡潔な説明の域を出ないものの、どのようにして書いたのかを考える上では見逃せない証言となっている。三島はこのように続けているのだ。

「広辞林」（そのころの一番の愛読書であった）を引いてありたけの秋の花、春の花を文中の野原の描写に使った。しらない花の名前ばかり並んでゐて滑稽である。[7]

実際、この自嘲を裏付けるように、そこには「酸模」を筆頭に「胡枝子《はぎ》と尾花と葛《くず》、敗醤《おみなえし》、蘭草《ふじばかま》、瞿麦《なでしこ》、又桔梗《ききょう》」（一二ページ）と、絢爛豪華に花の名前が列挙される。この回想は、生来病弱でブッキシュだった三島のプロフィールとしても興味深いが、より注意を引くのは少年の三島がすべての花の名前を敢えて漢字で――それも、一般的な「撫子」や「女郎花」ではなく、薬用で――表記している点だ。

「酸模」の扉には北原白秋の詩「ほのかなるもの」（初出「ARS」一九一五年五月）の最終聯が引用されていることからもわかるように、こうした衒学的にしてフェティッシュな感もある語句の使用は、『邪宗門』（一九〇九年）で展開された象徴詩や白秋への親和を伝えるものだろう。「酸模」にしても、満州事変以降に小学校へ通う世代であった三島にとっては、次の白秋による作詞の童謡で知った可能性も高い。

土手のすかんぽ、ジャワ更紗。
昼は蛍がねんねする。
僕ら小学、尋常科。

今朝も通って、またもどる。
すかんぽ、すかんぽ。川のふち。
夏が来た来た、ド、レ、ミ、ファ、ソ。(8)

白秋が「赤い鳥」（一九二五年七月）に発表したこの詩は、翌年に山田耕筰により曲がつけられ普及することになった。太平洋戦争末期には学制改編に伴い、「僕ら初等科、六年生」と変えて歌われていたというから、人口に膾炙した童謡だったのだろう。軽快な曲調でありながら、歌詞の解釈には語句をつないだときに現れる風景の理解が要求されるため、成人にむしろ好まれたという。このエピソードも、十三歳にして玄人はだしの表現力を見せた三島の面影に重なるものだ。

　三島の「酸模」をテクストの外部にある社会状況と照応させれば、白秋の異国趣味を媒介として、もうひとつの同時代的な文脈にいきあたる。それは大岡信によって定位された、三島のやや年長世代に属する「昭和十年代の青年詩人たち(9)」の作品群であり、その様子はたとえば次に挙げる作品からうかがい知ることができる。

　僕はチエスターフイールドの空罐の蓋をあけて、快いその香りだけに酔つてゐた。さうだ、もう美しい孔雀はゐないのだ。僕は広すぎるベツドの白いシーツのうへに寝転んで、かずくの思出にふけらう。

　朝、チヤペルの鐘がなる頃、僕たちの部室では、ココアが滾り始める。薔薇の葩のサンドヰツチをたべながら、僕は孔雀の羽根を撫でる。黄昏、僕たちはアルコール・ランプを持つて、茜色の樹林のなかへゆき、もろもろの童話を語りあふ。蛇頭女《ゴルゴン》の話や「開け胡麻《セザーマ》」などについて。

　その美しい孔雀も今はない。僕はまた、チエスターフイールドの罐を嗅ぎ始める。

戦後詩の起点とされる「荒地派」のひとり、中桐雅夫が一八歳のときに発表した「美しき孔雀に就て」（「蝋人形」一九三七年五月）だ。(10)「酸模」の前年に発表されているので、同時代を共有すると言えるだろう。どちらのテクストも、難読漢字の使用による衒学的な表記でテクストが覆われることで、非現実的な風景がせり出してくる点が共通している。

　中桐の詩が描く非現実性は、安西冬衛の「軍艦茉莉」（一九二九年）で実践された異国趣味《エキゾチシズム》の系譜に連なるモダニストならではの感性だ。大岡信の指摘にならえば「蛇頭女」や「薔薇の葩」といった語句がもたらす人工性は、舶来の煙草が燻らされる空間同様に、「いま・ここ」という現実を否定するために採択された意匠であった。一九三〇年代半ばという、すでに転向現象もピークを迎え、イロニーとしての「日本回帰」がトピックとなる時代に生きた文学青年たちにとって、自らの詩語を防壁としてつくりあげた無国籍な作品世界は、「戦争」とそこへの動員という現実からの逃避先でもあった。モダニズム詩の多くが、表層的な理解であれ、解釈を拒むという意味で極端なシュールレアリスム風の作品へと結実していったのも、「現実逃避」の願望とその不可能性を反映してのことだと大岡は看取した。

　この指摘を踏まえたうえで考えるべきは、こうした衒学的な詩語で構築された虚構性が、最終的にはすべて「不在」や「喪失」に帰着する特徴であろう。中桐の詩を例に見ると、「美しき孔雀」の主題は過ぎた少年時の回顧にある。ベッドの上でひとり外国煙草の「空缶」に残滓を嗅ぐ青年は「僕たち」と複数で想起される過去を、「開け胡麻」や「蛇頭女」の話といった「童話」と並列させることで、「現実世界」の侵犯を拒んでいると考えられる。

　それは少年が青年となることで引き受けざるを得ない「成熟」や、時間の経過を拒否する心性でもある。「美しき孔雀」とは華麗な飾り羽をもつオスの孔雀を指すのだろうが、それはメスへの求愛という、ゆくゆくは生殖を目的とする「父」へとなるために授けられたものだった。とすれば、すでに不在が告げられる「美しき孔雀」とは、実は「父の不在」ないし「父的な存在の拒否」を象った散文詩とも理解できる。三島の「酸模」もまた、この一点においてモダニズムとの接近がもっとも明瞭となる。

4　「父」のいない家

「酸模」と表記して「すかんぽ」とよませる植物の茎は空洞となっている。空洞＝空虚を中心に抱きながら開花するこの植物は、この作品において「童心」のみならず、生命の持つ力を含意させる「夏」の象徴でもある。ただし、その生命力がはじめから「空洞」という虚無も併せ持っていることを忘れてはならない。それは「死」の空虚さも内包する生命であることを示唆するからだ。本稿が提示した問い、そもそもなぜ、「酸模」をもって童心の象徴とすることができたのか、にここで戻ることにしよう。

　この問いに対して、前に見た白秋の童謡との関連を挙げることは、ひとまず文化史的な返答にはなるだろう。学校での唱和の記憶を喚起する表象として「酸模」は機能していたということになる。だが、この作品を解釈するうえで最も重要な点は、「酸模」が空洞を持つ植物であるという本質的な特徴にあると思われる。全体に漂う不穏な空気も、この作品がはじめから〈空洞〉という欠如に貫かれているゆえではないだろうか。この感覚と呼応して、「酸模」の作品世界には「父」という存在が一貫して排除されていることに思い当たる。

「兇器って何でしょう」

俊子の母親は、新聞をよみながら、秋彦の母に云った。

「気味が悪いこと。でも囚人が帰って来る前にさがし出してこわして了ったんで御座いましょう」（二四ページ）

「灰色の家」と呼ばれる刑務所から脱獄した男が、秋彦と出会って自ら進んで刑に服したことを報じる記事を、子供たちの母親が読む場面だ。この場面に象徴されるとおり、作中には「母親」たちは描かれるものの、「父親」の存在はどこにも出てこない。いや、父に限らず、成人した男は「囚人」をのぞいて誰も秋彦はじめ子供たちと接触することはない。刑務所を「建物」ではなく「家」にたとえる母親の言葉からもわかる通り、この作品には「男」を「灰色の家」とされる監視の場に閉じ込め続けることで、「子供」を安全で無垢なままに維持しようとする「母」の願望が垣間見える。あらゆる犯罪が「社会」との接点なしには出現しないように、ここでの「囚人」は現実社会の掟が刻印された、成熟した男性の象徴という役割が与えられてもいる。破壊された「兇器」とは、「母子」だけの空間に亀裂をもたらす不吉なものにして「子供」を自分たちから分離させる暴力的な力も意味しよう。

空洞を持つ植物である酸模のイメージは、白秋の童謡にも残響している。この歌は「今朝も通って、また戻る」とあるように、子供たちの行動範囲は「学校と家」の外を出ることがない。往還を続ける子供たちは、永遠に成長しないまま土手の上を跳ね続け、夏も終わることがない。三島の「酸模」が白秋の童謡を意識しているとすれば、この静止した「子供の時間」を下敷きにしつつ、そこに「父の不在」というエディプス・コンプレックス的な空間の奥行が導入されていることが決定的な相違なのだ。白秋の「すかんぽ」や、モダニズムの青年詩人たちが描く世界は、立体的な奥行きを持たない「空白」であるのに対し、三島の「酸模」はまさに「空洞」という、建築的なスケールを描いたということでもある。

青空が、ボールについて、上って行く、そして恐ろしい勢で落ちてくる。彼はそのボールを受け取ると、青空を我がものにしたように喜んだ。それから、彼は、思い切り思い切り空気を吸った。秋彦は、室内や町の中でこんな空気を吸ったことはなかった。否吸ったと云うより、食べたのだ。不思議な味をし、香りをした空気を、青空を、それから、雲を、彼は口の中に押し込んだ。その味や香りが、どこから湧き出てくるのかわからなかった。併し彼は、今その源がわかったような気がする。（一四ページ）

作中で秋彦が「自然」との感応を果たす場面の描写である。「青空」という虚空まで自身の中に取り込もうとする秋彦の造形には、単純な生命の躍動だけではなく、青空と一体化してしまうかのような超現実的なイメージも伴う。それはあたかもマグリットが「偽りの鏡」（一九二八年）で描いた、青空がぽっかりと広がる瞳孔がもたらす、「空虚」であるがゆえに可能な一体化の形象を思わせる。ボールを空に向かって放ち「大空の一部が、すっぽりと自分の口の中に落ちて来そう」だと感じる秋彦は、このとき空洞を抱えながら陽光を浴びて成長する茎を持つ酸模そのものだと言うこともできるだろう[11]。

5　おわりに——「空洞」を維持するということ

このように読み解いていくと「秋彦」という名前にも同作における四季の移ろいを考えるうえで、象徴的な意味があるといえる。この作品は丘に自然の生命力が満ちる春から夏の描写に重きが置かれ、秋と冬はあくまでも通過地点でしかない。それしも「秋」が冠された名を持つ少年の中には、青空という虚空までも流れこむような空洞があるとすれば、「死」と近似する冬をあえて描く必要もない。白秋は酸模が咲き乱れる土手と、そこを往来する子供たちの姿を風景画という静止したタブローの中に落とし込んだのに対し、生きている限りは誰しも完全に「時間」の流れに抗えないという、残酷なダイナムズムを映画的な手法をもって、「死」と一体化している少年の姿に三島は形象化したのだった。


秋彦はそれから長い年月を経験した。

そして大人になり、或る年の夏、自分の故郷に帰って来た。

（略）

小さい墓標が経っていた。

それに、——何十年も前の……そうだ——鉄の扉を微笑みを以てひらいたあの男の名が刻んであった。

秋彦はもう忘れているに違いない。（三〇ページ）

囚人だった男の死が告げられる「酸模」のラストだ。「逞しい火山」が吹く黒煙を吸収する「青空」と、その下に立つ秋彦は、かつての少年時代に果たした自然との融解に近い一体化とは、もはや無縁の「大人」に成長したかのようだ。一方、「おおその足下に酸模の花が——」という一行で作品が閉じられることを考えれば、たとえ記憶から落ちていたとしても、つねに「空洞」は足下に拡がっているという、三島らしい警句がほのめかされているとも考えられる。

最後に、こうした〈空洞〉を内包する欠如の様態が主題となった作品が、一九三八年という時期に発表されたことの意味に触れておきたい。今回は言及にとどめるしかできなかったが精神分析的な読解、特にエディプス・コンプレックスを参照枠とすることで、「酸模」の本格的な読解も可能となり、さらには同時代の思想史との接続も見えてくるためだ。

フロイトを源流とする精神分析は、成熟を「喪失」のプロセスとするところに始まる。子供が母親との幸福な一体感を喪失しない限り、自分と他者の境界を認識することもなく、ひいては思考する能力の獲得も成されないとされるからだ。精神分析家の藤山直樹は、空腹という本能的な欠如を例に、次のように説明する。

> 赤ちゃんは最初は空腹という考えをおそらくもてないので、ただ単におなかのなかにとんでもない悪いこと、つまり空腹というとんでもない不機嫌な悪いことが起こって、ワーッとわめく。(略)それに対してお母さんがやはり、なんともいえない不安や心配をしたあげく、それに空腹だという意味を見出して授乳するということを繰り返しているうちに、わけのわからないものに意味が生まれてくる。つまり何もないという状態、欠如という事態というのは、ある種の no thing というモノ、悪いモノなんですよね。それを、これは nothing ということなんだという概念として事態をちゃんと考えられるようになると、人はものを考えてそれを持ちこたえられることになります。[12]

「持ちこたえられる」とは、現実の理不尽さに対して思考する知性を支えに生き延びることと同義でもある。現実の苦しみに人が押しつぶされないための方法でもある精神分析を、軽々に文学作品の読解に用いることは承知のうえで、この説明を「酸模」に応用すれば、「欠如」の認識も必要なければ、さらに「思考する」苦しみからも自由という、〈空洞〉を内包した空間の物語として、同作を分析する可能性が見えてこよう。それは日中戦争を経た時代相にあってはファシズムの思想と接続するものでもあったはずだ。

少年時代、日常風景を異化する刑務所の佇まいに憑かれた三島由紀夫が、自らの最期を戦後日本社会の復興神話に亀裂を走らせる異物を体現するかのようなかたちで遂げたことと、黙って酸模の咲く丘に立ちつくす成人した秋彦の姿を結ぶ鍵も、ここにあるのではないだろうか。

(東邦大学)

注1 酒井良夫「酸模くはへて」(『酒井良夫童謡集　みかんのお酒』紅玉堂、一九二六年)、一三七ページ。

2 永井荷風「監獄署の裏」、『現代文学大系　第一七巻永井荷風集』（筑摩書房、一九六五年）、一一八ページ。

3　平岡梓『伜・三島由紀夫』（文藝春秋、一九七二年）、六六ページ。

4　杉山欣也「三島由紀夫「酸模」の出発――『学習院輔仁会雑誌』との関連から」（「稿本近代文学」第二〇-二二号、一九九五年一一月）に付せられた文末注（4）より、九九ページ。

5　以下、同作の引用は三島由紀夫『手長姫　英霊の声 1938 - 1956』（新潮文庫、二〇二〇年）による。ページ数は引用末尾に記した。

6　三島由紀夫「四つの処女作」（「文学の世界」一九四八年十二月）、七ページ。

7　同右。

8　「酸模の咲く頃」（北原白秋・山田耕筰作曲）、以下、引用と解説は上笙一郎編『日本童謡事典』（東京堂出版、二〇〇五年）、二〇五 - 二〇六ページによる。

9　大岡信『超現実と抒情　昭和十年代の抒情詩』（晶文社、一九六五年）。

10　引用は『中桐雅夫全詩』（思潮社、一九九〇年）による。また中桐雅夫については拙稿「見え過ぎた『眼』の詩人」（和田博文編『戦後詩のポエティクス　1935～1959』世界思想社、二〇〇九年）を参照されたい。

11　前掲杉山もまた、ボール遊びをする秋彦の姿と、成長する酸模の蕾を重ね合わせた読解を試みている。九六ページ。

12　藤山直樹『集中講義・精神分析――精神分析とは何か／フロイトの仕事（上）』（岩崎学術出版社、二〇〇八年）、三三五ページ。

特集　三島由紀夫・短編小説２

コント・新聞・一九五〇 ――三島由紀夫「日食」論――

斎藤理生

一　敗戦直後の新聞のコント

三島由紀夫の「日食」は、一九五〇年九月一九日の「夕刊朝日新聞」第四面に「コント」として掲載された作品である。

新聞に掲載された小説というと、一般には連載小説を指すことが多い。しかし新聞には、近現代を通じて、コントのようなごく短い小説もしばしば掲載されていた。もともと新聞は短い作品と相性がよい。新聞というメディアは多種多彩な情報を、限られたスペースのなかに凝縮して収めようとする。そのためには短い方が、都合がよい。総じて、読者も時間をかけて読もうとしない。それゆえ、明治大正期には小品が、一九二〇年代から三〇年代にかけてはコントが新聞に掲載されることは珍しくなかった。[1] 戦後も例外ではなかったのである。

三島もコントを好んでいた。後年、短編集の解説で「私には全く知的操作のみにたよるコント型式への嗜好もあった。そこでは、作品自体に主題らしい主題さえなく、一定の効果へ向って引きしぼられた弓のような、すみずみまで緊張した形が保たれて、それが読者の脳裡で射放たれて、的中すれば「おなぐさみ」というようなものである。それは又、チェスの選手が味わうような知的緊張の一局、何の意味もない一局を構成すれば足りるのだ」と述べ、「新聞紙」(「文藝」一九五五・三)、「牡丹」(「文藝」一九五五・七)、「百万円煎餅」(「新潮」一九六〇・九)に触れて「そういう意図を以て書かれたコントの中から、比較的出来のよいもの」だと位置づけている。[2] 「百万円煎餅」については別に「短篇らしい短篇に仕立てようと努力した。さういふとき私の脳裡にある短篇小説の模範的な形は、どうしても古風なコントになるのだつた」と述べたこともある。[3] また、「雨の中の噴水」(「新潮」一九六三・八)について「私にはこういう可愛らしく見えるコントに対する好みがあ」るとも述べている。[4]

三島は一定の長さを持つ短編も、性質によってはコントと見なしていたようである。ただ、ここでは特に一九五〇年前後に、非常に短い作品を集中して書いていたことに注目したい。三島はこの時期、「辻小説」として「星」（「評論」一九四九・九）を、「400字小説」として「恋文」（「朝日新聞」大阪版、一九四九・一〇・三〇、四面）を、随想として「極く短かい小説の効用」（「小説界」一九四九・一二）を発表しており、その翌年に「日食」を書いているのである。

三島に限らず、敗戦直後に多くのコントが発表されたのは、物質上の理由が小さくない。新聞は戦争に伴う物資不足の影響で、一九四四年から二面しかなくなっていた。朝刊と夕刊とのセットで発行していた大手の新聞も、四四年三月六日以降は朝刊のみしか許されなくなった。戦後も用紙は逼迫し続け、朝刊紙と夕刊紙との棲み分けが求められ、かつての全国紙も長く夕刊を発行できなかった。一方で新聞は情報源として、また日常生活において手軽に使用可能な紙として貴重であり、よく売れた。さらに、各新聞社はいわゆる外地で販売できなくなったことに起因する売り上げの減少、戦地に赴いていた社員が戻ってきた人員の過剰などの問題を抱えていた。そのため、朝日なら「大阪日日新聞」「中京新聞」「夕刊新東海」「九州タイムズ」、毎日なら「夕刊新大阪」「東海毎日新聞」「新九州」のような系列の新興紙を各地に作って対応した。そこにはＧＨＱの方針で、中央の既存紙の発行部数は敗戦時の水準に据え置かれた一方で、地方の新興紙には紙が与えられやすかったという事情もあった。[5]

ただ、一九四八年八月になると、用紙をめぐる状況がやや改善される。大手新聞は、週に一、二回だけ朝刊を四面にできる日が出てくる。四九年末からは、朝日や毎日でも「夕刊朝日新聞」「夕刊毎日新聞」といった、別立ての夕刊（独立夕刊）を発行できるようになった。なお、朝夕セットで発行できるようになったのは、五一年五月、新聞用紙の統制が解除されたときである。

紙面に余裕が出てくると、そのわずかに生まれたスペースに、しばしば学芸記事が掲載された。そこにコントも居場所を与えられることがあった。特に四〇年代後半には「朝日新聞」大阪版が力を入れており、一九四六年から四七年にかけて「けし粒小説」というシリーズを展開し、一年近くにわたって週に一回コントを掲載した。[6] まだ石坂洋次郎『青い山脈』（一九四七・六・八～一〇・四）によって連載小説が復活する前のことである。また、一九四九年一〇月と五〇年一月には「400字小説」というコーナーを設けている。[7]

そこで好感触が得られたのか、一九五〇年から五一年にかけて、「夕刊朝日新聞」が東京版にコントを掲載するようになった。大阪版にも掲載されるが、五〇年七月からの約一年間に限っては、東京版の方が多くの作品を掲載している。七月九日に永井龍男「望楼」が掲載されたあと、おおむね週に一回のペースでコントが掲載された。紙幅の都合上ここでくわしくは紹介しないが、北原武夫、由起しげ子、田宮虎彦、城夏子、田村泰次郎、石坂洋次郎、檀一雄、尾崎一雄、十和田操、玉川一郎と続いたあとに三島由紀夫の「日食」が掲載されている。以後、五一年九月まで、東京版だけで四七編の作品が掲載された[8]。

それらのコントにおいて、作家たちは各々の個性を発揮しているが、三島の「日食」の特徴のひとつは、直前に紙面で話題になった題材を扱っていたことである。のちにくわしく確認するように、同年同月一二日には国内で日食が確認され、ニュースになっていた。そのため、このコントは新聞というメディアに掲載されるにふさわしい、時宜を得た作品だったことになる。

しかし、三島は「日食」において、日食を背景として用いたに過ぎないのであろうか。作品は、自然現象としての欠けた太陽だけを描いていないのではないか。では、それはどのような意味を帯びているのだろうか。

二　「日食」の構造

作品の梗概を確認する。今朝の新聞で日食の記事を読んだ妙子は、一昨年の日食の日を思い出す。戦争で盲目になった松永と結婚することを決めた彼女は、式の翌日に日食を見た。妙子は炭を塗ったガラス越しに見えた「めのうみたい」な太陽について松永に伝え、松永は自分の胸中に浮かぶ「まっ黄いろにもえている」太陽について妙子に語った。その日のことを思い出した妻は、夫に今日の日食の記事を読んでやろうと思う。新聞や小説の読み聞かせを楽しい日課にしていた妙子は、夫に、自分の言葉による世界だけを思い描いていて欲しいと願っている。松永は二歳になったばかりの長男を膝に抱いていた。長男は白い包み紙にクレヨンを走らせていた。松永は妻に、どのような絵か見てもらう。それは大きな「まっ黄いろ」な太陽の絵であった。しかし妙子は、夫に「まだ意味のないいたずら書き」に過ぎないと説明する。

作中の基本的な設定を確認しておく。主な登場人物は、妙子と松永という夫婦、およびその幼い長男の三人である。舞台となる空間の大部分は、新婚旅行先である熱海のホテルの庭と、家族で暮らしている家との二箇所である。作中の時間もそれに伴って、一昨年の日食の日（結婚式の翌日）と、二年後の日食の翌日（妙子が記事を読み、夫に伝えようとする日）との二つを中心に構成されている。後述するように、戦後の日本で日食が確認できた日は限られているため、それぞれ一九四八年五月と一九五〇年九月だと確定できる。作品の発表時と重なる後者がメインの時間、前者がサブの時間であり、メインの一九五〇年からサブの四八年へ、またメインの五〇年へと戻る展開になっている。この錯時法によって、二度の日食が描かれているのである。

語りは異質物語世界的で、妙子に主に焦点化している。

ただし、妙子の内面に即して語られるだけでなく、彼女を客観的に突き放して描くこともある。

作品において、タイトルにもなっている日食がモチーフになっていることは明らかである。ただし、その日食はひとつではない。妙子が読んだ新聞記事のなかの日食と、妙子がガラス越しに見て伝えた日食とでは、時期だけではなく、見られ方もちがう。太陽も欠けた太陽だけではない。松永が語った記憶のなかの太陽と、長男が描いた太陽の絵も登場する。この短い小説には複数の太陽が姿を現す。一方で、語り手が太陽そのものを直接的に描写することはないのである。

三　メディアとしての妙子

結婚式の翌日、妙子は松永に問われ、炭塗りのガラス越しに見えた日食の様子を口頭で伝えた。二年後、新聞を通じてその日のことを思い出した妙子は、今度は記事を読みあげることで、言葉によって日食を松永の心にとどめようとしている。前者は、松永に「どう？欠けはじめたかい？」「どんな風に見える」と問われたから回答したに過ぎなかった。一方、後者は「あの日の影像を、もういちど良人の心にあざやかによみがえらしたいと思ったから」読もうとした、積極的な行為である。

この点に、語り手のいう妙子の「独占欲」が垣間見える。「感傷的」でない代わりに「少しばかり人並以上に独占欲のつよいところはある」とされる妙子は、夫に自分の声が形作ってゆくイメージだけを抱いて欲しいと願っている。その願いは、目の不自由な松永の助けや慰めになるように情報を提供する、という理由から逸脱している。

> 目があいていたころの松永の記憶を妙子はしっとする。彼女が手間をかけ正確に、忠実に、盲目の良人の心にえがいてゆく外界の影像だけを妙子は良人が守ってくれることを信じている。

妙子は、松永のなかに残る視覚的な記憶をねたんでいる。自分のことだけを考えて欲しいというのではなく、自分が提供する世界だけを抱いて欲しい、と考えている点が、妙子の特徴である。「えがいてゆく」と表現されているように、彼女が夫に対して言葉でしていることは、絵を描くことにも似ている。

先行研究において、油野良子は「夫も子供も自分の世界の中に閉じこめておきたいという女性の心理は妙に空恐しく後年の女性を主人公とした小説への関連が見られ、興味深い」とする。[9] また、高橋重美は油野の説を受け「これに認識による世界の一元化や失明した男を支配する女といった要素を加えれば、絶筆の『天人五衰』の安永透と、狂女絹江にまで繋ってゆく作品である」とする。[10] しかし「日食」の場合、妙子は独自の世界を持っているわけではない。したがって、みずからの支配下におこうともしていないのではなかろうか。

なるほど妙子の「独占欲」は、息子と夫とが二人だけの世界を共有していることに抵抗を覚えている点にもうかがえる。松永の記憶のなかの太陽は、なぜか長男に引き継がれている。妙子が「心なしかつんけんしてきこえる口調」で、息子の絵について夫にありのままを伝えなかったのは、夫が元から抱いていた太陽が、教えもしていないはずなのに（「やっと満二歳になった」ばかりの「赤ん坊」は、たとえ妙子の知らないところで松永に説明されていたとしても、それを絵に移し換えられなかったであろう）、息子に共有されていたことに疑念と不満を覚えたからである。仮に息子の絵の様子を「正確に、忠実に」伝えたとすれば、松永は胸のなかにある太陽のイメージをより強固にしたであろう。

ただ、妙子はここで松永にいくらでも嘘をつくことができたはずである。太陽ではなく他のものを描いていると言うこともできたし、かつて自分がガラス越しに見た「めのうみたい」な太陽が描かれていると言っても、松永も、まだ二歳にしかならない息子も否定できなかったにちがいない。「独占欲」は「少しばかり人並以上」にあるだけであるし、妙子は夫に悪意を持っているわけではない。夫の内面を自分が発する言葉で彩ってゆくことを好んでいた妙子が、長男の絵については「なんだかめちゃくちゃな絵」として、夫にイメージを共有させないことにとどめた。そこには彼女なりの葛藤がうかがえる。そもそも妙子は、自分の経験や考えを松永に押しつけているわけではない。妙子はもっぱら「新聞や小説を毎日松永に読んできか」せている。他者の言葉を媒介することに徹している。つまり妙子はメディアなのである。たとえて言うならば、妙子は松永の世界を照らし出す、太陽になろうとしていたわけではない。太陽を見るための炭塗りのガラスや、太陽の様子を伝える新聞の役割を果たそうとしていたのである。

そのような妙子のふるまいを、松永がどのように感じているのかは不明である。ただ、松永が妙子に反感を持っていたり、抵抗したりする姿勢は本文から見出せない。しかし子どもはちがう。彼は母親とは異なる太陽を持っている。また、「妙子はそっと紙をとりあげた。赤ん坊は紙の一端を離さない」と、紙をつかみ続けていることも軽視できない。息子は母親に、みずからの世界を取りあげられないように抵抗しているかのようである。

しかも、絵を描いた息子の目は「きらきらともえている」と描写されている。それは太陽に擬せられていよう。この作品のなかで燃えているのは「まっ黄いろにもえている」という松永の記憶のなかの太陽以外にないからだ。自分を介さないところで、息子の目に太陽が宿っている。それは、妙子に自分の役割の限界を伝えるものであったはずである。

　彼女の内面は、「何故だか妙子は、この子が自分の子ではないような気がした」とも語られる。それは、息子と松永との結びつきが強く意識されたからにちがいない。松永が語り、息子が描いた太陽は、妙子が伝えたものではない。自分の声の及ばぬ世界、自分を介さない伝達の可能性が意識されたから、妙子は脅かされたのである。

四　報道された日食

　日食は、月が太陽と地球の間を横切ることで、太陽が地球からは一時的に隠される現象を指す。

　日本では、一九五〇年九月一二日に日食が確認できた。その日食に関する記事を「今朝」読んでいる作中の現在は、一九五〇年九月一三日ということになる。また、「一昨年の五月九日」すなわち一九四八年五月九日にも日食が確認できたことは事実である。

　これら発表当時における日食の話題との連動については、先行研究でも指摘されている。先に触れた油野良子は「この作品の発表された一週間前の一二日には現に日食が観測され、また一昨年の妙子の結婚式の翌日の五月九日というのも金環食が観測されている。この作品は、その事実によって書かれたものと思われる」としている。

　ここで注意したいのは、一九四八年と五〇年とでは、日食の見え方に大きなちがいがあったという事実である。四八年には、東京近郊でも太陽が半分以上欠けて見えた。よって「熱海の山腹のホテルの庭」でも充分に観測できたであろう。よりくわしく見れば、四八年の日食は、「朝日新聞」の記事によれば、午前一一時六分からかけ始め、零時三四分に食甚、午後二時六分に戻ったという（「空にらむ一瞬の興奮　街にあふれた黒色ガラス」一九四八・五・一〇、二面）。「讀賣新聞」では「九日夏時間の午後零時卅五分四十一秒東京の歩道に落ちた短い影が俄かに薄れ、青空もどんよりとし心なしか襟もとを過ぐ微風はひんやりした、七割八分欠け三日月形の太陽を仰いだ」（「大入りの天文台球場でも黒硝子売る　都内の観測風景」一九四八・五・一〇、二面）と報じられている。

　気になるのは、日食は午前中から始まっていたにもかかわらず、松永が「昼食のあと」に「どう？欠けはじめたかい？」と問うていることである。松永は、この日食について充分な知識を得ていないようである。事前に妙子の母親から、日食の前日に式を挙げることへの反対があったせいか、この日に日食があること自体は伝わっていたのであろう。また、昼食後の時間帯に太陽が「今ちょうど三分の一ほど」になっている、という妙子の観察も正しい。しかし先の記事に基づけば、それは欠け始めではなく、最も欠けた状態に近い。つまり夫婦は、この日の日食の変化を的確に把握しているとは言いがたい。それが日食に限った話である保証はない。

なお、一九五〇年の日食においては、稚内では観測できたものの、日本のたいていの場所ではわずかに欠けた太陽しか見られなかったという。天候も悪かった。当時の新聞では、「キジア台風で荒れ模様の空に迎えた十二日の部分日食—北海道、東北、関東、九州の一部では〝欠ける太陽〟がみられたが、その他の土地では厚い雲や雨にさえぎられた」(「日食　電波観測に成果　雲間から欠けた太陽」、「朝日新聞」一九五〇・九・一三、三面)とか、「街の天文家ガッカリ日食にツレない暗雲」(「夕刊読売」一九五〇・九・一二、夕刊二面)とか報じられている。四八年に比べると、世間の反応は大きくなかったのである。

たしかに小説のなかでも、一九五〇年において妙子は、稚内では日食がはっきりと観測されたという記事を確認しているだけで、肉眼で確認した形跡はない。妙子は自分も見なかった太陽を、過去を回想し、新聞記事の言葉を通じて思い描いているに過ぎない。その点で、妙子と松永との日食の見方は、実はそれほど遠くない。おのおのは目撃していない太陽を胸に描いているのである。

五　同時代における〈太陽〉

「日食」は「夕刊朝日新聞」に発表された作品である。新聞に掲載されたコントが、新聞記事を読みこむ場面から始まる。ここには作者の新聞というメディアへの強い意識がうかがえる。

一九五一年一二月から五ヶ月間にわたって特別通信員として渡航したこと、帰国後『にっぽん製』を連載したこと(一九五二・一一・一〜一九五三・一・三一)などからも、この時期の三島と「朝日新聞」との密接なつながりは明らかである。しかし冒頭で「今朝の新聞の日食の記事を念入りに読んだ」妙子が手にしているのは「毎日新聞」である可能性が高い。「掴まえた〝覆面太陽〟日食　稚内は一瞬暮色」(「毎日新聞」一九五〇・九・一三、三面)という記事の、「【稚内発】この日天気はカラリと晴れて絶好の観測日和、キジア台風の気配などみじんもなく、午前十一時十四分五十四秒、やがて欠けはじめたころ視界は次第に薄暗くなり食暮の十二時廿六分ごろには午後五時ごろの暮色となつた」という表現は、「日食」の冒頭の「稚内では雲一つない晴天であったので、日食ははっきりと観測され、その時刻には午後五時ごろのような暮色が、日ざかりの地上に漂ったということだ」という表現と、非常によく似ているからだ。三島は「日食」発表と同年同月同日の「毎日新聞」に「美しい予感—「雲の会」第一回会合を終えて—」という文章を発表しているから、この時期の「毎日新聞」が視野に入っていることも不思議ではない。「朝日新聞」に「毎日新聞」を引用してみせたところに、作者の遊び心を推察することもできるだろう。

　同時期に新聞に掲載された文章として、「天の接近」（「朝日新聞」一九五〇・八・二三、四面）にも注目したい。「日食」の約一ヶ月前に、「八月十五日に寄す」という特集のひとつとして書かれたエッセイである。三島はここで、「われ〳〵が住んでいる時代は政治が歴史を風化してゆくまれな時代である」として、「政治および政治機構が自然力に近似してゆく」ことに、今世紀の特徴を見ている。そのうえで「八月十五日というと思い出すのは、もう何も落ちて来る気遣いがなくなったまばゆい夏空を見上げたときに、にわかに天がわれわれから遠くなったように感じられたあの一瞬の錯覚である」と書き記す。降伏し、爆弾が降り注ぐ日々が終わったとき「天」は遠く感じられた。ところが「この八月十五日は、ふたたび天の接近の兆候が濃厚である」という。エッセイとコントというジャンルのちがいはあるが、約一ヶ月の間に、同じメディアに発表された文章が、共に空を見上げる話であるなら、両者の内容を無関係に考える方が不自然であろう。そして政治が自然に似るのなら、自然も政治に似ているにちがいない。

　「天の接近」が強調しているのは、一九五〇年八月現在の空である。しかし、「日食」の松永は戦後の世界を目にしていない。妙子が語る世界は、少なくとも彼女が読み聞かせる新聞は、戦後の世界のものである。一方、妙子が「しっとする」という「目があいていたころの松永の記憶」は、戦前戦中に限定される。妙子は自分の発する言葉が描く「外界」だけが「良人を守ってくれることを信じている」。それは戦後の、被占領下における日本のメディアの世界観によって、良人を覆い尽くそうとしていることを意味する。しかし「大きな火の玉」は、妙子の手の届かないところで、松永や息子に、彼らの自覚を超えて受け継がれてゆく。一方、太陽を炭塗りのガラス越しにしか見られず、「大きな火の玉」に動揺しながら曖昧にごまかしたりする妙子は、息子の絵のみならず、もっと大きなものから目を逸らしたり、言葉を濁していることになるのではないか。

　三島は前年に発表した随想「極く短かい小説の効用」において、「一篇のすぐれた長編小説と等しい質量をもたない掌篇は無意味である」として、「掌篇小説は、水の上に現れた氷山の一部分である」と書いている。このコントにも、表面に浮かびあがっていない内容が潜在しているように思われる。

　松永が見て、長男が描いた「大きな火の玉」は、同時代的には、戦争による爆撃を暗示しているように受け取られた可能性がある。一九五〇年六月二五日から「朝鮮動乱」が始まり、三日後にはソウルが陥落し、九月上旬までは朝鮮人民軍が圧倒的に優勢であった。しかし八月二〇日を境に米軍を中心にした国際連合軍が巻き返しを図る。当時の「朝日新聞」紙面においても、九月一六日には「国連軍・大反攻を開始　仁川、群山へ上陸　マ元帥、最前線乗込み」という記事が一面で大きく報道され、一七日には「仁川上陸米軍の活躍　現地写真特報」という号外が発行され、一八日にも「撃破された北鮮軍戦車を見るマ元帥」「仁川から進撃する米戦車」「北鮮兵の武装を解除」といったキャプションの付いた写真が一面のトップを飾っている。「日食」が四面に掲載された一九日夕刊の一面には、「前線で指揮するマックアーサー元帥」の写真と「国連軍、漢江に到達」という記事が載り、実際にこの日、国連軍は平壌を占領するにいたった。その後、中国人民志願軍の参戦より朝鮮人民軍も巻き返し、以後一進一退、やがて膠着状態となり、一九五三年七月二七日の休戦にいたったことは、今ではよく知られている。しかし、当時の人々はそのような未来を知らない。隣国の戦争は、いつ自国にも飛び火してくるかわからない脅威として意識されていた。五〇年八月には警察予備隊が設立されている。

　同時代において「日食」は、このような戦争の文脈と無関係ではあり得なかった。新聞に掲載された以上、読者の大半は、三島のコントだけを読んだわけではない。この短い小説にたどり着く前に、朝鮮戦争をめぐる多くの情報を浴びていたはずである。作中の松永も、日食の記事は、戦争の記事と合わせて妙子の口から伝えられたはずである。新聞やラジオの報道を通じて隣国の戦争に思いを馳せる国民と、妙子の読み聞かせを通じて日食を想像する松永とは、近いところに位置する。

　三島の作品における盲目の存在としては、高橋重美が触れていた『天人五衰』（「新潮」一九七〇・七〜一九七一・一）の安永透だけでなく、「弱法師」（「声」一九六〇・七）の俊徳があげられる。「弱法師」の俊徳のような、盲目をたてに世界の認識を反転させようというような発想は、松永にはない。ただ、「戦災をうけて逃げまどふときに、あの子の目は炎で灼かれた」と語られる俊徳と、経緯は不明であるが「戦争で両眼を失った松永」とは、戦争を原因として盲目になったという点で一致している。「空から百千の火が降つて来る」という俊徳を補助線にしても、「日食」には戦争の気配が立ちこめる。

　夫から息子に受け継がれた「火の玉」に、妻が当惑させられる物語。「日食」は、爆撃が見えなくなったのは、あくまで一時的なことではないかと仄めかしているように読める。それは、戦争の実態を報道できない発表媒体に対する諷刺にもなっているのである。

（大阪大学大学院教授）

註1　小品については木股知史『明治大正小品選』（おうふう、二〇〇六）、コントについては渡邊晴夫『超短編小説序論』（白帝社、二〇〇〇）や柳沢孝子「コントというジャンル」（「文学」二〇〇三・三―四）にくわしい。

2　「解説」（『花ざかりの森・憂国―自選短編集―』新潮文庫、一九六八）

3　「あとがき」（『スタア』新潮社、一九六一）

4　「解説」（『真夏の死―自選短編集―』新潮文庫、一九七〇）

5　井川充雄『戦後新興紙とGHQ　新聞用紙をめぐる攻防』（世界思想社、二〇〇八）を参照。

6　拙稿「《研究ノート》「けし粒小説」とその時代―敗戦直後の「朝日新聞」大阪版および名古屋版の創作欄」（「阪大近代文学研究」二〇一八・三）を参照されたい。

7　拙稿「解説・三島由紀夫「恋文」の位置」（「新潮」二〇二一・五）を参照されたい。

8　大阪版には、東京版と同じ作品が掲載されることもあれば、別の作品が掲載されることもあった。これらの作品は二〇二二年現在「朝日新聞　クロスサーチ」などで検索してもヒットしないため、全掲載作品を網羅した「《資料紹介》「朝日新聞」大阪版および東京版におけるコント（一九五〇―一九五一）」（「阪大近代文学研究」二〇二三・三）を参照されたい。

9　長谷川泉・武田勝彦編『三島由紀夫事典』明治書院、一九七六

10　松本徹・佐藤秀明・井上隆史編『三島由紀夫事典』勉誠出版、二〇〇〇

【附記】三島由紀夫の作品の引用は、「日食」および「天の接近」については論の性質上、初出に拠った。その他は『決定版三島由紀夫全集』（新潮社、二〇〇〇―二〇〇六）に拠った。また、本論はJSPS科研費20K00346および22K00293の助成を受けたものである。

特集　三島由紀夫・短編小説2

三島由紀夫「手長姫」論 ――「クレプトマニア」の視座から――

山根由美恵

はじめに

短編「手長姫」（初出『小説新潮』一九五一・六）は、これまで『三島由紀夫事典』（勉誠出版）以外は研究が進んでおらず、注目されることが少ないテクストである。西本匡克氏は「手長姫とは、彼女の盗癖を指してのネーミングである。天使のような純情な鞠子、盗みはするが、彼女自身、犯行を意識してない。お姫様のような彼女が悲劇のヒロインの様に、運命に操られて行く様を作者は、皮肉っぽく、又彼女の様子をより可憐な姿として描く事によって、痛ましい悲劇構造が浮かびあがってくる」[1]と述べている。

本稿では、鞠子の特徴である盗癖が、一九世紀から欧米で研究が始まり、ヒステリーと関連付けられていた窃盗癖ではなく、「クレプトマニア」(Kleptomania)の要素が強いことを述べるものである。「クレプトマニア」は日本でも認知されつつあるが、いまだ周知はなされていない行動嗜癖である。「クレプトマニア」をモチーフとする先見性の指摘とともに、同時代状況や他作家の盗癖のある女性像と比較し、鞠子という女性像のオリジナリティの高さを考察してみたい。

一　「クレプトマニア」とは

一六世紀末のイギリスにおける商店の増加を端緒とし、消費社会に伴う物欲という欲望は欧米各国に広まり、付随して万引も増加した。更に、一九世紀の百貨店の誕生が万引を急拡大させた[2]。日本では一九〇七（明治四〇）年から急増しており、瀬崎圭二氏は日本の万引する女性像が、欧米の精神分析を援用する形の〈妊娠〉〈月経〉〈ヒステリー〉という身体的コード、明治四〇年代から大正期にかけて流行を追う女性を批判するうえで多用された〈虚栄心〉といった道徳的分析コードが付加され形成された過程を詳細に分析している[3]。

「手長姫」と呼ばれる鞠子の盗癖は次のように描かれている。「鞠子の盗癖は幼時からあらはれた。別段家計が苦しいわけではないのに、友だちの消しゴムを盗んだのである」（四三二頁）。「手長姫の犯罪はいかにも始末がわるかつた。鞠子は自分の犯行をほとんど意識してゐなかつたからである。いはば目に見えない悪意をもつた他人がいつも彼女のあとをつけてゐて、彼女に汚名を着せるために、小さい品物のいくつかを袖の中へ放り込んでそしらぬ顔をしてゐるような塩梅なのである。鞠子には責任がないと云つてよかった。／　彼女の手は彼女の意志に無関係に動くのであつた。ちらつと、舌のやうに。……するといつのまにかその手は罪を犯してゐる」（四四〇頁）。鞠子の盗癖は〈ヒステリー〉や〈虚栄心〉ではなく、その無意識性が強調されていることに着目したい。

窃盗症研究の経緯について、安倍祥太氏は次のように述べている。(4)「窃盗症（Kleptomania）という概念は、1816年にスイス人医師André Mattheyによって提唱された。ここでは、動機無く盗む傾向を特徴とする独特の狂気として、「Klopemania（stealing insanity）」という語が用いられた。その後、Jena Etienne EsquirolとC.C. Marc が、「Klepto-mania」という語を用いて「不可抗力的かつ非自発的な窃盗衝動」として再整理した。その後、クレプトマニアと性差の関係に関する研究が展開されてきたものの、クレプトマニア概念自体は直ちに一般化しなかった。クレプトマニアの概念が一般化する契機となったのは、アメリカ精神医学会（American Psychiatric Association）が作成するＤＳＭ-Ⅰ（1962年）に補足的に掲載されたことである。しかし、ＤＳＭ-Ⅱ（1968年）では、この概念が省略された。クレプトマニア概念の一般化は、衝動調節障害の一種に分類された1980年のＤＳＭ-Ⅲ（1980年）まで待たねばならなかった」。

現代において、「クレプトマニア」はギャンブル障害・買い物嗜癖・摂食障害などとともに行動嗜癖の一つとみなされている。『ＤＳＭ-Ⅴ』（二〇一三）による「クレプトマニア」の診断基準は次の五項目である。(5)

A. 個人的に用いるためでもなく、またはその金銭的価値のためでもなく、物を盗もうとする衝動に抵抗できなくなることが繰り返される。

B. 窃盗に及ぶ直前の緊張の高まり

C. 窃盗に及ぶときの快感、満足、または解放感

D. その盗みは、怒りまたは報復を表現するためのものではなく、妄想または幻覚への反応でもない。

E. その盗みは、素行症、躁病エピソード、または反社会性パーソナリティ障害ではうまく説明されない。

『ＤＳＭ-Ⅴ』の基準で言えば、鞠子の行動はA・D・Eが該当し、特にA（使用用途があったり、金銭目的でない）とD（怒り・報復の表現ではなく、妄想・幻覚でもない）の特徴が描かれている。

万引常習犯の治療を行う赤城高原ホスピタル院長・竹内道夫氏は「クレプトマニア」には次の特徴があると述べている。「①窃盗の手口として、9割が万引き、②ほぼ全例が単独犯、③経済状態や社会的地位からみて、「リスクに見合わない窃盗犯罪」を繰り返している、④ 万引き行為以外には反社会的行動がない、⑤職業的犯罪者ではない、⑥窃盗衝動のスイッチが入ると、自力で中断することが難しい、⑦極めて再犯傾向が強い、⑧生理的、心理的飢餓感をもっていることが多い、⑨摂食障害など、ほかの精神障害を合併することが多い、⑩罰金や服役などの罰則ではほとんど更生しない、⑪治療前には、病識がない、⑫専門的治療によって回復できる」[6]。竹内氏の基準では、①②③④⑤⑥⑦⑧⑩⑪が該当する。特に、③経済状態や社会的地位からみて、「リスクに見合わない窃盗犯罪」を繰り返している、④万引き行為以外には反社会的行動がない点が強調されている。

金沢家の一人娘で跡取りである鞠子は「気立てもやさしく、美しくもあり、人柄にも容姿にも難癖のつけやうがなかつた」（四三二頁）と描かれている。鞠子は美しい上流階級の娘として、しかるべき筋の婿を迎えることができたはずだが、新聞沙汰にもなった盗癖のため結婚話は進まない。お茶会で青年の陰口を聞いた際、静かな涙を流すものの、その後デパートで万引をしてしまう。鞠子自体、自らの立場を悪くしている盗癖を恥じてはいるが、衝動を抑えることはできない。このように娘時代の鞠子は「クレプトマニア」の典型と言える造形がなされている。

『ＤＳＭ-Ｖ』では窃盗を繰り返す人たちの中には「クレプトマニア」が四〜二四％含まれるとあり、そうした症例は昔からあったことが想像される。山中剛史氏は三島の心理学に関する知識について「自己のセクシャリティーに関連して、昭和二十〜三十年代にかけてフロイトに限らない性科学および精神分析に関する書物を読書していたらしいこと、また、書物ばかりではなく、式場隆三郎など専門家にコンタクトをさえとっていたこと」を指摘している[7]。『定本三島由紀夫書誌』の蔵書を見ると、「手長姫」初出（一九五一）までに刊行された心理学・犯罪学関係は山中氏の指摘するように、フロイト・変態性慾・性に関する書籍であり、盗癖に関するものはみられない[8]。先に記したように、「クレプトマニア」概念の一般化は一九八〇年代以降である。つまり、三島は知識ではなく作家の直感でこの症例の性質を正確に把握し、問題行動の根本原因を理解されない状況と良人・愛人に踏みにじられた結果、実際に精神を病み、「気違ひ女」（四二七頁）として精神病院に入らざるを得なかった悲劇を作り上げたと考えられる。

二　鞠子の盗癖の変化
―「クレプトマニア」から生存のための窃盗へ―

次に、鞠子の盗癖の「⑧生理的・心理的飢餓感を持っている」側面を述べたい。鞠子の盗癖は次のように三段階の変化がある。A：無意識の窃盗―「クレプトマニア」段階、B：意図のある窃盗―良人の愛を得る目的、C：生存のための窃盗。これらは愛の渇望や承認要求と関わる変化となっており、以下その様相を考察する。

A　無意識の窃盗―「クレプトマニア」段階

一で述べたように、娘時代の鞠子は「クレプトマニア」要素が色濃く描かれていたが、その要因の一つに、両親との死別・兄弟がいない孤児という状況、愛を求める無意識の渇望があると考えられる。資産家のため屋敷は広いが住む人が少なく、空虚感が際立ち、人の温かみは感じられない（「柱は黒ずみ、広いがらんとした廊下は、戸外の光を白っぽく冷たく写してゐた。磨き立てた縁側に映る空は寂しい空っぽの天空であつた」四三七頁）。乳母ひでは鞠子の親代わりとして献身的に支えるが、その愛情の内実は「召使」の枠を離れていない。「ひでが鞠子に抱いてゐる愛情は感傷的なものであつた。召使がもつことのできる愛情の最上のものはこれである。主人の地位は狙はぬ代りに、感情移入で主人にのりうつるのだ。そのせゐか、鞠子の盗癖に、ひでは何ら道徳的な見方を須ひなかつた。お可哀想だと一途に思ふ。消しゴムやナイフを盗んですぐ見つけられるお姫様が憐れなのである」（四三六頁）、「鞠子の我儘は、忽ち万事に甘い乳母によつて聴き入れられた」（四三七頁）。ひでの愛情は感傷的（「お可哀想」）であり、甘く、叱るということはしない。つまり、鞠子は悪事を行っても、真の愛情から叱ってくれる存在がいない。彼女は級友の「お父様の外遊土産の独逸製の美しいナイフ」（四三五頁）を盗む。この行動は、父と死別し、父からの土産は決して得られない鞠子の、秘蔵するほど大事にしている級友の土産を奪いたいという嫉妬心の現れと考えられる。また、青年に「あれが手長姫だよ」（四三六頁）と陰口を叩かれたあとに鞠子は万引をするが、それは彼らから蔑視され愛される対象になれないと認識したからこそ襲われた衝動と言える。福島刑務所におけるグループカウンセリングにおいて、窃盗犯は「内面に何らかの満たされない気持ちを抱え、他人との温かいかかわりを求めていながら、裏切られて傷つくことを恐れて他人とかかわることができず、そうした気持ちを不適切な行動パターンで処理しようとする人」と定義づけられている(9)。この定義は鞠子の行動と合致しており、彼女は心の底で人との温かいかかわりを求めているが、それが不適切な行動パターンで現れていると捉えることができる(10)。

B　意図のある窃盗―良人の愛を得る目的

結婚後、鞠子は良人：金沢為保の求めで意図的な窃盗を行うようになるが、それは二つの段階がある。

①良人からの盗癖の是認と依存

為保の結婚の目的は、金沢家の財産と、鞠子の「クレプトマニア」的な側面に対するエロティックな興味（「彼女の手が意志の関係なしに動いて神技を演ずるといふ伝記は、好色的である」四四三頁）にあった。鞠子は「彼の目のなかに、彼女を永く苦しめたこの恥づべき病気に対する男の真摯な是認」（四四三〜四四四頁）を見出すが、それは好加減な刺戟に飽きていた為保の興味本位にすぎず、真の愛情を伴うものではない。更に「ひでが泣いた時に、良人は狂喜したのである。（中略）鞠子の道徳観念は狂はざるをえない」（四四八頁）。初めて自らの盗癖を「是認」された鞠子は道徳観念に狂いをもたらしながら、彼に依存する。為保は性行為をだしに万引を勧め、鞠子は意識的な窃盗を行い始める。ただ、為保と行ったデパートで鞠子は子供の靴下を盗むが、これは彼の子供が欲しいという願望の現れと推測できる。もし子供が出来ていれば、それまでとは違う人生を送る可能性があった。しかし、鞠子は妊娠できず、親戚の同意の元、妾（政子：元ダンサー）を家に入れることになる。

②孤独からの脱出の手段としての窃盗

為保は当分のあいだの恰好な刺戟であった鞠子の盗癖に飽きた面と政子の存在から鞠子を遠ざけ、彼女は孤独になる。鞠子は醜く太り、良人の愛を渇望することで卑屈になってゆく（「彼女が良人を見上げる目には、次第に縁の下から主人を見上げる犬の目が憑いて来てゐた。あの気高いおつとりした何も見ず何もねがわない眼差しはすでになかつた。為保はそれを醜いと思つた」四四九頁）。政子に丸めこまれ、鞠子は為保の浮気の証拠を集めるために、為保宛の手紙を盗む。更に為保からも政子の浮気の証拠を求められ、盗みを行う。為保が鞠子の万引を喜んでいたため、鞠子は無断で相手の秘密を暴くような窃盗が相手の心象を悪くする行為と思っていない（「政子はこれを手渡すときの鞠子の表情に少しも屈託がないのにおどろいた」四五一頁）。むしろ「彼女は自分の卑屈さに慰謝を感じた。これだけのへりくだり、これだけの卑屈さが、妙なことだが、たとへ為保に知られても彼の心を動かさない筈はないと考へたのである」（四五一頁）といったように、「卑屈」と認識しながら、強い愛の表現として評価されると思い込んでもいた。しかし為保はますます遠ざかり、鞠子の孤独は深まる。

C　生存のための窃盗―精神の崩壊へ

ある時、為保がしばらく家を離れることがあり、政子は鞠子が食事できないよう画策する。政子は自分の寝床の飯櫃を盗めと挑発するが、鞠子は盗みを成功させる。為保が帰り、今度は二人が寝ている寝所に飯櫃を置き、鞠子に二人の睦まじい姿を見ながら、生きるための窃盗を行わせるよう仕組む。二度失敗していた政子は飯櫃に胡椒を入れており、鞠子の嚔で二人は目覚める。あまりに酷い仕打ちを憐れに思った為保が鞠子を抱きよせるが、鞠子は彼をはねのけ、「捕縛して下さい。あたくしが犯人です」（四五六頁）と為保を拒絶して物語は終わる。「この高貴な少女はほとんど意思表示といふものをしなかつた」（四三三頁）、「生得自由意志といふものがない」（四五三頁）と性格づけられた鞠子であったが、初めて自分の意志（不実な良人を拒絶し、犯人だと断言する）を明確に示した。ここでは精神的な自立の面が見えるものの、鞠子の精神は狂ってしまう。

　時間軸はこのあと冒頭の精神病院に入った場面に続く。精神病院での鞠子は「小心さうな可憐な顔立ち、掌に収まるほどの愛らしい体つき」（四二七頁）とあるように、結婚前の容姿に戻ったものの、五〇歳であっても一八歳の化粧を施し、異様さを漂わせている。また、良人のことは覚えていないことから、為保への依存状態はなくなっている。娘時代の「クレプトマニア」は愛の渇望から心の空白を埋める無意識の行為であり、結婚後の窃盗は為保や政子の関心を得るための意識的なものだった。飯櫃の窃盗は生存に必要な行為であるが、彼女はこの行為こそ自分が最もやりたくなかった窃盗と感じたのである。鞠子は嚔を聞くと狂躁状態になる。それは自らが陥った惨めな状況を思い出させる音であり、愛を乞う窃盗ではなく、生存のための窃盗をする所にまで堕ちた人間として晒され、その後為保から憐れみを受けたことを思い起こさせるからである。この出来事は、為保への思いが単なる依存であることを知らしめ、記憶を喪失させ、精神を狂わせるほど強いものだった。それだけ彼女の誇りは高かった（金沢家の人間としての自負）と言えるが、それは三島文学の女性ジェンダー表象と関わるところがある。

　武内佳代氏は三島文学における女性ジェンダー表象について、「〈女性らしさ〉も問題化されている。舅の抑圧に苦しむ寡婦の歪んだ欲望を描いた『愛の渇き』（1950年）、人妻が不倫の末に妊娠中絶をくり返す『美徳のよろめき』（1957年）、そして家の主婦ではなく主人であろうとした女性を主人公とする『鏡子の家』（1958～59年）。このような作品では、女性たちが窮屈な〈女性らしさ〉の枠組みに抗い、もがこうとする」[11]と述べている。鞠子は為保の憐れみに起因した庇護される対象（それはある意味で男性側が好む〈女性らしさ〉という面を有す）としての扱いを拒否する。それは自分自身の誇りを守り、「〈女性らしさ〉の枠組みに抗い、もがこうとする」行為と捉えられるが、精神を狂わせ「気違ひ女」として扱われる悲劇性を付与することで、これらの抵抗は簡単になされるものではないという冷徹な認識を示してもいる。

三　窃盗癖のある女性像
―同時代／坂口安吾「万引家族」／谷崎潤一郎「饒太郎」―

最後に同時代の状況や他作家の盗癖のある女性像との比較を行い、「手長姫」の特徴を述べてみたい。昭和から現在において、検挙される犯罪の約七割は窃盗である。[12]例えば、昭和三三年の「犯罪白書」[13]では、刑法犯総数・一四四〇二五九件中、窃盗は九九〇六〇二件であり、全体の約六九％を占める。少年少女の検挙数においても窃盗が最も多い。安田雅企氏[14]は「一九四〇～五〇年代の非行少年には遊び型が極端に少なく生活派が多いこと。生来的非行少年といいたくなるほど素質に欠陥が見られる非行少年を生む家庭には、ある種のパターンがある」と述べている。つまり、当時の盗癖のある少年少女の多くが生活苦や機能不全家庭（暴力・極貧・犯罪）という環境要因が影響しており、金銭面に関わる窃盗が多かったのに対し、鞠子は「クレプトマニア」性が強い。また、生存のための飯櫃を盗むことで精神を狂わせるほどの衝撃を受けている点は、当時の一般的な窃盗犯とは一線を画した人物像であることがわかる。

同時代の盗癖のある女性像として、坂口安吾「万引家族」（初出『小説新潮』一九五一・二、『明治開化安吾捕物帖』シリーズの一編）があり、[15]「手長姫」の四ヶ月前に同じ『小説新潮』という媒体で掲載された。三島は安吾に対し敬愛の念を寄せていたものの（「私は坂口安吾氏に、たうとう一度もお目にかかる機会を得なかつたが、その仕事にはいつも敬愛の念を寄せてゐた。戦後の一時期に在つて、混乱を以て混乱を表現するといふ方法を、氏は作品の上にも、生き方の上にも貫ぬいた。氏はニセモノの静安に断じて欺むかれなかつた。言葉の真の意味においてイローニッシュな作家だつた。氏が時代との間に結んだ関係は冷徹なものであつて、ジャーナリズムにおける氏の一時期の狂熱的人気などに目をおほはれて、この点を見のがしてはならない」[16]）、安吾とは異なる盗癖のある女性像を描こうとしたはずである。

大富豪の浅虫スギ子未亡人と娘のキク子は万引常習者である。二人の万引はスリルを味わうためのもので、被害者である呉服屋はそれを是認しており、料金を請求する。「彼女らにとっては、買うことと万引とは、結局同じことにすぎないのに、そこは病人のことで、万引は又特別、戦利品というような快感があるらしい。貧故の万引とちがって、金持の万引は完全な病癖なのだから、その快味は又、特別に相違ない」（一一六頁）。上流階級の万引であり、金銭面からではなく精神的な病（安吾では快感を得る）という点が「手長姫」と同様であるが、この万引は「捕物帖」（推理小説）のトリックであった。

未亡人の亡夫・浅虫権六は「癩病」が発症したことで発狂し、自刃していたが、そのことは秘されていた。秘密を知る権六の主治医花田医師と野草通作は浅虫家を長年ゆすっていたが、二人が殺され、主人公（結城新十郎）が真相を追う。実は権六は死亡しておらず、五年前に娘のキク子をレイプし、妊娠させた植木屋の甚吉を殺していた。未亡人は医師と相談し、甚吉を権六に仕立て埋葬。権六は蔵で生きていたものの、持病があり花田医師の診察を受けていた。スギ子とキク子の万引は五年前から始まっており、二人は万引の戦利品（蔵に隠す）を金銭に変えることで他の使用人にわからないように権六を養っていた。二人の万引は死亡したことにしている権六を生かすための方途であって、「クレプトマニア」ではない。安吾「万引家族」と三島「手長姫」は盗癖を持つ上流階級の女性という同じモチーフを使いつつ、全く異なる物語が描かれている。

　時代は遡るが、谷崎潤一郎「饒太郎」（初出一九一四年[17]）にも盗癖のある女性（お縫）が登場する。マゾヒスト要素のある饒太郎が縫子を悪魔的な理想の女性にしようとし、失敗するという「痴人の愛」の前身的テクストである。三島は谷崎を評価し（「僕は谷崎さんが亡くなったあと、ずっと世間を見ていた慨嘆したことがあるんです。これだけの作家が亡くなれば、国家が弔旗をかかげてもいいし、国民が全部黙禱してもいいんじゃないかと思いますがね」（四八七頁）、「日本の文学伝統の上に立って、それをあそこまで、日本語のああいう美的な大構築物をつくったというだけでも、偉大なんじゃないか」四九八頁[18]）、この舟橋聖一との対談ではマイナーな谷崎文学も読み込んでいる様子が窺える。

　お縫の造形は以下のようになされている。「その女と云うのは八丁堀辺の車夫の娘で子供の時から手癖が悪くて評判の奴なんだそうだ。何しろ泥坊をするくらいだから悧巧ではあるし、様子が如何にも大人しそうだもんだから、誰でもちょいと欺されるよ。どうして君、下膨れのしたあどけない目鼻立ちと云い、色白の水々しい体つきと云い、せい〳〵十六七の世間知らずとしきゃ思われないが、ほんとうの歳は何でも十九か二十なんだそうだ」、「去年の夏時分にも或る湯治場で紳士の紙入を盗んだとか云うので、検事局へ挙げられた事が新聞に出て居たそうだ」（四六頁）。お縫は、あどけない容姿・新聞沙汰・子供の頃から盗癖を持つ点が鞠子と共通しているが、「悧巧」で抜け目なく[19]「身分の卑しい」（八四頁）点が異なっている。張栄順氏は「大正時代の浅草は六区の浅草公園を中心とした一大娯楽街を形成していた。そこでは、怪奇・殺人・盗癖など際物的な素材を取り扱った小芝居や活動写真が主流」（二八頁）であり、「盗癖があり、前科までもっているお縫という造形を考えた場合、その背景には浅草の芝居の影響と見られる犯罪や不良少女の増加という社会風潮があったとも考えられる」（二九頁）と述べている。

お縫も鞠子も性格付けのために盗癖というモチーフが使用されている。お縫の盗癖は強かさを強化するものであるが、饒太郎との関わりにおいては、盗癖ではなく饒太郎を手玉に取った上で別の男と逃げる毒婦性が主であり、内面描写はなされていない。対して、「手長姫」は恥の意識を持っていながらやめることができない「クレプトマニア」性を持つ鞠子が生存のための窃盗をし、最後精神を狂わせる変貌がテクストの中心であり、二人の女性像は方向性が全く異なっている。

同時代の実際の犯罪としての盗癖は生活のための窃盗が多く、他作では毒婦の性格付け（「饒太郎」）、トリック（「万引家族」）となっていた。三島「手長姫」は「クレプトマニア」としての特徴が顕著であり、盗癖のある女性像としてのオリジナリティが高い。

おわりに

「クレプトマニア」から「手長姫」を概観したとき、無意識に愛情を求めていたものの、それを不適切な形（盗癖）で表現することしかできなかった鞠子の孤独の深淵が浮かび上がってくる。現代の設定で周囲に正しい知識を持つ人がいれば、鞠子は「クレプトマニア」として更生施設への入院等で通常の生活を送れた可能性がある。しかし、三島は鞠子の悲劇―愛の渇望から無意識の盗癖を行うことで自ら人生の選択肢を狭め、初めて自らの盗癖を「是認」してもらった相手に依存し、最後には生存のための窃盗を行うまでに堕ち、その上で憐れみを受けた屈辱から精神を狂わせる―を描き出した。これは「クレプトマニア」の認知がなされなかったゆえに起きた悲劇とも言えるが、鞠子の孤独は現代における「クレプトマニア」で苦しんでいる少なくない女性たちと響き合うものを有す。ここに「手長姫」の先見性があり、稿者は現代において再評価に値するテクストであると考えている。

柳瀬善治氏が指摘するように、[20] 近年三島の諸作品をラカンから解読する試みが続いている。心理学という枠組みで言えば、嗜癖（アディクション）からの分析も三島研究において有効なアプローチの一つと考えられる。

＊テキストは『決定版三島由紀夫全集18』（新潮社・二〇〇二）を使用し、頁数は本文中に記載した。

（山口大学大学院担当講師）

註1　『三島由紀夫事典』（勉誠出版・二〇〇〇、二四〇～二四一頁）

2　エレイン・S・エイベルソン『淑女が盗みにはしるとき　ヴィクトリア朝期アメリカのデパートと中流階

級の万引き犯』（国文社・一九九二）、レイチェル・シュタイア『万引きの文化史』（太田出版・二〇一二）。

3　瀬崎圭二「消費から〈病〉へ―〈万引〉する女性たちと寺田寅彦の〈エッセイ的思考〉―」（『言語情報科学』二〇〇三、一七九〜一八二頁）

4　安部祥太「韓国における常習窃盗罪をめぐる近時の議論状況等について」（『治療的司法ジャーナル』（二〇一八・三、二八頁）

5　日本語版用語監修　日本精神神経学会『DSM-5精神疾患の分類と診断の手引』（医学書院・二〇一四、二一三頁）

6　竹村道夫「序章　アディクションとクレプトマニア」（『窃盗症　クレプトマニア―その理解と支援』中央法規出版・二〇一八、一二頁）

7　山中剛史「三島由紀夫「音楽」への一視点」（『芸術・メディア・コミュニケーション』二〇〇三、三頁）

8　『定本三島由紀夫書誌』（薔薇十字社・一九七二）「蔵書目録」における一九五一年以前に刊行された心理学・犯罪学関係の書籍は以下になる（著者・書名・発行年だけ記す）。浅田一「性的犯罪者」（一九四七）、荒木治義「殺人と性的犯罪」（一九三四）、エービング（クラフト）「変態性慾心理」（一九五一）、エリス「性の心理」全二〇巻（一九二七〜二九）、大槻憲二「性格と意志」（一九四六）、クレッチマア「体格と性格」（一九四四）、沢田順次郎・羽太鋭治「変態性欲論」（一九二五）、高田義一郎「変態性慾考」（一九三一）、バアトン（ロバート）「憂鬱症の解剖1」（一九三六）、藤木紳吾「夢判断」（一九四八）、フロイド「日常生活に於ける精神病理」（一九四一）・「フロイト精神分析体系」（1・10・14巻：一九三〇〜一九三三）、望月衛「性の心理と教育―教育者のために」（一九四九）。

9　澤登文治（南山大学法学部法律学科）「法律学の立場から」（注6に同じ。一七一〜一七二頁）

10　その他、テレンス・ダリル・シュルマン氏が「古典的クレプトマニアは、不安を感じ始めると物を盗る。そのうち盗みがアドレナリン放出を誘発し、それが不安への対処だと発見していく」（『クレプトマニア・万引き嗜癖からの回復』星和書店・二〇一九、九六頁）と述べている。

11　武内佳代「三島由紀夫」（『シリーズ・世界の文学をひらく5　日本文学の見取り図―宮崎駿から古事記まで―』ミネルヴァ書房・二〇二二、一一〇頁）

12　法務省HP「犯罪白書　令和3年版」
https://hakusyo1.mojo.jp/jp/68/nfm/n68_2_1_1_1.html

13　法務省HP「犯罪白書　昭和35年版」
https://hakusyo1.moj.go.jp/jp/1/nfm/n_1_2_1_1_2.html

14　安田雅企『少年少女犯罪』（東京法経学院出版・一九八五、二〇五頁）

15　「万引家族」の引用は『定本　坂口安吾全集　第十一巻』（冬樹社・一九六九）による。以下、本文中には頁数のみ記す。

16　三島由紀夫「私の敬愛する作家」（初出『坂口安吾選集』（東京創元社・一九五六、引用は『決定版三島由紀夫全集29』、新潮社・二〇〇三、二二五頁）

17　谷崎潤一郎「饒太郎」の引用は『潤一郎ラビリンスⅡ　マゾヒズム小説集』（中公文庫・一九九八年）による。以下、本文中には頁数のみ記す。

18　対談：三島由紀夫・舟橋聖一「大谷崎の芸術」（初出『中央公論』一九六五・一〇）。引用は『決定版三島由紀夫全集39』（新潮社・二〇〇四）により、頁数は本文中に示す。

19　張栄順「一九一〇年代の毒婦の芝居と谷崎の描く女性―「饒太郎」論―」（『日本語と日本文学』二〇〇二・八。以下、同論文の引用は本文中に頁数のみ記す。）

20　柳瀬善治「「見かけ」＝「ドグマ」から「戦後文学」へ―三島由紀夫とラカンをめぐる研究動向に関する一考察―」（『三島由紀夫研究22　三島由紀夫の方法』鼎書房・二〇二二・四）。その他、心理学の視座からの研究に、福田大輔『筋肉のメランコリー』（晃洋書房・二〇二一）、山中剛史（註7に同じ）がある。

ミシマ万華鏡

山中剛史

『新潮』（令3・5）に、三島由紀夫全集未収録掌編として「恋文」が掲載された。大阪および西部版『朝日新聞』（昭24・10・30）に掲載されたもので、発見者の斎藤理生氏が同誌に解説を執筆されている。同氏によれば朝日のデータベース聞蔵Ⅱのキーワード検索では出てこず日付指定で閲覧できたという。現在、朝日新聞クロスサーチにリニューアルしたが、こちらでは大阪版・西部版ともに二面までで、掲載されたという四面はそもそも存在しないかのようでもある。かつてヨミダス歴史館や聞蔵Ⅱで徹底的に「三島由紀夫」キーワード検索をしていくつか全集逸文を見つけたことがある。こうしたデータベースは極めて便利で散々恩恵をこうむっているが、前にも検索漏れ記事を見つけたことがあり、改めて地道な作業と現物確認の重要さを再認識したことであった。

ところでこの「恋文」、スタンフォード大学のデータベース検索によって、初出掲載の一年半後に再録したものを発見した。国会図書館未収蔵の再録紙『日墨新聞』（1951・3・21）は、メキシコシティで発行されていた日系人向け日本語新聞。一年半後というタイムラグは不審だが、「四〇〇字でなる最短篇小説」全体が再録されていることから、配信された記事を購入したのであろう。他にも三島に言及した記事も幾つか見つけたが、こういうものになってしまうと手作業では全くのお手上げである。

「ゲーム」前夜の「物語」——三島由紀夫「雛の宿」試論——

大西永昭

1. 怪談の向こう側

ある主体によって物語が紡がれようとするとき、そこで行われる語りの様子がどれほど独創的なものに映ったとしても、何ものからも一切の影響を受けていないプリミティブな物語というものはありえない。人は必ず自分が身を置く環境から干渉されながらでしか生きられない存在であるし、近代以降の時代に生きる我々であれば多種多様に発達してきた様々なメディアと無関係であるなどおよそ不可能である。だからこそ、その時代を生きた人々の精神活動を如実に反映してしまう言語芸術である小説も各時代を象徴する様々なメディアから影響を受けつつ、その姿を変化させてきたのである。その中でも例えば映画やマンガと小説の影響関係については各所で論じられすでに文学研究における一つのテーマとして一定の地歩を固めた観がある。しかし、近代以降の視聴覚メディア全盛の時代において文学が影響を受けたメディアは決してそれらに尽きるものではないだろうし、他メディアとのいかなる相関において近代文学がかたちづくられていったかを詳らかにしていくことは、今後もさらに論究されていかねばならない課題であるだろう。そうした観点から眺めたとき、三島由紀夫の短編「雛の宿」（『オール読物』昭和二十八年四月）は特にユニークな作品の一つとして捉えることができる。この小説は数ある三島作品の中にあって脚光を浴びることは希かもしれないが、小説が小説以外の他メディアからどのような影響を受けながら一つの作品として成立しているのかを考えるうえでは格好の題材であるといえる。

「雛の宿」の語り手は自らが〈大法螺吹き〉であることを明言する、いわゆる「信用できない語り手」である。この小説を読む者は、冒頭の〈日頃の僕が大法螺吹きだといふことを知らない君ならば、きつと信じてくれるだらうと思ふ〉という言葉から語り手としての〈僕〉に不信感を抱かずにはいられない。〈僕〉が本当に〈君〉と呼びかける聞き手に自分の語ることを信じてもらいたいのならば、〈日頃の僕が大法螺吹きだといふこと〉など明かすべきではないだろう。にも拘わらず、このようなことを冒頭で述べてしまうというのは、むしろ自分の語る内容の真偽を曖昧なままにしておきたいという目論見がこの語りに胚胎していることの証左にほかならない。わざわざ自分の語る内容の信用度を下げる〈僕〉の身振りは一見奇妙なものに映る。しかし、やはりそこには物語の真相を宙吊りのまま留保しておきたいという〈僕〉の思惑があると考えるべきである。

怪談と目されることもあるこの小説は、タイトルにも示されるように雛人形という、見ようによってはどこか不気味さを感じさせるガジェットを作中に配することで、素直に読めばホラー小説にも通じる奇怪な物語として受け取ることができる。だが、その奇怪さの向こう側にあるものを虚心に見極めようとすれば、物語の中心にあるのが〈僕〉の童貞喪失の顛末というどこまでも現実的な話題であることに気づくだろう。〈戦後の青年が一人残らず十代で童貞を失つてゐる〉という〈一部の大人〉の〈考へ〉を〈莫迦げた憶測〉と呼び、〈今日のやうに、青春を妨げる外部の障害の多い時代には、内部の障害を気にしないでゐられるので、童貞を失はないまじめな青年の数は却つて多いという逆の理論〉を唱えていることからも、〈僕〉は自身が童貞であることを日頃から強く気にかけていたことが窺える。そんな〈僕〉によって語られるのは、偶然パチンコ屋で出会った少女を相手とした童貞喪失の体験である。小説の最後において〈それとも君は、僕の話が嘘つぱちだと云ふのぢやあるまいね〉と問いかける一方で、この体験が真実であると強弁されるのでもなく、むしろ真偽不明のかたちで聞き手の前に差し出されることによって、童貞喪失というそれ自体何ら特別でもない凡庸な出来事が、そこではある種の神秘に包まれた〈童話めいた話〉へと変奏されている。

そもそも〈僕〉の語るところによれば、〈僕〉には〈半年まへ〉までは〈専用の女友達〉がいたということだが、〈彼女は結婚してしまつた〉ため、今の〈僕〉に恋愛対象と呼ぶべき相手はいない。おそらく〈僕〉はこの女性を相手として童貞喪失を経験することを望んでいたのだろう。その果たされなかった理想とする童貞喪失体験の代償とすべく、少女との一夜に特別な意味が付与され、〈童話めいた話〉として語られるのである。そのような動機で語られるこの物語の基底にあるのは、はたしてどのような想像力の様態なのだろうか。東雅夫は〈ひとたび視点を変えて眺めるとき、にわかに異界の霊気を放ちはじめる〉[1]と本作を評しているが、異界の入り口は存外卑近なところに口を開いているのではないか。本稿では、作中に描かれた文化現象に注目し、それに関わる登場人物たちの姿を考察することによって、この「雛の宿」という小説を構成する〈僕〉の語りに漲る想像力の本態をあきらかにし、この小説が現代においてこそ意味を持つ今日的なテーマを備えた作品であることを説き明かしてみたい。

2．パチンコの時代

　童貞喪失の体験が嘘か真実かわからないかたちで語られる一方、〈君も知つてゐる〉こととして明白な事実と提示されるのが〈僕〉が〈パチンコの名手〉であるということである。〈僕〉は童貞喪失の相手となる少女とパチンコ屋で出会っており、彼女にパチンコの手ほどきをすることによって関係を深めることになる。そういった意味からもこの小説においてパチンコは物語が展開するうえで非常に重要な役割を担った存在だといえる。

　矢代静一は「雛の宿」が〈私と三島が銀座のバアによく通っていた頃〉[2]に発表された作品だとしたうえで、自身の実体験とそこから推測される三島の体験が元になっていることを示唆し、〈少女はパチンコ屋にはいなかった。あるバアで働いていた〉と述べている。この小説が本当に矢代のいう通りに三島の体験がベースになっているかどうかは不明であるが、仮にキヨ子のモデルとなった少女と出会った場所がバアからパチンコ屋へ意図的に変更されたのだとすると、それは興味深い改変である。

　パチンコはその賭博性がたびたび取り沙汰され、問題視されてきた大衆娯楽であるが、今では全国各地にパチンコホールが展開し、すっかり日本のロードサイドに馴染んだ景物となった。一九二〇年代前半に海外から入ってきた遊技機が前身となり、その後改良されながら現在の姿となったといわれるパチンコであるが、昭和三十年前後はパチンコ史において重要な意味を持った時期である。当時の活字メディア上にはたびたびパチンコの文字が見られるようになり、「雛の宿」の発表される前年である昭和二十七年（一九五二年）には、総合物流情報誌である『海運』の新年特集号にISEE生の署名で〈その一軒々々のパチンコ屋には大抵四、五十台からそれ以上の機械をずらりと並べ、その内に機械の数以上の人々がうじや〳〵している。何処のパチンコ屋も同様であるから何と暇人の多いこと哉と感心する。而も子供は一人もいない。立派な服装をした会社の重役然としたものから、社員扨ては街のあんちやん、エプロン掛けのおかみさん、飲食店の娘さん等が盛にやつている〉[3]と、大人を魅了する遊技機としてのパチンコの盛況ぶりがレポートされている。さらに同じ年にはサラリーマン小説で人気を博した源氏鶏太[4]がパチンコブームを題材とした短編を発表したほか、この年公開された小津安二郎「お茶漬けの味」や黒澤明「生きる」などの映画作品の中にもパチンコが登場するなど、社会の一風景としてパチンコが描かれるようになっていた。

　そうした時代に発表された「雛の宿」は、その当時のパチンコ・ブームを背景とした小説だということを十分にふまえたうえで読まれる必要がある。それを証するようにこの小説の作中には、パチンコに関する詳細な描写が鏤められている。まず、注目したいのはパチンコの打ち方についてである。現在のパチンコ台とは異なった仕様を持つ当時の台は、当然といえばあまりに当然のことであるが、玉の打ち方も現在とは異なっている。作中には〈少女は玉入れに山のやうに玉をもつてゐて、機械的に一つづつ、右方の穴に入れては、機械的に指を動かしてゐた〉という記述があることから、ここに描かれた台は「手打ち式パチンコ」と呼ばれるものであることがわかる。現代のパチンコと比較するとずいぶんと悠長な印象があるが、連発皿に玉を入れておくことで〈一つづつ〉玉を込めるようなことをせずとも連続で玉を打ち出すことができる「連発式」と呼ばれる機械が昭和二十七年に登場するまでは、このような打ち方が通常であった。そもそもパチンコは、昭和二十三年(一九四八年)に制定された「風俗営業取締法」によって〈設備を設けて客に射幸心をそそる虞のある遊戯をさせる営業〉として規制対象とされており、その法の定めるところにおいて賭博ではない娯楽として営業が認められていた。しかし、「連発式」の登場によってパチンコはより射幸性の高いものとなっていき、その結果、昭和二十九年(一九五四年)十一月に連発式禁止令が出され、翌三十年(一九五五年)四月以降、「連発式」の台は全国のパチンコ店から姿を消すことになる。

この小説は昭和二十八年に発表されていることから、少なくとも物語はその年か、それ以前の時代を舞台にしていると考えるべきだろう。さらに主となる出来事は〈去年の三月匆々〉のこととして語られているため、作中時間的にはまだ「連発式」は世に出ていないか、あるいは普及しておらず、主人公たちは「連発式」以前のパチンコ台に興じているということになる。このことは作品を読み解くうえでも重要な意味を持っていると考えられる。なぜなら、一口にパチンコといってもそれがどのような台であるかによって、それに打ち込む人間がそこに見出す楽しみは一様ではないからである。

「連発式」登場によるパチンコにもたらされた変化について、杉山一夫は次のように述べる。

> 連発式は昭和二七年に登場し、昭和二八、九年に驚異的に普及した。それは、今まで「玉入口」に一発ずつ玉を入れて弾いていたのが、これにより、誰でも片手で簡単に玉を打つことができるようになったからである。正村ゲージは、それまで左手で玉を込めて、右手で頂部の天四本を一心不乱に打ち続けることで成り立っていたので、左手で複数の玉を持ちながら、親指

で玉入口に玉を込めるという、手工業的な技術を必要とした。だが連発式により、玉を込める技術が必要でなくなり、ゲーム性が一段と高まると、客がハッタリの装飾性、物語性を楽しむ時代は終わり、客は入賞口（穴）に玉を入れることのみに神経を集中させた。パチンコメーカーは、手間のかかるハッタリをいっせいになくした[5]。

ここで杉山は、「連発式」の登場によって業界でハッタリと呼ばれるパチンコ台の装飾が駆逐されていったことを、パチンコに備わる楽しみの「物語性」から「ゲーム性」への変化として指摘している。この「ゲーム性」と「物語性」を二項対立的に捉える発想は、そこから約四十年ほど後に社会を席巻するメディアとなるビデオゲームが同様に抱え込んだ問題[6]でもあるが、それに先駆ける遊技機としてのパチンコがそうした事態を経験していたということはゲーム史を考えるうえでも興味深い。デンマークのゲーム研究者イェスパー・ユールは、ビデオゲームの構成要素を「フィクション」と「ルール」の二側面に区分して捉えることを提起しているが、その著書『ハーフリアル』において〈一般によくある現象だが、同じゲームをプレイし続けていると、だんだんそのゲームの表象的／虚構的な側面にあまり関心が向かなくなる一方で、そのルールの側面により注意が向くようになることがある〉[7]と述べている。「連発式」の登場以降、パチンコからハッタリが退潮していった過程もまさにこうした「ゲーム」のプレイヤーたちの心理に通底するものがあるだろう。逆にいえば、それ以前の時代に生きる〈僕〉のパチンコに対する態度は、ただ「ゲーム性」のみを求めてそれに向かい合っていたのではなく、そこにある種の「物語性」をも見詰めるものだったと考えられる。

こうした観点から「雛の宿」という小説を捉え直すと、そこには射幸心を煽る遊技機とは別様の顔を持った、「ゲーム」前夜の「物語」としてのパチンコに、自身の精神を投影させる主人公の姿が浮かび上がる。では、この時代のパチンコというメディアに備わった「物語性」は〈僕〉にどのように影響していったのだろうか。次項ではさらにその様子について考察していく。

3．パチンコ体験にまつわる想像力

この小説に登場するパチンコの盤面は、それを見つめる〈僕〉の目を通して次のように描写されている。

> 最初の機械で、光がすぐ二箱稼げた。ブリキに彩色したおかめの顔やブリキの色鮮やかな富士山のうしろで、小さい車がくるくると廻転する。玉がそこをとほりすぎたあとも、まだ車はまはつてゐる。僕には何だ

かあのかげに、とても小さな二十日鼠が一疋づつ棲んでゐるやうな気がしてならないのだ。……やがて玉は、ブリキの扇のかげに、突如として身を隠す。合図の鈴の音、勢ひよく流れ出す玉。

ここにいう〈光〉とは昭和十一年（一九三六年）から四十年（一九六五年）まで販売された煙草の銘柄を指す。この当時、煙草はパチンコの景品として代表的な物品であった。今日ではパチンコといえば景品の換金を前提とした賭博性の問題がたびたび指摘されるが、現在、三店方式と呼ばれる換金方法が登場するのは昭和三十六年（一九六一年）のことであり、それ以前はヤクザが景品の煙草の買い取りを行うという光景がパチンコ店の近辺で見られた。そうした問題を生み出す原因となったのが、連発式の登場によって出玉の数が増え、客が景品の煙草を持て余すようになったという状況の出来である。結局、そのような事態が後の連発式禁止令に繋がっていくのだが、パチンコの換金が問題化する以前の時代を描いたこの小説の中ではパチンコで獲得した景品を換金するような場面は見られない。「手打ち式」の台に興じる〈僕〉は、景品や換金目的でパチンコを打っているのではなく、パチンコを打つという行為それ自体を目的としているのである。

では、〈僕〉にとってパチンコを打つことはどういった意味を持った行為なのだろうか。右の記述を見ると〈僕〉が打つパチンコの盤面には〈おかめの顔〉や〈富士山〉といった様々なハッタリの存在が窺えるが、先にも引いた杉山の著書によれば、この小説の発表された昭和二十八年頃、〈ハッタリには、バナナ、りんご、なし、いちごなどの「フルーツづくし」や、進駐軍時代を彷彿させる、富士山、桜、芸者などの「進駐軍向け」の台等々、さまざまあった〉という。〈僕〉が打っていた台は、盤面のハッタリが和風なものであることから「進駐軍向け」と呼ばれる台であっただろうことが推察される。〈僕〉はそのような装飾の施されたパチンコ台に対して〈何だかあのかげに、とても小さな二十日鼠が一疋づつ棲んでゐるやうな気がしてならない〉という想像を展開させている。これは連発式が主流の時代には姿を消してしまった盤面上のハッタリの存在によって導かれたものであり、パチンコがただその「ゲーム性」だけではなく「物語性」をも備えていたからこそ可能な想像だったといえる。ロジェ・カイヨワは〈ピンボール、パチンコをもふくめた自動賭博機〉に〈都会風のあるいは野性的な全裸に近い少女、レースカーやモーターボート、舷内に臼砲をそなえた海賊船や昔の船、宇宙服を着た宇宙飛行士や遊星間ロケット、要するにたあいない願望を絵にかいた装飾〉の施されていることを指摘し、これについて〈遊戯者はこのあこがれの対象と瞬間的にさえ同一化できるわけでもあるまいが、しかし少なくとも、こうした刺激は単調な日常生活の気をまぎらすだけの夢の雰囲気をかもしだす〉(8)と述べているが、〈僕〉はカイヨワがいうようにパチンコのハッタリに幻視的な視線を向けており、このパチンコの盤面上に展開される想像力のあり方こそが、〈僕〉が語る〈童話めいた話〉の源泉となっているだろう。

〈僕〉はパチンコ屋で出会ったキヨ子に誘われて彼女の家を訪れるが、その際、玄関からではなく庭から案内される。そのため〈僕〉にとってキヨ子の家の〈屋内は、ガラス戸をとほおして〉眺められることになる。また、後に〈僕〉が一人でキヨ子の家を再訪するときも屋内の様子は〈ガラス戸の中にそれがはつきりと見える〉と、やはりガラス越しに覗かれたことが明言されている。このときの様子は次のように描かれている。

> 僕は瞳を凝らした。
> 　いつかと同じセーラー服の少女と、小さい母親が向ひ合つて坐つてゐた。その少女のかたはらに僕がゐたときと同じ姿、同じ位置、同じ向きに坐つてゐるのだ。そのむかうには目のさめるやうな緋毛氈の上に、内裏雛の金の瓔珞がきらめいてゆれてゐる。しかも僕の耳は秋の虫の音でいつぱいだつた。
> 　僕はずいぶん永いことさうしてゐた。母子は微動もしなかつた。まるで木造の彫刻のやうだつた。そしてもし僕が声をかければ、彼らは本当の木造の彫刻に化してしまふのではないかと思はれた。……

　ガラス越しに眺められた室内は、住人である母子ですら〈木造の彫刻のやう〉に感じられるほど、作り物じみている。〈僕〉がキヨ子の家を再訪したのは秋であり、季節外れの雛飾が室内の様子を現実離れしたものとするのに一役買っているだろう。だが、それ以上にこのようにしてガラス越しに眺められたキヨ子の家の中の様子を非現実的なものに見せているものの本態は、〈僕〉の持つ想像力にほかならない。改めて思い直せば、ガラス越しに虚構じみた景物を眺めるという行為は、人がパチンコに打ち込むとき透明の板を挟んで盤面上のハッタリを凝視するという体験に通じるものである。ならば〈僕〉が迷い込んだ異界とは、彼が自身のアイデンティティとするパチンコの盤面に展開される想像を基調として形象されたものとみなすことができるだろう。

　そもそもこの小説のタイトルにもなっている、季節を問わず飾られている〈内裏雛〉とは、当時「進駐軍向け」と呼ばれていたステレオタイプの日本をモチーフとした和風のハッタリを連想させるものであり、キヨ子の家がパチンコの盤面のイメージを具現化させたハリボテの世界であることを示唆している。そして、それを証するようにキヨ子の家の中にあるものはことごとくが作り物として提示されるのである。まず、〈僕〉がキヨ子の母親を初めて目にした際には〈小さいおばあさんが、バネ仕掛けみたいに飛び上るのが、外からも見えた〉と表現され、それがガラス板の向こう側に設置された仕掛けに見立てられている。さらに家の中に迎えられた〈僕〉をもてなすために用意された〈膳は、呆れるほど小さかつた〉と語られる。パチンコ台を眺めていたときの〈僕〉が、そこに〈とても小さな二十日鼠〉を連想したように、この小説における小ささとは、そこに非現実の世界が捉えられたときに用いられる形容句である。ここでの〈僕〉はその小ささについて次のように表現している。

> それは誇張して云へば、灰皿ぐらゐの大きさの膳で、膳部はまた、ピンセットで作つたかと思はれる料理だつた。お膳の上には、ちやんと、椀もあり、御飯茶碗もあつた。椀をあけると、淡紅のごく小さな麩の断片と、三四本の春雨と、みつばの一葉が浮んでゐた。

　これほどまでに極度に小さな膳は本物を模したフェイクに違いなく、こうしたミニチュアが人間の使用を目的として準備されたものとは考えにくい。そのような歓待を受けるということは〈僕〉自身がそうした作り物の世界に取り込まれつつあることを意味しており、事実、〈僕〉はキヨ子の母に紹介されたとき、〈僕自身が、永いこと戸棚の隅かどこかに隠れてゐた、そして今夜あのむつちりした指で探し出された、何かペンナイフとか、紙入れとか、大事なお盆とか、そんなものになつてしまつたやうな気がした〉という感覚を味わっている。これは後にキヨ子とその母を〈木造の彫刻のやう〉と感じたのと同様の感覚であり、〈僕〉は自分が生きた人間ではなく、作り物の世界の住人になってしまったかのように感じているのである。

　それにしてもここに描かれたのは小説などの創作にのみ特有の際だって特異なフィクショナルな感覚だろうか。いや、そうではないだろう。我々は自分が虚構的な世界に入り込んでその一部となってしまったような感覚を、しばしば「ゲーム」に深く没入している最中に覚えているはずである。〈パチンコの名手〉を自認し、パチンコのハッタリに幻視する〈僕〉にもそのような経験はあったにちがいない。そうしたパチンコ体験によって育まれた想像力を元に〈僕〉は、この〈童話めいた話〉を語っているのである。

4．「ゲーム」によって支えられるアイデンティティ

ここまでの議論によってこの小説がパチンコに根差した

想像力を土台に語られていることがわかった。では、そもそもの話としてなぜそれはそのような論法をもって語られねばならなかったのだろうか。そこにはそのような論法に縋ることでしか自身の童貞喪失体験を語ることのできない〈僕〉の性意識が表れているだろう。

　自分が童貞であることを気に懸けていた〈僕〉は、キヨ子を相手に初めて異性と同衾したときの感想を次のように語っている。

> 　通例、童貞と処女とは共寝をしても、完全な行為には達しないものである。その晩、童貞の僕が、それほど陶酔したことは、不快な結論を導かずにはゐない筈だ。しかし奇蹟やありえないことが起るのに、それほどふさはしい晩はなかつたし、それを考へると、僕には何も言へない。

　これを読む限り、このときの〈僕〉は自分が童貞であるのと同様に、キヨ子のことも処女だと思い込んでいたようである。ここに至る以前の場面で〈君つて、誰でも行きずりに会つた男の子と附合ふの？〉という質問に対し、キヨ子が〈ううん。あなただけ〉と答えていたことから、〈僕〉はキヨ子には男性経験が無いと早合点してしまったのかもしれない。しかし、それにしたところで〈童貞と処女〉による〈共寝〉は〈完全な行為には達しないもの〉というのであれば、事後においてそのようにはならなかったという事実をもって、実はキヨ子は処女ではなかったのではないかということがまず疑われるはずだろう。にも関わらず〈童貞の僕が、それほど陶酔したこと〉を〈奇蹟〉などとして納得しようとする態度には、現実を客観的に受け止めようとする意識が欠如しているといわざるをえない。そうした〈僕〉の理解の根底には、自身の童貞喪失の相手が処女であって欲しいと願う、偏執的な欲望が窺える。キヨ子を初めて見かけた瞬間、〈おや、死んだ妹だ〉と思った〈僕〉には、本人の自己分析の通り〈妹の死んだ年齢と同年配の少女を見ると、すぐ妹を思ひ出す癖〉があったということからも、少女と見れば自分よりも未熟な存在と思い込んでしまう傾向があったということであり、その条件反射的な認知の習性が〈僕〉にキヨ子という女性の本性を見誤らせた原因だといえる。

　けれども、後に〈雛の宿〉を訪れた際、地元の住人からキヨ子とその母が有名な〈色きちがひ〉で、〈何人男を引張り込んだか〉と噂されていることを〈僕〉は知るのであり、それはつまり〈童貞と処女〉で初体験を済ませたいという願望がついに実現しなかったこと意味する。自分だけが童貞であったという、そんな非対称性を糊塗するために〈僕〉がこの物語に持ち込んだ価値観こそが、自身の得意とするパチンコだったのである。

　パチンコはそれが「ゲーム」である以上、そこには「上手／下手」という明確にして現実的な価値の差異が存在する。一般的にはそれが〈僕〉がいうように〈あまり自慢にならない〉のだとしても、その「ゲーム」の場においては〈パチンコの名手〉であることは限定的にでも意義を持つ。性体験において引け目を感じていた〈僕〉は、キヨ子との関係の土台に自分が明確に相手よりも上手であると信じられるパチンコを置くことによって、無知な女性に対し教える側の男性という優位な立場をあくまで保持しようとしているのである。それはそうしたジェンダーバイアスの下にしか異性と性的な関係を結べないという〈僕〉の性意識を曝け出しているだろう。

　〈僕〉が語る〈童話めいた話〉の表層に現れているのは、〈僕〉を〈男雛〉、キヨ子を〈女雛〉に準えることで演じられる〈男雛がかへつてくるまで、女雛は秋になつても雛祭りをやめることができなかつた〉という男性目線の〈甘い物語〉である。だが、〈僕〉が自ら〈甘い〉と言及するように「男雛を待つ女雛」の物語は、あくまで〈僕〉の自己陶酔に根差した願望でしかない。自分は女が「狂気を呈してまで恋慕される男」であるという、そんな〈僕〉の虚栄心を支えているのは、キヨ子との関係において唯一〈僕〉が彼女に対して優位を示すことのできたパチンコなのである。たった一晩の関係性しか持たない二人の間において、キヨ子にとって〈僕〉はパチンコの上手な男でしかなく、そのことに価値が見出されないとすれば〈僕〉はただの未熟な童貞でしかなくなってしまう。ならば〈名手〉と自認するパチンコの巧拙に価値を与えて、その遊技機によって喚起される想像に身を委ねてしまったほうが〈僕〉は〈正気では考へられない甘い空想〉に浸っていられるのに違いない。

　こうした〈僕〉の態度は、「ゲーム」が社会に広く浸透してしまった現代を生きる我々にとって、実は既視感に満ちたものであるだろう。あらゆる価値の相対化されたこの時代において、「ゲーム」は時として現代人を支えるアイデンティティとなっている。「雛の宿」は、そうした人間と「ゲーム」の関係を「ゲーム」前夜の「物語」を提示する遊技機であるパチンコを通して描き出した作品として、ゲーム文学の始祖的存在という角度から捉えることのできる、今日においてこそ読み直されるべき小説である。

（松江工業高等専門学校）

注1　東雅夫「幽界（ゾルレン）と顕界（ザイン）と」（三島由紀夫『三島由紀夫集 雛の宿』ちくま文庫〈文豪怪談傑作選〉、二〇〇七年九月）

2　矢代静一『旗手たちの青春――あの頃の加藤道夫・

三島由紀夫・芥川比呂志』（新潮社、一九八五年二月）

3　ＩＳＥＥ生「流行の王者Patincoのことども」（『海運』一九五二年一月）

4　源氏鶏太「家庭パチンコ」（『一等サラリーマン』要書房、一九五二年三月）

5　杉山一夫『ものと人間の文化史108　パチンコ』（法政大学出版局、二〇二一年六月）

6　拙稿「ドラクエする高橋源一郎──高橋文学の「ゲーム文学」性──」（『近代文学詩論』59、二〇二一年十二月）を参照

7　イェスパー・ユール『ハーフリアル──虚実のあいだのビデオゲーム』（松永伸司・訳、ニューゲームズオーダー、二〇一六年九月）

8　ロジェ・カイヨワ『遊びと人間』（多田道太郎／塚崎幹夫・訳、講談社、一九九〇年四月）

※「雛の宿」の本文は、『決定版三島由紀夫全集18』（新潮社、二〇〇二年五月）に拠った。

ミシマ万華鏡

有元伸子

瀬戸内海の香川・岡山両県に点在する島々は、三年に一度開催される現代アートの祭典「瀬戸内国際芸術祭」で著名だが、通年参観できる美術館や展示も三島由紀夫に関心のある者には見逃せない。

まずは地中美術館や草間彌生のカボチャのオブジェで知られる直島。ここには、三島の存在が創作の基盤にあったと公言する杉本博司の作品が多数ある。世界各地の海の水平線をモノクロで撮影した連作写真「海景」は三島の海を彷彿とさせ、明るい庭園に浮かぶ硝子の茶室「聞鳥庵」も三島の世界観に通じるようだ。

続いて豊島。古い民家を改築した「豊島横尾館」には、生前の三島と親しかった横尾忠則による「生と死」を主題にした作品やインスタレーションがある。赤く塗られた庭の岩や鮮やかなタイルが敷きつめられた小川。館内の三連絵画「原始宇宙」は横尾曰く「男性原理と女性原理の一体化図」であり、階上に展示された絵画「網膜が見た夢Ⅱ」の左下には半裸の三島が横たわる。巨大な塔の内部は上部までぎっしりと世界中の滝の絵葉書が貼られ、『豊饒の海』を想起せざるをえない。

さらに犬島。わずか十年で操業を停止した銅の製錬所の遺構を再生した「犬島製錬所美術館」にあるのは、三島をモチーフとし建物と一体化した柳幸典の作品「ヒーロー乾電池」。三島が暮らした松濤の家の建具が使われ、「太陽と鉄」や「英霊の声」が表現される。

瀬戸内の島に三者三様の三島との対話が存在するのだ。

特集　三島由紀夫・短編小説2

水の都／水の影――三島由紀夫『橋づくし』考――
幸田文『流れる』を媒介にして

関　礼子

はじめに

「景観工学」という分野を専門とし、東京の橋について詳しい伊東孝に『水の都、橋の都　モダニズム東京・大阪の橋梁写真集』（東京堂出版、一九九四年七月）という著書がある。本書はＡ４版のモノクロームによる写真集で、隅田川をはじめとする二都に架かる数多の橋の佇まいを捉えた映像によって印象深く紹介されている。かなり以前のこと、偶然ながら東京について語る同じ市民講座を担当する講師となった折り、氏に触発されて入手したのがこの本だった。それから数十年も経った現在になって、再び本書を手にしたのは他でもない。三島由紀夫『橋づくし』（『文藝春秋』一九五六年一二月）を読んでいるうちに、東京という都市の一面が伊東氏の本の記憶と相俟って「水の都」として静かに脳裏に浮かび上がってきたからである。さらに私事に亘ってしまうが、現在の筆者の住まいは三鷹市にある井の頭公園を水源とする一五〇余を数える神田川に架かる橋のなかでも、一二二番目にあたる「中之橋」近くにある。都市の街中を流れる川のため、水はもちろん黒く濁っているものの秋になると多くの鴨や白い水鳥が北方辺から飛来する。彼らは、上は高速道路、下は大きな幹線道路の轟音に囲まれて殺伐極まりないこの付近の水辺を、朝だけのわずかな時間ながら和やかに活気づけている。やがて春の到来とともに北に帰る彼らは、近年のコロナ禍による不自由な閉塞感に加え、欧州大陸からの戦禍の報が絶えない昨今において、筆者にとって貴重な存在であるに留まらない。日課となった早朝の散歩によって、鳥たちが集うこの神田川の流れが、東京湾の潮の干満によって方向が変わり、その注ぎ先は「水の都」を象徴する東京両国橋近くの隅田川であることを今更ながら実感したからである。

一般にこの国の首都はたとえば「東京砂漠」というような、高層ビル群の谷間を走る多くの車輌音に象徴される無味乾燥なイメージで語られることが多い。それは一面で正しいのだが、この都市には「水の都」としての別の貌も持っていることも忘れることができない。そんな東京の地で敗戦後の作家として数々の小説や戯曲執筆の傍ら、自ら映画出演等も果たしたのち、高度経済成長只中の一九七〇年十一月二十五日、自衛隊東部方面市ヶ谷駐屯地に乱入後、バルコニーでの演説を終え、首謀者として割腹自殺したのはもちろん三島由紀夫である。このような華々しくも武張った出来事を生涯の最後に起こした彼が残した多くの小説のなかで、新橋にある芸者置屋を舞台にした『橋づくし』は、少しも「志士」らしくも「雄々」しくもない小品である。だが不思議なことに、この小説はなぜか大変気になる。そこには三島を語る上で、見落とせない大切な何かが確かに潜んでいるような気配が濃厚に感じられるからである。

一方、この『橋づくし』に先立つこと一年余り前、もちろん描き方はまったく異なるものの、隅田川に濯ぐ神田川河口に架かる柳橋近くの花柳界[1]を描いた作品がある。この地にある芸者置屋に雇われた「女中」の視点からこの世界の一面を描き出した幸田文『流れる』(『新潮』一九五五年一月〜一二月)がそれである。よく知られるように幸田家は江戸城の奥向きに仕える「お茶坊主衆」の家柄。そのような家系に生まれ、維新後の明治前期に電信技士などを経て作家となった父露伴とともに戦災に遭い、やがて戦後間も無い一九四七年に亡くなる露伴の看病を経て作家となったのが幸田文(一九〇四〜一九九〇)である。彼女は父の死後、試行錯誤の末に柳橋にある芸者置屋の女中として働いた体験をもとに、そこに勤める女中の視点から小説『流れる』を書くことになる。いっぽう三島はといえば、第二次世界大戦・太平洋戦争と続くなか、東京帝国大学生として在籍のまま勤労動員後に敗戦を迎え、戦後は短期間ながら大蔵省勤務後、デビュー作ともいうべき『仮面の告白』(河出書房、一九四九年七月)から七年後、『橋づくし』を発表する。

このようにわずか一年余という時差のなか、隅田川近くの「花柳界」を題材として二つの興味深い小説が書かれたことになる。もちろん、ここで両者・両作品の影響関係等々を云々したいわけではない。短編と長編という小説形式上の差異をはじめ、性差や背景上の違いなどはあるものの、幸田文と三島由紀夫という二作家が、あたかも何かの啓示でもあるかのようにほぼ同じ頃、揃って「花柳界」を描き出したことは、何か大変気になるのである。それはいわゆる「作家論」や「作品論」とも重なるものの、おそらくその枠には収まり切れない「何か」のはずである。以下その正体を探るべく、やや遠回りながらもこの「水の都」としての東京の物語がはじまるその当初の記憶から確認していきたい。

一　江戸の記憶

近代に誕生したこの新しい都を形成する礎となったのは、

いうまでもなく徳川家康による武家政権である。谷口榮『都市計画家　徳川家康』[2]によれば、家康の命によるいわゆる「大名普請」によって「一般的には、元和二年（一六一六）に本郷台の神田・湯島間を開削し神田川を通すと、平川と神田川を繋いで外堀とし、さらに寛永十二年（一六三五）には、溜池から赤坂・四谷・市ヶ谷・牛込《うしごめ》・小石川を経て神田川に濯ぎ、隅田川に至る外堀が完成した」という。やがて数百年の後、この地ではじまった武家を中心とする近世社会が終わりを遂げてこの国の首都が「江戸」から「東京」へ劇的な変化を遂げる頃、「水の都」としての記憶を最初に書に残したのは成島柳北（一八三七〜一八八四）である。

江戸の幕末、数え二十歳の若輩ながら「将軍侍講」として江戸城の奥向きに出仕し、やがて「一身二世」と評されるような彼の生涯は、前田愛『成島柳北』（朝日評伝選11、朝日新聞社、一九七六年六月）に詳しい。幕臣だった彼が「柳北」という号を、いつ用いるようになったのか詳らかではない。だが万延元年（一八六〇年）七月に刊行された彼の著書『柳橋新誌』という表題からは、「柳橋」という地が彼にとって大切な「場所」、廣末保のいう牽引力に富むいわゆる「悪場所」[3]であったことが想像される。もちろん、それから数世紀を経た現在、たとえば都庁のある新宿区を基点とすれば、そこはやや中心から隔たった隅田川べりの地である。だが見方を少し変えると、異なる風景が見えてくる。すでに述べたように江戸初期、諸国の武家たちによって造成された人工河川である「神田川」の濯ぐ河口の地に誕生したのが「柳橋」ということになるからである。とすれば旧幕臣の眼からは、この水辺の花柳界は近世末から明治近代へと急激に変わるその「身」と「世」に対する、ある種の「防波堤」として機能したのかも知れない、とここではひとまず想像しておこう。

このような江戸・徳川の記憶が色濃く残るこの柳橋の地に替わり、明治になって新顔の花柳界として台頭しはじめたのが新橋である。サイデンステッカーによれば「明治になってからの銀座の変貌は急激」で、その理由として「銀座をはじめ京橋区一帯は、明治の十五区の中でもいちばん水路に恵まれていた」[4]と指摘している。現在でこそ「京橋区」という名称は無いものの、明治期において新橋はこの京橋区にある新興の地だったことは重要である。というのもそこは、江戸期に栄えた隅田川対岸の深川とも維新期に隆盛した柳橋とも異なる、まさに近代における新興の花柳界であったからだ。とすれば、三島由紀夫『橋づくし』とは近代の新興花柳界である「新橋」という場所が、「帝」を総大将とする敗戦によって幕を閉じた第二次世界大戦後という時空において「水の洗礼」をしたたかに浴びた作品、と取り敢えずは言うことができるだろう[5]。

この新しい花柳界の置屋である桂屋の抱え芸妓である小

弓とかな子、それに料亭「米井」の娘で「早大芸術科」の学生とされる満佐子ら三人がある深夜、付近に架かる橋を同じ道を通ることなく無言のまま七つの橋を渡るという賭け事をおこなう。思えば、おおかたの読者はまずこの設定に惹かれてしまう。時は「深夜」、場所は「新橋近くの川べり」で「芸妓や関係する子女」が「願懸け」を「おこなう」という「５Ｗ１Ｈ」を持ち出すまでもなく、読者は興味を抱かないわけにはいかない。それは花柳界女性による単純極まりないほど愛すべき物語だからなのだろうか。あるいは多くの、おそらくは大半の人々は水辺とは遠い生活を営む都市人にとって、それはあたかも異文化を窺うような興味を抱かせるのか不明である。だがそれにもかかわらず、三島ファンならずともこの物語を読んだ者がなぜか心を惹かれてしまうのは何故だろう。

　他方、この新橋の置屋の女性たちを中心とする物語に対して、隅田川の河口にある柳橋の置屋で働く中年の女中梨花の視点から、花柳界を描きだしたのが幸田文『流れる』である。この小説の登場人物と視点人物を兼ねた「梨花」は、年齢や来歴こそ異なるものの「職種」において「みな」とほぼ同じような境遇である。出自等を隠して住込む『流れる』の視点人物でもある四十代の「梨花」は置屋では主人らの都合で本名ではなく「春」と呼ばれる。もちろん若い新参の女中「みな」とでは年齢ばかりかその気質もまるで異なる。だがそこに出入りする芸妓が「主役」となるはずの置屋という場所において、女中という職種がその家の「最下層」に属するという点では両者は共通している。たとえば梨花は食事や入浴はもちろん、就寝も古畳の上に敷かれた布団の上で家人の就寝後に眠る。

　加えてこの職種は、家人やその他の人間を観察するにおいて、その行為を怪しまれ不快に思われないだけの適切な「距離感」や瞬時に場面の意味を把握する「才知」や「機敏さ」が求められる。その意味で『流れる』の女中梨花は置屋という花柳界を演出する当事者側に身を置いても怪しまれないだけの、家事全般のスキルや人間観察の力を発揮している。彼女は食事づくりや着付けなどの身辺の世話から、金銭や客とのトラブル等々の処理に至るまで、家事一切を切り盛りすることのできる「才知・才覚」はもちろん、時には家の住人たちのみならず、そこに出入りする人々の「生活の細部」を知悉し、対処することもできる人間である。

　おそらくこのような設定は、実生活において若くして病死した弟をはじめ夫や父に至るまで、男性家族たちを十二分に看取った経験をもつ幸田文こその「小説の方法」と言えるかもしれない。「花柳界」という一般家庭とは異なる世界でも通用するこの「ケア」のスキルこそ、彼女をしてこの世界を舞台にした小説を書くことを可能にした必要条件となったはずである。置屋の女中とは、花柳界で生きる女性たちを底辺で支えるいわば「プロ中のプロ」＝「女性領域の熟練者」であるのだから。

二　東都、川べりにての物語

　東都の川べりの記憶が色濃いという意味で共通する『流れる』と『橋づくし』であるが、もちろん差異も大きい。まず『流れる』は作者の代表作ともいえる長編小説で、すでに記したように神田川が隅田川に濯ぐ河口付近の柳橋を舞台とすれば、『橋づくし』は隅田川に近いもののやや離れた中央区日本橋周辺が登場する。さらに二つの作品は同じく「芸者置屋」という設定ながら、前者は重要な登場人物で視点人物も兼ねる「梨花」による大変クールな観察が続く。他方、後者では、深夜の川べりを闊歩する粋筋の女性たちを煌々と照らす月の光のなか、第三者的視点によって物語が進む。それはまさに誰しもが親愛感を抱き、思わず微笑したくなるような一場の劇である。

　したがってこの小説「橋づくし」が多くの論者によって語られるのも、この物語の設定が特殊な場所であるにもかかわらず、東都の川べりの物語として読む者にとって「穏やかな牽引力」をもっているからだろう。さらに留意すべきなのは、この二つの作品に共通するそのような力の源泉が、それを構成する彼女ら玄人女性への、語り手およびその背後にいる作者の「深い関心の証し」として読者に伝わってくるように思われることである。おそらくこの「力」とは、作家や作品への読者側の「欲目」や「贔屓目」、あるいは異世界への「好奇心」や「願望」に似てはいるものの、それらとは少し異なる性質のものであろう。なぜなら「花柳界」とは、戦後間もない頃だけでなく、コロナ禍の現在でさえも人々の「蔑視」と「羨望」という両義性が誘発される世界に違いないからである。

　このように二作とも共通点が多いものの、当然ながら違いもある。『流れる』の梨花は東京出身の寡婦という設定だが、『橋づくし』に登場する女中のみなは、「新参の田舎者」であるうえに、取るに足りないような脇役という役回りを与えられている。もちろん作者である三島は、彼女にこのゲームの最後の勝利者となるという意外性を与えるという仕掛けを忘れてはいない。だがおそらく大方の読者は、小説の最後で思いがけない僥倖を与えられるこの女性を何故ともなく小面憎く思うだろう。それはおそらく彼女がこの場所で唯一の「新参の田舎者」であるからに違いない。その意味で「みな」という設定は第一に他の登場人物たちの「引き立て役」といえる。

　一方、他の登場人物たちはと言えば、いかにも人が好さそうな四十二歳の小弓、一途な性格らしい上に「踊りの筋」も佳いとされながら「旦那運」がないとされる二十二歳のかな子。さらには置屋の箱入娘でこの小説の「ヒロイン」

的地位を与えられている早大の「芸術科」に在籍するという特権的な境遇の満佐子。彼女を頂点とし、かな子を脇役に、小弓を年増の盛り立て役とする女性登場人物をめぐる布陣は、まさに読者に共感やシンパシーを与える恰好の条件を備えている。だが「みな」はまったく異なる。彼女は『流れる』と同じく置屋の女中という境遇ながら、作品の最終場面で果たす役割は梨花とは正反対の「悪役」に近い。それが言い過ぎならば「小面憎い」というような、いわばトリック・スター的な役割が与えられているからである。

だがこのようにかなり異なる物語にもかかわらず、すでに触れたような「優しさ」・「優雅さ」と言いたいような何かが、この二作から確かに窺われる。おそらくそれは、江戸から連続する東京という「都市の記憶」に関係する「なにか」の気配である。そこには不吉な影というような得体の知れない物も伴ってはいるものの、読む者が何故かこの二つの小説に惹かれるのは、第一に彼女たちが興じる「遊びとしてのゲーム」の面白さが、都市の記憶と連動していることにあるはずだ。よく知られているようにカイヨワは「遊び」には「競争」「変身」「眩暈」「運だめし」の要素があると定義したが、この小説にはその四原則がすべて存在する。いや「存在する」というよりも「演じられている」と言ったほうがいい。なぜならこのゲームの演じ手たちは、遊びのプロフェッショナルともいうべき「花柳界」の住人たちであるからだ。彼女たちは、たとえそれがお決まりの何度も繰り返される再演であっても、観る者を飽きさせない「スキル」の持主を指すのだろう。言い換えると「再演」だからこそ観客を安堵させるものが、この二作品から漂っていることは見逃せない。

三　敗戦後の「花柳界」が想起させるもの

もちろん「繰り返される再演」の場所とは言いながらも、まず大方の人間にとって「花柳界」とは「異界」であろう。テレビやスマートホンが日常的必需品である大方の現代人にとっても、そこは依然として異文化というべき世界であることは、ほぼ間違いない。だが私たち近代文学に携わる者が記憶を少し辿ってみると、ここは馴染みのある場所であることに改めて気づくことになる。たとえば、すでに記したように江戸期の幕末に東京の隅田川を一種のアイロニイとしての「聖なる川」とでも見なしたのだろうか、その対岸と此岸との「比較文化」をおこなった柳北『柳橋新誌』（一八五九～一八七一年）など、まさに江戸から明治にかけて刊行されたこの本は、近世と近代という二つの時間軸を隅田川べりの花柳界という空間軸で結ぶ、極めて貴重な文化的＝文学的な「架橋の書」ということもできるだろう。

ではこのように江戸と連続するこの場所が、京から東進してきた「帝」から時を経て総帥となったリーダーによるアジア太平洋戦争によって「敗戦」を迎えたとき、どのような変貌を被ることになったのか。おそらく「敗戦後」とは、直前の第二次世界大戦や太平洋戦争等の「戦中」だけではなく、それに先立つ「戦前」としての日本の明治近代以降の「文化の記憶」も消去しようとする力が働いた時だったはずである。この点に関しては、すでに加藤典洋『敗戦後論』（筑摩書房、二〇一五年七月）にもあるように、こと文学における表現・表象として結晶化されている作品は通常の政治的・文学的な文脈においてのいわゆる「戦後派」だけに留まるものではない。それらの文脈とは一見無関係に見えもする、作家および表現者においてこそ「敗戦後なるもの」は確かに発現したはずである。

思えばわが近代文学の先陣たちは、米国のペリー提督率いる船団に象徴される太平洋の彼方からの圧力によって慌ただしく開国した極東の小さな島国の住人である。その後、彼らは「大国」である「清」にも「露西亜」にも勝利したという二度にわたる「戦勝」を手にした臣民として存在した。もちろん、そこに反戦や非戦の声は存在したものの、結果として明治の二十歳を過ぎた男性たちは徴兵によって直接的に戦地に赴き、銃後に繰り入れられた女たちもその飛沫をしたたかに浴びることになったのである。

だが一九四五年八月一五日以降、私たちの父祖たち・家族たちは明治期の「戦勝」の記憶と正反対になる未経験の「敗戦」という時空を生きることになった。それは大変無様ながらも、何かが確実に変わろうとしていた事態でもあったというべきだろう。この意味で幸田文『流れる』は、この稀代の女性作家――明治の文豪の娘として生まれ、それゆえだろうか父の生前も死後も「家刀自」（主婦）になることに徹しようとして叶わず、数々の偶然の結果、思いがけず作家になった人間――が生み出した小説という言うことができる。もちろん、そこに「敗戦後」という項を安易に付け加えるかことは慎重にならなければならない。おそらく自らが望んだわけではない戦争およびその敗戦によって翻弄された時空に対しての身の処し方とは、当然ながら千差万別であったはずだから。

たとえば露伴の娘として誕生し、実母の病死後に継母との確執や弟の死、さらに自らの離婚など種々の経緯を経た後に戦後において作家になったのは幸田文である。この作家について持続的な研究を続けている藤本寿彦は、この小説の基本的方法を「女中体験を私小説風に語らない」[6]と指摘する。自己の体験に根差す多くの「私小説」が積み重ねられてきた近代文学のなかで、明治の作家を父にもつ幸田文を語る上でこの言葉は見逃せない。「作家」あるいはそう呼ばれる存在になろうとする者にとって、おそらく「私小説」は書くことの原点になるはずだが、果たしてそれを封印することなど可能なのだろうかという問いである。「明治期文豪の娘」という幸田文に貼られる悩ましくも同時に背中を押すようなレッテルを、少なくとも自らが一度は引き剥がすことは必要だが、覚悟も求められるはずだからだ。問題はこれに留まらない。一九四五年以降とは、すでに言及したようにそれまで近代以降の日本の誰もが体験しなかった「敗戦後体験」の渦中でもあった。おそらく筆取る者なら誰しも、この体験を「語りたい」・「語らないではいられない」あるいはその正反対の「語らない」「語りたくない」と封印したであろうことが想像される。したがって、そのような葛藤を生まないでいられない時空において、藤本の言う「私小説的風に語らない」作品を書くには一体どんな方法が可能なのだろうか。

よく知られているように幸田文の父、幸田露伴こそまさに日清戦争に至る時期に文壇的出発を遂げ、日露戦争期にはまさに勝戦国の首都である「水の都」としての「東京論」を試みた人物にほかならない。むろん文が『流れる』を発表した時点で父露伴はすでに亡くなっているものの、明治の文豪「露伴の娘」というレッテルはなかなか剥がそうと思ってもできないことは大方の想像がつく。加えて一九四五年以降とは、明治・大正期という、近代以降において二度の戦勝体験をもつ父祖たちの知らない「敗戦国の子女」という「未曾有」の事態に直面することでもあった。おそらく敗戦後を生きる作家の「父の娘」とは、相当な覚悟をもって戦勝期を生きた父祖の時代に対処しなければならなかったはずである。

彼女が選び取ったのは、「家事の達人」になることであった。それはいわゆる「スーパー家政婦」に近いかもしれないが、もちろん異なる。すでに多くの論者による幸田文論や『流れる』論があるので、ここでは文と同じく隅田川の「対岸」に位置する月島に生まれ、船大工の父をもつという吉本隆明の言葉を引用したい。

> 幸田文の心棒は、しろうとの「粋」と呼んでいいかとおもえた。わたしの「粋」というのはふるくて、紅葉の「伽羅枕」や露伴の「風流仏」をひきあいに北村透谷が徳川時代の平民思想のひとつの支柱として論じているものからひとつもでていない。(中略)幸田文の『流れる』を読むとする。現代の花街の置屋に女中奉公をはじめる梨花は彼女のおもかげを宿している。現代の「粋」が裏がわに流れている置屋の女主人はかつての名妓だ。置かれている芸者衆、その界隈に出入りする御用聞きや商家のひと、などがつくっている美醜の入りくんだ生活感情を、梨花はひとりでに「くろうとの粋」にたいして「しろうとの粋」ともいうべき感覚のよしあしを発揮する。(7)

吉本隆明といえば一九六〇年代の中盤から後半にかけて、三島とは思想的に正反対といえるものの、彼に劣らないほど若者たちから多くの支持を得ていた文学思想の論客である。彼が主宰した雑誌『試行』（一九六一～一九九七）をはじめ、『自立の思想的拠点』（徳間書店、一九六六年一〇月）・『共同幻想論』（河出書房新社、一九六八年一二月）等々、三島のような小説作品こそ残していないが、その影響を受けた同時代の若者は多い。この吉本は一九二六年十一月、他方の三島は一九二五年一月生まれ。両者は日中戦争から太平洋戦争へと至る時代、共に出陣に至る可能性のある学徒としてほぼ同時代を生きた者同士であったことに気づくとき、そこには思想的な差異では見えない「場所」に関わる意外な心象風景が見えてくるように思う。引用文にあるように隅田川の対岸にある向島で生まれた幸田文に対し、ほぼ同地域ゆえの信愛があったのか、ここでの吉本はすこぶる文という作家に親和的である。その結果、『流れる』のなかに他の批評家には想像の及ばないであろう「しろうとの粋」なるものを見出している。

ではその意味するところは何か。たとえば「粋」を「意気地」「張り」「諦め」の三要素から構成されると提唱した九鬼周造の『「いき」の構造』（岩波書店、一九三九年）。九鬼の定義から吉本の指摘を解釈すれば、ここからは花柳界という場所がもつ「宿命」のようなものが窺える。思えばそこは「堅気」を前提とした「玄人」が存在する場所であり、いわばその「相互補完性」において「価値」が生まれる場所でもある。先の引用文につづき吉本は『流れる』の特長を小説の具体的箇所として六項目にわたって挙げ、最後に「感受性のつづまり方（つまり感性による判断力と決断力）と、潔癖感のリズムは、「しろうと」でありながらもっている「粋」の理念のようにおもわれてくる」と結論づける。周知のようにこの小説は素人の中年女性である「梨花」が、まさに花柳界女性を凌ぐような才知と家事力によって置屋の女性たちに対峙する物語である。むろんこの指摘自体、もはや花柳界をめぐる「素人／玄人」の区分がほぼ溶解したかに見える現在ではすでに消費年限を過ぎた感がある。

だが、少なくとも一九九五年時点での吉本のこの指摘は重要である。「しろうと」の「粋」という言葉によって、隅田川べりで展開する幸田文の描き出した「異界」としての花柳界の世界が、その限界性も含めて私たちのもとに届けられるからである。だが同時に浮かび上がるのは、この指摘からさらに時を経た二〇二〇年代の現在、「花柳界」の「粋」を語るのに果たしてこのような射程でよいのだろうかという疑問である。

おわりに　「粋」を相対化するもの

　最後に私たちの近代文学史を振り返って、先の「疑問」に何らかの答えを見出してみたい。たとえば「粋」という言葉は、明治の詩人にして鋭利な批評家でもあった北村透谷が尾崎紅葉のテクストを対象にして批判的に論じていたことに思い至る（「粋を論じて「伽羅枕」に及ぶ」[8]）。彼は当代きっての作家であり通人でもあった紅葉のなかに「徳川氏時代の粋」の臭いを嗅ぎ取って批判の対象としたのである。もちろん透谷自身は鋭利な文学批評家でもあると同時に、当時としては大変稀少な「恋愛結婚」を実践したのち「厭世詩家と女性」（『女学雑誌』一八九二年二月）を書いた二年後に自死した。まさに「粋」という理念に通じていた彼はそれゆえなのだろうか、少なくとも『文学界』の他の同人たちの誰にも増して「現実」と「相世界」の間で激しく葛藤することになったと推察される。

　このような明治前期という、まさに近代文学始発時点の文脈に思い至るとき、先ほどの吉本の読解も相対化されなければならないだろう。言い換えると、吉本をしていささか過剰なほどの読みを促したものこそ『流れる』という小説の特長といえるのではないか、という点である。明治期の透谷が身をもって知悉しつつも相対化せざるを得なかった「粋」が、ここでは「しろうと」であるはずの梨花によって体現されている、という吉本の読みはおそらく彼による一種の「価値観の転倒」の試みなのであろう。それではなぜ彼はこのような読みをしたのか。おそらくそこには「敗戦」という事態が関わっているはずである。言い換えると、実社会とは異なる「花柳界の価値観」に対するこのような転倒にこそ日本の「敗戦」が関わっていたのではないか、という問いである。かつて峻別されていたこの世界をめぐる「素人」と「玄人」の二分法が見事に脱臼されるような時空。比喩的にいえば吉本と三島は「隅田川」を挟んだそれぞれの岸辺から、戦中から戦後に至った自らの世代を対象化しようとしていた、ともいえるかも知れないからだ。

　以上の文脈を視野に入れると、三島の描き出した短編小説「橋づくし」において、花柳界に残っていた江戸から明治近代へと微かに命脈を保っていた「いき」なるものが、いささか「無粋な新参者」である「みな」に敗北するのも頷ける気がする。もちろん早晩、新参者の彼女もこの世界の「ゲームの規則」に精通することに違いない。だが小説的現在において、彼女は「水の都」であるはずの東京がもっていた「水の影」[9]――素人や堅気の世界あってこそ成立する花柳界――という場所の「存在意義」を、新規加入者ゆえの「一瞬の他者性」によって月明かりのもとに映し出したからである。

　これに加えて想起されるのは、本稿の冒頭で引用した伊東孝の言葉である。「都市工学」が専門の彼は別著のなかで、皇居にある「平川門橋」は「魏宝珠付きの在来木橋」で「節一つない柾目のひのき」が用いられ「東京の橋は、皇居を頂点にした橋のタイプとデザイン・ヒエラルキーのあることが分かる(10)」と指摘していた。とすれば、敗戦後の天皇の居城から若干の距離をもつ隅田川に架かる橋たちが数多く登場する『橋づくし』という物語は、意外に深い意味性を帯びてくるだろう。敗戦によって「帝」から「人」へと変貌した天皇の居城から少し離れた深夜の東京の川べりで、その場所を職場として生きる花柳界の女性たちが興じた橋をめぐる小さなゲームは、一瞬の行為遂行性においてそれが戦後の物語であることを静かに示すことになったからである。

注1　ここでいう「花柳界」とは「もともと李白の詩句に由来し、花街の女性を花と柳に譬えたもの」で一説によれば「花は遊女、柳は芸者」を指す」というエドワード・サイデンステッカー（『東京　下町山の手』ティビーエス・ブリタニカ、一九八六年三月初刊を底本とする安西徹雄訳、ちくま学芸文庫、一九九二年一二月第一刷）二三一頁の指摘によれば、妓楼を構成す経営者と、そこに集う男性客を接待する女性によって成立する世界を指す。

2　谷口榮『都市計画家《アーバンプランナー》　徳川家康』（MdN新書、二〇一二年四月）七一頁。

3　廣末保『遊行・悪場所』（未来社、一九七五年五月）参照。

4　サイデンステッカー、注(1)に同じ。

5　岩下尚史『ヒタメン　三島由紀夫が女と逢う時…』（雄山閣、二〇一一年一二月、九四～九五頁）によれば、一九五〇年～十年頃の花街は「大正時代の欧州大戦の前後に勝るとも劣らぬ繁盛」で、たとえば「昭和二十四年の新橋演舞場再開場公演の〝東おどり〟が「大成功」だったと指摘している。

6　藤本寿彦『幸田文「台所育ち」というアイデンティティー』（田畑書店、二〇一七年九月）二五八頁。

7　吉本隆明「幸田文について―しろうとの「粋」―」（新潮日本文学アルバム6、新潮社、一九九五年一月）九七～九八頁。

8　一八九二年ごろ稿。生前未発表（『透谷全集第一巻』勝本清一郎「解題」による）岩波書店、一九七三年一一月）四三一頁。

9　たとえば『源氏物語』「宇治十帖」の「椎本の巻」では「河ぞひ柳の起き臥し靡く水影」と記されていた。このように川べりの「柳」は「水」に映る「影」として古来より多義的な意味を放っている。

10　伊東孝『東京の橋―水辺の都市景観』（鹿島出版会、一九八六年九月）一五四～一五五頁。

特集　三島由紀夫・短編小説2

三島由紀夫「孔雀」にみる創造神
——中井英夫「虚無への供物」との比較から——

小松史生子

はじめに

三島由紀夫の短編小説「孔雀」（『文学界』一九六五年二月号）は、一九六四年十月に横浜ドリームランドで発生した孔雀惨殺事件を題材にしている。この作品を分析するにあたっては、先行研究が示すとおり、実際の事件とフィクションのナラティヴ比較[1]や能楽との関係性[2]、また登場人物の果たす構造機能分析[3]など、幾つかの切り口が考えられようが、本論は一九六〇年代半ばの日本の文学場に散見する「虚無」への志向を「孔雀」から抽出し、同時代テクストの傾向上に本作を置いて再考を試みたい。

一、虚無への酩酊を示す二つのテクスト

「孔雀」に登場する主要な人物は三人——地主の息子で横浜南埠頭の倉庫におざなりに勤めている富岡と、元オペラ歌手である富岡の細君、そして孔雀惨殺事件を担当する刑事である。

富岡邸への刑事の最初の訪問の後、細君を遠ざけ一人になって孔雀惨殺事件を考察する富岡は、刑事の存在によって「自ら、孔雀の死に並々ならぬ関係を持っているような感じ」を覚え、自分が「夢のなかで犯した犯罪だつたのかもしれない」と考えだす。

> さう考へなければ、あの犯罪にひそむあまりにも無意味な、美的なほど無意味な、人の理解を拒む要素がはつきりして来ない[4]。

このくだりは先行研究が指摘するように、たしかに夢幻能におけるワキとシテの変奏に解釈して差し支えなかろうが、「美的なほど無意味」という表現が指す内実は、ただ能楽の形式に倣う構成としてばかりではない、かなり求心的な命題を含むナラティブのようだ。なぜなら、富岡の考察は、第3節をまるまる使い、テクスト全体のおよそ三分の一を占めるほど過剰で、その過剰な饒舌の中で「無」と

「美」の癒着が執拗に言及されるからである。

　すべては孔雀のせゐなのだつた！　あれは実に無意味な豪奢を具へた鳥で、その羽根のきらめく緑が、熱帯の陽に映える森の輝きに対する保護色だなどといふ生物学的説明は、何ものをも説き明しはしない。孔雀といふ鳥の創造は自然の虚栄心であつて、こんな無用にきらびやかなものは、自然にとつて本来必要であつた筈はない。創造の倦怠のはてに、目的もあり効用もある生物の種々さまざまな発明のはてに、孔雀はおそらく、一個のもつとも無益な観念が形をとつてあらはれたものにちがひない。そのやうな豪奢は、多分創造の最後の日、空いつぱいの多彩な夕映えの中で創り出され、虚無に耐へ、来るべき闇に耐へるために、闇の無意味をあらかじめ色彩と光輝に鏤めておいたものなのだ。だから孔雀の輝く羽根の一つ一つは、夜の濃い闇を構成する諸要素と厳密に照合してゐる筈だ。[5]

　富岡というディレッタントな人物の口を借りて、こうまで執拗に繰り出される「無」と「美」の癒着は、「生と死に一貫した論理を持つ[6]」として賛美される。生と死に一貫した論理とはいったい何であろうか。テクストの結末に準じて解釈すれば、生と死が同じ無意味という境地で鏡像のように対となる次元のことであり、そこではウロボロスの環のように時間が巡り合い、老年の自分が少年の自分と遭遇することも可能な、量子力学的思考あるいは永劫回帰の哲学を指すのであろう。しかし、その「論理」は、ただの「死」ではなく「殺」という行為によってもたらされるものである点が重要だ[7]。「孔雀は殺されることによってしか完成されぬ」という思考は、自然死の対極にある殺戮をして「もつとも自然の意図を扶けるものになるだろう」という結論に結び付く。この逆説的な結論は、「孔雀」というテクストのユニークな着眼であり、現実に起きた横浜ドリームランドの事件をみごとにフィクションに昇華しているが、しかし、一部の読者からは或る既視感を覚えさせる論理の展開であったかと推測される。とりわけ、こうした結論を導き出すための、「そう考えなければ」という富岡のセリフに着目すれば、既視感の正体は明白である。

　「孔雀」が『文学界』に掲載される一年前、三島由紀夫は一九六四年三月二十日の『朝日新聞』に、或る書物の広告文を寄せた。

　　推理小説を本道に戻すもの、
　徹底的人工世界に、人間の情念の闇に引き戻すもの[8]。

これは、単行本『虚無への供物』のための広告文である。

「虚無への供物」は中井英夫が塔晶夫のペンネームで第八回江戸川乱歩賞（一九六二年度）に応募し、最終選考まで残った作品である。しかし、この応募原稿は規程枚数を大きく超えていた上に完成稿ではなく、受賞を逃した後に一年をかけて後半部が書き継がれ、一九六四年二月に単行本として講談社から出版された。今日ではアンチ・ミステリの金字塔ともみなされる長編小説「虚無への供物」は、東京目白にある氷沼家で起こった連続殺人事件を骨子としてストーリーが展開し、アイヌの呪いや五色不動をめぐる都市伝説、薔薇や宝石に関する色彩学といった衒学を絢爛と鏤めるが、結局は「無意味な死」を「故意の殺人」に読み替える氷沼蒼司の欲望が真相とされ、就中、登場人物の一人が「謎ときの本格物だと思って、ストーブの傍や木陰のハンモックでのんびりページを繰っていると、いきなり犯人は読者のあなただなんて、悪趣味[9]」と言い放つことでテクストの位相が錯綜し、そのメタ的物語構造が賛否両論となった問題作だ。

この作品になぜ三島由紀夫が広告文を寄せたかについては、二人の間の親交の経緯がある。中井は三島より三歳年上で、府立高校に在籍していた一九四二年に学校の文芸部宛てに送られてきた『学習院輔仁会雑誌』一九四二年十二月号に掲載された三島の「玉刻春」を読み、「粛然とした」と回想している[10]。一九四七年七月～四八年九月にかけて発行された『第十四次　新思潮』に参加していた中井は、当時大蔵省に勤めていた三島由紀夫の許へ寄稿を依頼しに行き、首尾よく三島の詩を獲得した[11]。一方で、中井は一九五五年に「虚無への供物」の初稿を碧川潭名義で、会員制の同性愛サークル「アドニス会」の雑誌『ADONIS』で発表する[12]。三島は中井と同じく「アドニス会」の会員で、周知のように榊山保名義で「愛の処刑」を『ADONIS』の別冊『APOLLO』五号（一九六〇年十月）に寄稿している。ここから推して、三島は江戸川乱歩賞応募や単行本刊行以前から中井の「虚無への供物」の存在を知っていたろう。三島は一九六四年五月八日に銀座で開かれた「『虚無への供物』出版を祝う会」に塚本邦雄、寺山修司、澁澤龍彦らと発起人の一人として出席した。中井が三島に『虚無への供物』の初版を七千部刷ったと告げたところ、三島が羨ましがったという逸話を、後に中井はインタビューに答えて語っている[13]。

ところで、中井英夫「虚無への供物」における真犯人・氷沼蒼司の犯罪動機は、蒼司自身のセリフに託して次のように述べられている。

> 「おれのおやじを、くだらない船の事故でいきなりなくすなんてことは、どう考えても許せることじゃない。そんな現実が、どうして容認できるものか[14]」

蒼司の父親は、北海道の七重浜沖で実際に起きた洞爺丸の遭難事故で溺死したと設定されている。洞爺丸の事故は、一九五四年九月二六日に起こった。死者および行方不明者一一〇〇人以上を出す戦後最大級にして日本海難史上に残る悲惨な事故である。洞爺丸の遭難事故は後に検証され、船長の判断ミスの他に、停電という間の悪い現象の勃発、および気象衛星のなかった当時の気象予報状況など、幾つかの不幸が重なった結果でもあったことが判明している。しかし、当時の世論は事故のあまりの凄惨さ故に洞爺丸職員や国鉄関係者への非難が激しかった。「虚無への供物」全編を貫いて読者を圧倒する氷沼蒼司の怨嗟は、当時の世論の声を投影したもので、父親の〈無意味な事故死〉を〈故意の殺人〉に読み替えるために、叔父殺しを決行するという倒錯した心理が犯罪動機として描かれた。蒼司は、「どう考えても許せることじゃない」無意味な事故死を有意味な死に転換するため、殺人という究極手段を選び取り、連続殺人を示唆するコードを周到に考え抜く。しかし、そのコードは、示唆するべき連続殺人がフィクションであるがゆえに、無意味な装飾《レトリック》と化して、ただむやみに衒学的魅惑を鏤めた空虚な光輝となってテクストを彩るのだ。そのレトリックの絢爛たる空虚さ、無意味なコード《トリック》こそ、「虚無への供物」が仕掛けたアンチ・ミステリの物語構造なのである。

こうした氷沼蒼司の倒錯論理は、「孔雀」における富岡の言「さう考へなければ、あの犯罪にひそむあまりにも無意味な、美的なほど無意味な、人の理解を拒む要素がはつきりして来ない」に響き合うものではなかろうか。中井と三島の交流を考えると、この共鳴は偶然とは考えにくい。「孔雀」を執筆する三島の念頭に、中井の先行作品が披露した「虚無」への志向が潜在していた可能性はないだろうか。この点について、今少し詳述してみよう。

二、創造神ディオニューソスの顕現

ここで、「孔雀」が題材とした一九六四年十月の横浜ドリームランドで発生した孔雀惨殺事件を、改めて見直してみる。一九六七年十月三日の『朝日新聞』夕刊の記事は、「クジャク27羽惨殺される」というタイトルで事件を報道した。十月二日の朝九時に孔雀小屋を見に来た飼育員は、二十五羽の孔雀が右の羽の上を刺されて死に、残る三羽が弱り切っているのを発見したといい、「棒でめった打ちされ、鋭い刃物で刺されて三日朝までに二十七羽が死んだ」と述べる。この無惨な事件は数日おいて繰り返され、十月十八日付『朝日新聞』夕刊に、「またクジャク全滅」とある。二日の事件を受けて補充した二十三羽が襲われたが、前回と異なり、今回は傍に犬の足跡があったことと孔雀が腹を食い破られていたことから、野犬の仕業とみられた。二つの相次いで起こった孔雀惨殺事件の真犯人の検証はさておき、この事件が世間に衝撃を与え陰惨な気持ちを投げかけたのには、殺された孔雀が一羽や二羽ではなく、実に二十羽を越し三十羽に至らんかというほどの数であったところに起因しよう。三島が着目し題材としたのも、このあまりにも大量の殺戮数のためであったろうと、テクスト本文の「燦爛たる骸」「殺された孔雀どもの狂躁の叫び[15]」という表現、また「千頭の牛を飼ひ、千頭の馬を飼ひ、あるひは千羽のカナリヤを飼ふことは、豪奢と言へるかもしれないが、その殺戮は少しも豪奢ではない[16]」という比較の言い回しからも推測される。「孔雀」のテクストで無意味という言葉が指すものは、孔雀の身体の華美に対すると同時に、なぜこれほど大量に孔雀を殺す必要があったのか、その不可解な動機にも向けられているのだ。動機も必要性も認められない大量殺戮の薄気味悪さは、何か人ならざるもの――人知を超えた存在を容易に読者に予感させる。その予感は、「創造の倦怠」「創造の最後の日」といった語彙の効果によって、たやすく創造神の意へと読者を誘導していく。現に三島は「孔雀」を収録した単行本『三熊野詣』の「あとがき」で、次のように述べている。

> 自作ながら、私はこれらの作品に、いひしれぬ不吉なものを感じる。（中略）私にかういふ作品群を書かせたのは、時代精神のどんな微妙な部分であるのか？　ミーディアムはしばしば自分に憑いた神の顔を知らないのである[17]。

この発言からも、「孔雀」のテクストに顕現する創造神の存在を読み取るのは、あながち的外れではあるまい。この創造神の着想については、一九五一年十二月二十五日～五二年五月十日にかけて、三島が船と飛行機で海外旅行をした際に萌芽した可能性が考えられる。紀行文集『アポロの杯』所収の「希臘・羅馬紀行」（初出『芸術新潮』一九五二年七月）に、次のような記述があるのが注目されよう。

> かうした直感の探りあてた究極の美の姿が、廃墟の美に似てゐるのはふしぎなことだ。（中略）不死の神は死すべき生物を創るときに、その鳥の美しい歌声が、鳥の肉体の死と共に終ることを以て足れりとしたが、芸術家がもし同じ歌声を創るときは、その歌声が鳥の死のあとにまで残るために、鳥の死すべき肉体を創らずに、見えざる不死の鳥を創らうと考へたにちがひない[18]。

ここでは不死の神と芸術家が対比されて言及されている

が、この考えはやがて不死の神と芸術家を融合させた創造神の着想に転移していったのではあるまいか。同じ紀行文中で、三島がリオの謝肉祭を「古代希臘のディオニューソス崇拝を想起」させると感じているくだりも参照したい。

> 　ともあれ、われわれ非基督教徒にとつては、謝肉祭の昂奮に、馬鹿さわぎだけがあつて、狂信の要素がないことほど、喜ばしいことはない。はからずも私は悲劇「バクカイ」にゑがかれてゐる古代希臘のディオニューソス崇拝を想起したが、それは決して宗教的ドグマにもとづく狂信ではなかつたに相違ない。ディオニューソスが正しいがために、人がこれに赴いたのではない。ディオニューソスが正しいがために、人が狂乱と殺戮に陥つたのではない。希臘人は、人間のあらゆる能力を神に祭つたから、安んじて狂乱に陥り、生の恐怖に安んじて身をゆだね、陶酔のうちに、愛児を八つ裂きにしたのである。(19)

　右の文章を参照する限り、三島にとってディオニューソスは不死と芸術家の融合した創造神そのものだったようだ。とすれば、ディオニューソス信仰にまつわる集団狂乱とその陶酔における殺戮の光景は、横浜ドリームランドで起きた孔雀の大量惨殺事件の光景に重なり、現代に顕現した創造神ディオニューソスの生贄の祭りに昇華できる題材として、三島の眼には映ったのではなかろうか。

　そして、そうした超自然の創造神的存在を否定するための機能――探偵小説にみる如き合理主義の象徴として、刑事という属性を持つ人物が登場していると考えられる。刑事が孔雀事件の容疑をまず富岡にかけるのは、動機の見えない大量殺戮を、何とか理解できる動機で解釈したいという世間的欲望の現れである。この世間的欲望に刺激されて、富岡は自身が犯人であることを夢想しだす。

> 　そして刑事という職業の与へるふしぎな暗示力のおかげで、あの男の目、声、すべてにある仮構の現実をエッチングのやうににじみ出させる腐蝕力のおかげで、富岡自ら、孔雀の死に並々ならぬ関係を持つてゐるやうな感じがしだした。それはともすると、細君がいみじくも暗示したとほり、彼が夢の中で犯した犯罪だつたのかもしれない。(20)

　ここで刑事と富岡は共犯関係を無意識のうちに結んだと解釈できよう。しかし、実際には犯人ではない富岡の夢想は、人知を超えた創造神的存在と自らが融合する超自然の方向へ突き進み、刑事は彼に引きずられる形でその合理性の機能から逸脱し、ついには富岡の夢想の共犯となって創造神的存在の像を共に視てしまう――視てしまうということは、すなわち認知したということだ。顕現した創造神ディオニューソスは、十七歳の富岡の容姿を借り、数匹の犬の鎖を握っている。むろん現実におきた二度目の孔雀惨殺事件から採用された着想に違いないが、一匹ではない複数の犬は地獄の番犬ケルベロスを匂わせ、また彼らが「乱れて踊っている」様は、やはりディオニューソス的祝祭をうかがわせる。彼らを〝視てしまった〟ことによって、刑事に仮託された合理性の機能は創造神を語る富岡の「不合理」の機能に打ち負かされ、彼らは同じ神への認識＝信仰によって一体化するのだ。

　一方、中井英夫『虚無への供物』に登場する氷沼蒼司も、必要性のない大量虐殺に激怒し、これを何とか理解できる――すなわち無意味ならぬ有意味な動機に読み替えんとした人物として描かれた。洞爺丸事故の犠牲者は一四三〇名とされ、遺体八〇〇余名の漂着遺体が北海道七重浜に横たわる光景を速報で報道する当時の新聞記事は、世間に大きな衝撃を与えた[21]。『虚無への供物』はその衝撃と遺族の慟哭を、「おれのいたのは、砂まみれの死体が、つぎつぎとマグロのように陸あげされる、あの海の殺人現場だった」という表現で、氷沼蒼司に代弁させた。

　おれは、ずいぶん長いこと考えていた。七重浜に坐りこんで、何日も暗い海を見ながら、この事件を人間界の出来ごとだと信じるにはどうしたらいいかを考え続けていた。（中略）パパは人間で、豚じゃあない。貨物船に積みこまれたあげく、高波に叩きつけられてくたばっていい筈はないじゃないか。違う、パパはただ、兄弟の憎しみという、人間の原罪のひとつを背負って、それを清算するために暴風の夜を選んだに過ぎない。そのために死んでいったに違いないんだ[22]。……

しかし、蒼司が必死に考え抜く人間界の信仰は、父・紫司郎とその弟・菫三郎（氷沼藍司の父で、洞爺丸に同乗していた）の仲の良さを思い起すことで簡単に破れてしまう。その代わりに蒼司が聞くのは、創造神の声である。

　二人がカインとアベルではないとすれば、パパは、やっぱり豚として海へ投げこまれるほかにはない。……おれの絶望を救うように、暗い海の底から呼びかける声が聞こえた。

　――橙二郎を殺せ、それだけがおれの願いだ。菫三郎はアベルではない。末の弟のセツにすぎぬ。おそろしいエホバの誤算で二人は海へ落ちた。早く、アベルを殺せ。あのしたり顔の〝弟〟を[23]。

ここにも大量殺戮の光景が与える〈無意味な死〉の概念を超えんとして、テクストに創造神の営為を呼び込む志向が見出せよう。長編小説である「虚無への供物」は、洞爺丸事故の他にも、一九五五年二月十七日に起きた聖母の園養老院の火災を物語に取り込んだ（作中では「S・B園」）。身寄りのない老女達の収容施設で起きた未明の火災は、死者九十九人を出す大惨事として日本の災害史に記憶されている。中井はこの火災をも大量殺戮の光景とみなし、蒼司の大叔母をここで死亡させた。極めつけは広島の原爆で、蒼司の叔母とその息子を被爆者に設定している。現実に起きた数々の大量死者の出た事件――犯人が特定できない殺戮に囲繞され、物語の中で蒼司は「現実として容認しないと決めたんだ。人間世界にあっていいことじゃない。断じて許せないことだと心に決め、架空の、追及されてもいない犯人の必要があるなら、このおれがなろうと誓った」（注24）のである。蒼司の決意は、「孔雀」における富岡の次のような述懐のプロトタイプの位置にある。

> 富岡はさまざまに考へたが、さうして得た結論は、孔雀は殺されることによつてしか完成されぬといふことだつた。その豪奢はその殺戮の一点にむかつて、弓のやうに引きしぼられて、孔雀の生涯を支へている。そこで孔雀殺しは、人間の企てるあらゆる犯罪のうち、もつとも自然の意図を扶けるものになるだらう。それは引き裂くことではなくて、むしろ美と滅びとを肉感的に結び合わせることになるだらう。さう思ふとき、富岡はすでに、自分が夢の中で犯したかもしれない犯罪を是認してゐた。[25]

そして富岡は、「ひどく熱い願い」[26]を抱え、「赤らんだ満月」[27]のもとで、自分の裡にある創造神――孔雀の大量殺戮を有意味に読み替える自然の意図――が客体化して現前したのを目撃する。ここにおいて「自然の意図」は、人間の企てにおいてなされた超自然ということになる。つまりは現実と地続きの超自然なのであり、そこでは人間が創造神に変化することもまた可能なのだ。黴くさい応接間で美少年の写真を目にとめ、それが目の前の荒廃した顔を持つ中年の男と同一人物だと認めた瞬間から、刑事はこの現実と地続きの超自然の世界の存在に薄々気づいていたのだろう。これは「孔雀」のテクストが仕掛ける周到な伏線《わな》である。そのように本テクストを読むとき、読者はやはり先行するアンチ・ミステリがかつて仕掛けた伏線《わな》を想起せずにはおれまい。

> 「自分が犯人な筈はないのに、犯人の要素を持つというわけか」

黙っていた牟礼田が口を添えて、
「いまの時代では、とにかく、ぼくたちは何かに変りつつあるのかも知れないね。人間じゃない何ものかに。一部分ずつ犯罪者の要素を持った生物というか……」[28]

右の文章は、「虚無への供物」最終章の一文であるが、なんと「孔雀」における富岡にあてはまることか。ちなみに、「虚無への供物」でも、「赤らんだ満月」ならぬ「赤銅色の月」「畸型な赤い月」[29]が登場する。そして、この「赤い月」が笑い続ける場面で、江戸川乱歩賞に応募した分の原稿（序章～第二章まで）は終わっているのである。

おわりに

「孔雀」を発表した一九六五年の六月から、三島由紀夫は『豊饒の海』の第一部「春の雪」の執筆を開始した。『新潮』での連載がスタートしたのは同年九月である。周知のように「春の雪」冒頭は、明治三十二年六月二十六日に撮影されたという「得利寺付近の戦死者の弔祭」と題する日露戦争の写真の描写に費やされている。

　そのほかはみんな兵隊、何千という兵隊だ。前景の兵隊はことごとく、軍帽から垂れた白い覆布と、肩から掛けた斜めの革紐を見せて背を向け、きちんとした列を作らずに、乱れて、群がつて、うなだれてゐる。わずかに左隅の前景の数人の兵士が、ルネサンス画中の人のやうに、こちらへ半ば暗い顔を向けてゐる。そして、左奥には、野の果てまで巨大な半円をえがく無数の兵士たち、もちろん一人一人と識別もできぬほどの夥しい人数が、木の間に遠く群がつてゐる。[30]

「孔雀」と同じく「春の雪」冒頭に大量の死の気配が満ちているのは、偶然の符合ではない。これら無数の兵隊が向かう中央の墓標は、言うまでもなく〈天皇〉だろう。国体概念でもって天皇を〈父〉とする国家システムに鑑みて「春の雪」冒頭を解釈するのであれば、並行して書かれたテクスト「孔雀」において、富岡が「先代」すなわち父親の家を相続して住み続けている無為の息子であるという設定が、にわかに意味を持ってこよう。「支那製の黒檀の透かし彫の屏風」「南洋ものの漁具」「客船の赤道通過の証書」[31]――応接間に飾られたこれらの「先代が集めたがらくた」[32]は、帝国主義を象徴する小道具だ。

「虚無への供物」でも、蒼司は父・紫司郎が建てた目白の氷沼邸にずっと住み続けている。日本帝国主義下の権威を体現した植物学者を父親[33]に持つ中井英夫は、戦中派世代が戦前派世代に抱く怨念のもとで「虚無への供物」に父殺しを描きこんだと思しいが、三島はどうだったのだろうか。「虚無への供物」も「孔雀」も、父の家に住み続ける男と彼に関わる男達という、極めてホモソーシャル的空間(34)で、「夥しい無意味な死」に耐えられず、結果、自ら無意味を有意味に読み替える創造神に変化することを激しく希求するテクストであろう。

（金城学院大学）

注1　久保田裕子「美の転位―三島由紀夫『孔雀』論―」（『人間文化研究年報』第十五号、一九九一年三月）、高場秀樹「三島由紀夫『孔雀』覚書：小説技法より見た読解を中心に」（『京都語文』第十一号、二〇〇四年十一月）

2　高場秀樹「『孔雀』と能楽」（『京都語文』第五号、二〇〇〇年三月）

3　黄如萍「三島由紀夫「孔雀」試論」（『2011 年度 財団法人交流協会フェローシップ事業 成果報告書』、二〇一二年三月）

4　『決定版　三島由紀夫全集20』四一七頁（新潮社、二〇〇二年七月）

5　前出『決定版　三島由紀夫全集20』四一七～四一八頁

6　前出『決定版　三島由紀夫全集20』四一八頁

7　三島は澁澤龍彦に宛てた一九六三年十月二十日の手紙で、「少年時代の自分に殺されたいといふ甘い滅亡の夢（中略）タイムマシーンによる殺人と自殺」への願望を述べている。（『決定版　三島由紀夫全集　38』五二八頁、新潮社、二〇〇四年三月）

8　一九六四年三月二十日の『朝日新聞』には、「人巧」と誤記されている。

9　『中井英夫全集1　虚無への供物』六七五頁（東京創元社、一九九六年十二月）

10　中井英夫「見てしまった魂の不幸――三島由紀夫十代作品集」（『週刊言論』、一九七一年三月五日号／『ケンタウロスの嘆き』、潮出版社、一九七五年三月　／引用は『中井英夫全集6』二五一頁、東京創元社、一九九六年七月）

11　「四八年五月二十四日（月）曇のち晴　（中略）大蔵省。三島由紀夫。詩をもらって新宿まで一緒に帰る。アマノジャクで勤めているんだという。わりに人なつっこい」（『日本文学全集45　安岡章太郎・吉行淳之介』月報、河出書房新社、一九七〇年八月／『ハネギウス一世の生活と意見』五八頁、幻戯書房、二〇一五年四月）

12　『ADONIS』21号～23号、26号に連載。このうち1・2回は本誌掲載、3・4回は別冊のかたちで刊行された。

13　「塔晶夫は語る」『中井英夫スペシャル　Ⅱ』六七頁（幻想文学出版局、一九九三年二月）。また、中井から完本を贈られた三島が「どうしても感想をいいたいと駆けつけてきてくれ、ひとわたり詳細な技術評をしたあと、ふっとはにかんだように、「オレ（登場人物では）藍ちゃんが一番好きさ」といった」というエピソードも、中井は語っている。（「虚無への供物――自作再見」『朝日新聞』、一九九一年二月三日／前出『ハネギウス一世の

生活と意見』一一四～一一五頁）

14　前出『中井英夫全集1　虚無への供物』六五九頁。傍点は引用者による。

15　前出『決定版　三島由紀夫全集20』四一三頁

16　前出『決定版　三島由紀夫全集20』四一七頁

17　三島由紀夫『三熊野詣』二〇三頁（新潮社、一九六五年七月。傍点は引用者による。）

18　『決定版　三島由紀夫全集27』六〇三～六〇四頁（新潮社、二〇〇三年二月）

19　前出『決定版　三島由紀夫全集27』五七三～五七四頁。三島はこの旅でディオニューソスに文字通り憑かれてしまったらしく、「今日も私はつきざる酩酊の中にゐる。私はディオニューソスの誘いを受けてゐるのであるらしい」（六〇五頁）として、ディオニューソス劇場で過ごした時間を印象的に綴っている。『決定版　三島由紀夫全集27』月報で、田中美代子は「（三島に）憑いた神の顔」を「〝遠矢を射かけるアポローン〟の顔か」と解しているが、おそらくはディオニューソスであろう。

20　前出『決定版　三島由紀夫全集20』四一七頁

21　田中正吾『青函連絡船　洞爺丸の謎』一〇四～一〇五頁（成山堂書店　一九九七年三月）

22　前出『中井英夫全集1　虚無への供物』六六一頁

23　前出『中井英夫全集1　虚無への供物』六六一頁

24　前出『中井英夫全集1　虚無への供物』六四九頁

25　前出『決定版　三島由紀夫全集20』四一八～四一九頁

26　前出『決定版　三島由紀夫全集20』四二六頁

27　前出『決定版　三島由紀夫全集20』四二八頁

28　前出『中井英夫全集1　虚無への供物』六六九頁

29　前出『中井英夫全集1　虚無への供物』

30　『決定版　三島由紀夫全集13』十二頁（新潮社、二〇〇一年十二月）

31　前出『決定版　三島由紀夫全集13』四〇九頁

32　前出『決定版　三島由紀夫全集13』四一三頁

33　中井猛之進（一八八二～一九五二）。著名な植物学者。東京大学教授で小石川植物園園長。一九四三～四五年の間、陸軍司政長官としてジャワのボイテンゾルグ植物園（現ボゴール植物園）園長を務めた。戦後は国立科学博物館の館長に就任した。

34　「虚無への供物」の奈々村久生も、「孔雀」の富岡の細君も、男達が張り巡らす「論理」という名で隠蔽された創造神を生み出すホモソーシャル空間から、本質的に疎外されていると解釈できる。奈々村久生は婚約者の牟礼田を蒼司に奪われ、富岡は細君ではなく刑事と共に夜の遊園地に出向くのだ。ちなみに、奈々村久生がマイナーなシャンソン歌手、富岡の細君が元オペラ歌手という設定の相似も看過できない。

特集 三島由紀夫・短編小説2

「蘭陵王」試論――音楽の言語化をめぐって

和田 崇

1．「蘭陵王」の音楽描写（序論として）

短編小説「蘭陵王」は、『群像』一九六九年一一月号に発表され、一九七一年刊行の自筆原稿完全復元版『蘭陵王』（講談社）と評論集『蘭陵王――三島由紀夫 一九六七・一―一九七〇・一一』（新潮社）に収録された後、新潮文庫版『鍵のかかる部屋』（一九八〇年初版／二〇〇三年改版）に収録された。新潮社の全集では、旧版第17巻（一九七三年）と決定版第20巻（二〇〇二年）に収録されている[1]。近年では、『日本近代短篇小説選 昭和篇3』（岩波文庫、二〇一二年）に採録され、同書が大学の近代文学の授業で多く用いられていることから、三島由紀夫の短編の中でも、現代広く読まれている作品の一つであると言える。

三島の生前最後の短編小説として名高い「蘭陵王」について、本誌の読者に詳しい梗概を示す必要はないだろう。簡単に内容を確認すると、作者自身を想起させる「私」を語り手とし、八月の炎天に富士の裾野で行った楯の会の学生たちとの戦闘訓練の模様、および訓練後の宿舎において学生Sが横笛で奏でる「蘭陵王」を聴いた感銘が描かれている。

「蘭陵王」については、学術論文をはじめ、同時代評や解説も含めて先行研究が多く存在する。近年では学生Sのモデルである関河眞克（二〇二〇）の証言も発表され、作品の虚実について三点の仮構があり、加えて最後のフレーズが八月二〇日の夜ではなく七月二七日における新入会員への個人面談の際に告げた言葉であることも明らかにされた。

福田涼（二〇一七）が的確にまとめているように、「蘭陵王」は「生身の作者である三島由紀夫本人の思惟を素朴に反映したものとして読まれてきた」（八二頁）。そのためか、大江健三郎（一九八八）が指摘するように、「このイデオロギーを信じる人間には充実感が伝わる」が、「そのイデオロギーを疑う人間には、空虚な小説だという感じがする」（二四頁）といった拒否反応を示す読者もいる。本稿の筆者の立場を明らかにしておくと、イデオロギー的には大江に近い。しかし、三島の「蘭陵王」には、イデオロギーだけでは回収しきれない文学的な魅力が備わっていると考えている。そして、その源泉は、本作品の音楽描写にあると考えた。

　先行研究のうち、音楽描写に着目した論考で特に参考になったものを整理しておきたい。高橋英夫（一九七三）は、三島の作品の演劇的性格を論じる中で「蘭陵王」の音楽描写にも触れ、「肉体と精神とが何らかの一点において交換し、交流しあえるような条件が成り立たなければ、音楽は鳴ることをしない」とし、三島が「みごとに横笛の調べと共に現出したものを言葉でとらえることができたのは、肉体と精神とが互いに鏡となって相手を映しあえるような言語表現を獲得していたからにほかならない」（二〇八～九頁）と指摘している。青海健（一九九二）は、ニーチェを参照軸として三島の作品を読み直す中で、Sの奏でる笛をディオニュソス的な「言葉そのものからのはみ出しの境位へと飛翔しようとしている」（五八頁）ものの象徴として捉え、同（二〇〇〇）でも、Sの奏でる横笛の音を「言葉ではない行動の世界」のメタファーとして捉え、「言葉によって組み立てられている文学の世界」と対照的なものである（八二頁）と指摘した。また、阿部孝子（二〇〇八）は、作品の随所に織り込まれた「蛇」のイメージを論じる過程で、演奏される旋律の描写にもそのイメージが見れることを指摘している（四三～四頁）。さらに、関河眞克（二〇一四）は、「蘭陵王」における横笛の音の描写を逐一引用しながら、それが曲のどの部分にあたるのかを解説した上で、「その音色の本質を小説の中に余すところなく書き綴った」と評し（二〇六～九頁）、同（二〇二〇）においても同様に、『源氏物語』椎本巻における笛の音の描写と比較して、三島の音楽描写の画期性を賞賛している（四二頁）。

　近年に書かれた論文で筆者の試みに近く、最も参考になるのが、前掲の福田涼（二〇一七）である。福田は、作者の思惟の反映として読まれてきた本作品を、テクストの精読によって再考する過程で、「蘭陵王」の音楽描写について二つの重要な見解を示している。一つは、音楽に共同体内部の社会的紐帯を促す効果があると指摘したことである。福田は、「一定のリズム」が「集団における行動様式の統一化」を、「旋律《フレーズ》の反復」が「調和・統合・安心といった印象を聴衆にもたらす」効果があり、それが「蘭陵王」の横笛の描写にも見て取れ、「楯の会」の集団に「調和の印象や身体的な共感をもたらす」した（八三頁）と論じている。もう一つは、音楽の言語化にともない表現主体の身体感覚が作用することを指摘したことである。福田は、言語で音楽を表現する際に、「表現主体は音楽を再び聴いて」おり、「自らの記憶や身体感覚を手掛かりに音と音とを関係づけ、自らの裡に一つの楽曲を再構築」し、「一種の演奏」を行っている（八七～八頁）と論じた。

本稿では、三島の随筆や他の創作における音楽の記述を抽出して分析の材料を収集する。そして、如上の先行研究のうち、福田が指摘した音楽の言語化にともなう身体感覚に示唆を得ながら、「蘭陵王」の音楽描写を考察したい。

2．三島由紀夫と音楽

「蘭陵王」の音楽描写を論じるにあたって最初に確認しておきたいのが、三島と音楽との関係である。これについては、鎌田広己（一九八九）があるほか、近年では、小説家で音楽評論家の宇神幸男による著書（二〇二〇）も上梓された。両氏の先行論も参考にしながら、三島（ないし三島文学）と音楽の関係を見ていきたい。

まず、三島の音楽観について、音楽学者の岡田暁生や前掲した宇神などに言及されている『小説家の休暇』（一九五五）を中心に確認したい。三島は音楽について大きく三つの私見を示している。

一つ目は、音楽の無形性とそれに対する畏怖の念である。三島は、「音といふ形のないものを、厳格な規律のもとに統制したこの音楽なるものは、何か人間に捕へられ檻《をり》に入れられた幽霊と謂《い》つた、ものすごい印象を私に惹《ひ》き起す」（28巻：五六一頁）と述べ、「作曲家の精神が、もし敗北してゐると仮定する」と、「音はあふれ出し、聴衆の精神を、形のない闇で、十重廿重にかこんでしまふ。聴衆は自らそれと知らずに、深淵につきおとされる」（同：五六一～二頁）と指摘している。(2)

二つ目は、音楽という芸術の受動性である。三島は、「他の芸術では、私は作品の中へのめり込まうとする」のに対して、「音楽に限つて、音はむかうからやつて来て、私を包み込まうとする」（同：五六四頁）と述べ、「音楽をきくたのしみは、包まれ、抱擁され、刺されることの純粋なたのしみ」で、「命令して来る情感にひたすら受動的であることの歓びではなかろうか」（同：五六五頁）と推定している。(3)

三つ目は、音楽に対する視覚的認識である。『小説家の休暇』からではないが、「三島は死ぬまで、見るということに執拗にこだわった形跡がある」と指摘した澁澤龍彦「三島由紀夫をめぐる断章」（一九八三）や、「私は音楽でさえ聴くことができず、見てしまう人間なのだ」と述べた三島自身による『目——ある藝術断想』の「あとがき」（一九六五）を引用した上で、宇神幸男（二〇二〇）は、「事実、三島は聴く人ではなく見る人であった」（一〇一頁）とまとめている。(4)

次に、三島の創作において「音楽」がどのように捉えられているのかも確認したい。

長編小説『金閣寺』（一九五六）では、空襲で焼かれず戦後も残った金閣寺に対し、「私」（溝口）が、以前は「細部と全体とが、音楽のやうな照応を以てひびきだしたのに比べ」て、「音楽の怖ろしい休止のやうに」「完全な静止、完全な無音」（6巻：七一～二頁）を感じたように、金閣寺のメタファーとして「音楽」が用いられている。また、内翻足の障害を持つ悪友の柏木が、実は琴古流の奏者で、伯父の形見である尺八を「私」に譲る。柏木は「永保《ながも》ちする美がきらひ」で、柏木にとっての「音楽の美」は、「一定の時間を純粋な持続に変へ、確実に繰り返されず、蜉蝣《かげろふ》のやうな短命の生物をさながら、生命そのものの完全な抽象であり、創造である」「生命に似たもの」（同：一四九頁）と捉えられている。一方、柏木の影響で尺八を始めた「私」もやがて上達し、「音楽は夢に似てゐる。と同時に、夢とは反対のもの、一段とたしかな覚醒の状態にも似てゐる。」「とまれ音楽は、この二つの反対のものを、時には逆転させるやうな力を備へてゐた」（同：一六七頁）と認識する。このように『金閣寺』において「音楽」は、生命に似た一回性の短命の美として、および夢と現実の間《あわい》に位置するものとして捉えられていた。(5)

長編小説『音楽』（一九六四）は、兄との近親相姦を起因として冷感症になった女性患者の症例を、精神科医の手記の形式で描いた小説であるが、「音楽」はその女性の性的オルガズムの象徴として登場する。最終的に、兄の子を産みたいという願望が冷感症につながっていたことが明らかになり、彼女がこれまで「音楽」を聴くことができたのは、「妊娠の恐怖を全く免がれて、兄に対して永久に母胎を空けておくことができると感じた」場合に限られていた（11巻：二〇五頁）ことが語られるように、ここでの「音楽」は、精神と肉体を媒介するものとして機能していた。

戯曲「朱雀家の滅亡」（一九六七）では、堂上華族の朱雀家の守護神である弁天様の象徴として「音楽」（琵琶）が登場する。朱雀家の子息である経広が、「水は音楽だ。」「人間の体は水でできてゐる。だから彼女はそれを支配して、それを音楽に変へてしまふ。血は水でできてゐる。だからそれを支配して、血は音楽に変つてしまふ。」「朱雀侯爵家そのものが音楽なんだ。だから、音楽はいつか終るんだよ」（24巻：四三四～五頁）と述べるように、ここで「音楽」は朱雀家の血統を象徴している。また、召使の（当主が嫁をとると弁天様の嫉妬にあって殺されるという迷信により偽装した実母の）おれいいから琵琶の稽古を進められた際に、経広は「片手に鉄砲を持ち、片手で琵琶を弾けといふのか」（同：四三六頁）と反発し、「音楽」が戦争に対置するものとして捉えられている。

以上から導き出された音楽観を整理すると、三島は音楽を無形ではあるが視覚的に認識可能なものとして捉えつつ、音楽鑑賞の受動的性質から油断をすると精神を支配されかねない畏怖の対象として認識していた。さらに、三島の創作では、音楽が短命の美として捉えられたり、一族の血統の象徴として描かれるなど、人間の生命のアナロジーとして機能し、夢と現実や精神と肉体の間を媒介したり、音楽（文事）と戦争（武事）のように明確に対比されたりと、二項対立を喚起する特徴が見られた。

3. 音楽の言語化

次に、本節では音楽の言語化について考えたい。そもそも、文学作品において実際の音楽を完全に再現することは不可能である。それは音楽に限らず、現実に起きた出来事を文章で余すことなく記述しようと試みる場合も同じである。たとえば、物語論《ナラトロジー》の情景法のように、物語言説（テクストそれ自体）と物語内容（テクストで表現された内容）の時間が一致する、つまり、五分の演奏を読者がちょうど五分で読み切れるような表現で描いたとしても、原曲と読者が知覚した音とは一致しない。音楽描写でどのような音が再現されるかは、もっぱら読者の想像力に委ねられているのである。

福田涼（二〇一七：八七頁）でも指摘されているように、三島は自伝的評論『太陽と鉄』（一九六五～一九六八）で、その「読者の想像力」の問題に言及している。三島は、肉体の実存に対する表現行為の抽象性に疑念を表明する中で、言語表現の本質を次のように説明する。

> 何故、われわれは言葉を用ひて、「言ふに言はれぬもの」を表現しようなどといふ望みを起し、或る場合、それに成功するのか。それは、文体による言葉の精妙な排列が、読者の想像力を極度に喚起するときに起る現象であるが、そのとき読者も作者も、想像力の共犯なのだ。そしてこのやうな共犯の作業が、作品といふ「物」にあらざる「物」を存在せしめると、人々はそれを創造と呼んで満足する。（33巻：五二八頁）

ここに、サルトル（一九五二）の主張も重ねておきたい。

> 創造するという行為そのものは、作品を製作するための不完全で抽象的な一つの動機にすぎない。作者しかいないとすれば、作者は欲するままに書けるだろうが、対象としての作品は決して陽のめをみないだろうし、作者はペンをおくか絶望するほかはないだろう。しかし書くという操作からは、当然、その弁証法的相関者としての読むという操作がみちびきだされる。そして二つの関連した行為のためには、二つの異る動因が必要となる。精神の作品という具体的な想像上の対象を現出させるためには、作者と読者のむすびつけられた努力が必要である。（四三～四頁）

三島の主張はサルトルのそれと同じく、受容理論の萌芽として興味深い。テクストと読者の相互作用によって作品という擬制の物が誕生することが、両者によって示唆されているのである。

これに関連して興味深いのは、「蘭陵王」の音楽描写の捉え方が一様ではないことである。たとえば、安岡章太郎（一九六九）は、横笛を見たことがなく雅楽への造詣もないにもかかわらず、「「蘭陵王」という曲を耳の底の何処かで憶い出しているようなものを感じ」、樋口覚（二〇〇〇）は、実際に「蘭陵王」の横笛を聴いた経験から、「三島の『蘭陵王』は、甚だ優美であまりに公家的である」（三六二頁）という「瑕疵」を指摘している。さらに、当事者の感想として、奏者である関河眞克（二〇一四）は、その再現性を高く評価し、元「楯の会」の井上豊夫（二〇〇六）は、その場に居合わせたN君の「小説で描かれているのとは相当に違う雰囲気」で「笛の技量もあまり高いとは言えず、かなり違和感があった」（三五頁）という証言を紹介している。

ここで重要なのは、誰が原曲を理解できていない、あるいはテクストを正確に読めていないかではなく、言語表現によって読者がイメージする音は多様化することである。ただし、多様化するからといって音楽が創造されないわけではない。読者は想像力を喚起されることで、各々の知覚によって音楽を生み出しているのだ。

では、読者の想像力を喚起するためにはどのような音楽描写が可能だろうか。三島の作品からいくつかの用例を拾ってみたい。

まず、もっとも単純な表現方法として、音を直接的に表現した擬音語の使用が考えられる。たとえば、共産党分派の過激派による二重スパイに翻弄される警察署の模様を描いた「喜びの琴」（一九六四）において、交通係巡査の川添と若い公安係巡査の片桐が聞く琴の音《ね》は、「コロリンシャン」（24巻：二六・四一・九六～八頁）や「ポロロン」（同：四一頁）、「リリランシャン、リロリルシャン」（同：九七～八頁）と、戯曲の台詞ということもあって擬音で表現されている[6]。

次に、曲を聴いたり楽器を演奏したりする人間の動きを描写することによって、間接的に音を表現する方法もある。たとえば、世俗的な生き方を嫌悪する若者三人が廃教会の地下室で怪しい遊戯に浸る「月」（一九六二）では、「かれらはコンクリートの裸かの床の上で腰を大ぶりに振つて踊りだした。振子のやうに、左右へ振られる腰と両手はだんだん勢ひを増し振幅をひろげた」（20巻：一一八頁）と、ラジオから流れる「ツウィスト」に合わせて若者たちが踊る様子を描くことで、音の持つリズムを身体的に表現している。また、戦後占領期の人気ジャズ・バンドのマネージャーをヒロインとする『恋の都』（一九六七～一九六八）では、「ピアノの松原は、白い繊細な手を、まるで紡績女工のやうにめまぐるしく働かせて、象牙の鍵盤にむかつてゐた」（4巻：三八五頁）というように、演奏された曲の音はほとんど言語化されずに、奏者の動きが描かれている。

　最後に、最も効果的な音楽描写として、福田涼（二〇一七）が指摘したような身体感覚をともなった表現が挙げられる。たとえば、「豊饒の海」第二巻『奔馬』（一九六七～一九六八）において、鬼頭槇子がコルトーの弾くショパンのノクターンを蓄音機でかけ、それを飯沼勲が聴く場面では、「馴染《なじ》まぬ音楽の、冷たい水に肌を沈めて泳ぐ快さに似たものが、気持にしみ入つた」（13巻：五三八頁）と表現されている。また、洞院宮治典王が逮捕された勲らを救う手立てがないか逡巡する場面では、ベルリン・フィル（フトヴェングラー指揮）の「ティル・オイレンシュピーゲル」が流され、「淋しい、孤独な、意識の底まで水晶のやうに透けて見えるティル」や「神経の銀の束をはたきにして、座敷内をはたいて廻るやうなティル」（同：七一七頁）と喩えられている。

　以上から導き出された音楽の言語化の方法を整理すると、そもそも音のイメージは、テクストと読者の相互作用によって創造されるため、多様化は避けられない。そして、その音を再現する方法としては、擬音語による直接表現、奏者や聴衆の身体的動作による間接表現があり、また、身体感覚をともなった比喩的な表現がある。

4．視覚性と身体感覚（結論として）

　最後に、これまで確認してきた三島の音楽観や音楽の言語化の方法を参考に「蘭陵王」の音楽描写を分析していくが、紙幅の都合により全ての観点を適用することはできない。したがって、第二節で得られた音楽の視覚的認識と、第三節で得られた身体感覚をともなう比喩表現に絞って応用したい。以下に、「蘭陵王」における音楽描写をいくつか引用し、視覚的な表現には傍線を引き、身体感覚をともなう表現は**ゴシック**で記していく。なお、引用文中の「／」は改行を表している。

・するどい序奏は、**嚠々《りうりう》と耳を打つ**高音ではじまつた。／　その音が、芒《すすき》の葉のやうな或る形を描いた。私の心はしきりに**野の禾本科《くわほんくわ》植物の尖《とが》つた葉端が、頰をかすめる感じ**を描いた。（20巻：五六八頁）

・音が、**はりつめた目の眼尻に涙を含んだ感じ**の、凜々《りり》しい緊張を醸《かも》し出したかと思ふと、次には宴の快楽の倦怠を思はせる音になつた。（同：五六八頁）

・……笛の音は、しかし、聴く耳に、あとからあとから押し寄せて来るやうに感じられた。茫々たる海の夕波のやうに。（同：五六八頁）

・音には、しかも一片の暖色もなくて、寒色ばかりで占められてゐる。はなはだ遠くにきこえるかと思ふと、忽然として近くに在る。そのとき笛の音のなかに、何らかの面影が立ち休らふのが見える。／　音がなだらかな坂を下り切ると、今度は永遠につづくやうな急坂を昇りはじめ、**切迫した息の苦しみはひしひしと身にせまり、氷結した死が、青年の息を迎へ入れるために、かなたに口をあいてゐた**。（同：五六九頁）

・音があとからあとから押し寄せて、寄せてはかへる波のやうにつづいてゐるのは、しかし、一時《いつとき》のことであつた。（同：五六九頁）

・そして気がついたときは、笛の音は二度と引返せない或る深みへわけ入つてゆくところだつた。その笛の音の**蒼々たる滑らかな背中**を私は認めた。どんな心情の深みであるかは知れぬが、おそらく心情をつきぬけて、さらに深い透明で幽暗な堺へ入つてゆき、それが私たちの世界を突然**鷲づかみにし、子供が掌の中で何気なく握りつぶす酸漿《ほほづき》のやうに、それを押しつぶしてしまふ**。……（同：五七〇頁）

　もちろん、分析に合うように恣意的に抜き出しているが、右の引用群は「蘭陵王」の音楽描写のうちの半分以上に当たるため、一定の傾向が見られることは明らかだろう。「蘭陵王」の音楽描写は、視覚的ないし身体的な比喩、あるいは両方が共起する場合もあり、そのほとんどが隠喩によって描かれているのである。

　以上論じてきたように、三島は音楽という語り得ぬものを視覚的に捉え、「蘭陵王」では視覚だけでなく身体感覚をともなう隠喩を駆使して、音楽が見事に言語で表現されていた。この音楽描写の評価に際して、音楽学者と文学研究者双方の論考を参照して本論のまとめとしたい。

　まず、岡田暁生（二〇〇九）によると、そもそも「音楽は言葉を超えている」という発想はドイツ・ロマン派が作り出した近代イデオロギーである。しかし、シューマンの音楽批評で独特なレトリックが駆使されたように、彼らもまた音楽を言葉で語らざるをえないという矛盾を抱えていた。つまり、語らずして音楽はできない。そして岡田は、指揮者たちがリハーサルで身体感覚に関する独特の比喩を使っていることに着目し、「わざ言語」[7]と呼ばれる「身体の共振を作り出す言葉」が有効に機能することで、「生きた音楽をまざまざと現出させることが出来る」（三五～六六頁）と指摘している。

　次に、山本亮介（二〇一八）は、奥泉光の小説「シューマンの指」（二〇一〇）を読解する補助線としてロラン・バルトの音楽エッセイに注目している。山本による要約を参照すると、「音楽を言葉で表現する難しさの理由」は、音楽が「一般的な意味体系を前提とする言語活動ではなく、意味以前の差異が織り成す意味形成性の次元に」位置づけられるからであり、そのように「言語活動の質」を具現する音楽を語るためには「必然的に「隠喩」となることが要求される」。そして、その「隠喩」の内実として、「バルトは音楽を、同じく意味以前のものとしてある〈身体〉の表現に結びつけ」ており、音楽の「《きめ》」と名づけられた音楽の身体性を通して、受容者に「芸術家の官能的な身体イメージが与えられる」（一四二～五頁）という。

注目したいのは、岡田も山本も、全く別のアプローチから、音楽が語り得ぬものとされる背景と、その逆説として音楽を隠喩として語る意義に触れ、その隠喩が身体感覚をともなうことを示唆していることである。「蘭陵王」で確認できた音楽の隠喩としての身体感覚は、ある意味で音楽表現の王道であるとも言えるだろう。

もちろん、岡田と山本の両氏が考察の対象としているのは西洋音楽ないしそれを言語化したテクストである。しかし、音楽描写の普遍性という観点からは、十分に横笛の描写にも応用できるだろう。三島の「蘭陵王」は、身体感覚をともなう隠喩によって読者の想像力を喚起し、たしかに音楽を響かせた。私はそこに、ドイツ・ロマン派と同様に、言葉を超えるもの（＝音楽世界ないし死の美徳）を理想としながらも、結果としてそれを巧みに表現してしまった三島の文学的才能と晩年の思想との撞着を読み取った。

（三重大学）

注1　「蘭陵王」の書誌については、田中美代子（二〇〇二：八〇七～八頁）を参照。本稿における「蘭陵王」および三島の作品の本文引用は、全て決定版全集に拠っており、以降に三島由紀夫の作品を引用する際は、決定版全集の巻数と頁番号のみ記して書誌の記載は省略する。

2　岡田暁生（二〇〇九：二〇～一頁）では音楽体験の超越性を、同（二〇一九：一二～一三頁）では、楽器が本来持っていた呪術的要素を解説する中で、三島が抱く「音といふ形のないものを、厳格な規律のもとに統制したこの音楽」に対する畏怖を紹介している。

3　岡田暁生（二〇〇九：六～七頁）や同（二〇一九：六六～七頁）では、音楽鑑賞の受動的性質を説明する際に、三島の『小説家の休暇』を引用して紹介している。また、宇神幸男（二〇二〇）は、『小説家の休暇』における音楽に関する記述をまとめて引用した上で、「クラシック音楽（の一部）は意味内容がなく、目に見えず、無形態なものであり、それゆえに不安と危険、恐怖を感じる」（五〇頁）のに対し、「意味内容があり、目に見えるようなクラシック音楽となると、宗教（教会）音楽、オペラ、バレエ、標題音楽、描写音楽しかない。事実、三島が好んだのはオペラとバレエであった」（五一頁）と三島の考えを整理している。

4　三島の「私の小説の方法」（一九五四）では反対に、小説の執筆に際して「ある象徴的ではあるが同時に視覚的な一場面がうかんで来ると、それは視覚的でありながら、音楽的な感動を私によびおこす」（28巻：三三〇頁）と述べているが、これも逆説的には音楽を視覚的に認識している表れだと考えてよいだろう。

5　ただし、この直後に「私」は、音楽に酩酊する自分を金閣寺が黙過したことで、音楽に対する魅力が薄れ、尺八への興味が霧消する。なお、『金閣寺』における「音楽」の役割については、田尻芳樹「『金閣寺』における音楽の比喩について」（『言語・情報・テクスト』二四号、二〇一七年一二月、二七〜四〇頁）で詳しく論じられている。

6　ただし、擬音とは別に、「まどやかな音」（24巻：二六頁）や「妙《たへ》なる音色つふのか、心が透きとほるやうな音」（同：九七頁）、「静かな、デリケートな高い音」（同：一〇〇頁）といった表現も確認できる。

7　「わざ言語」とは、生田久美子の『「わざ」から知る』（東京大学出版会、二〇〇七年）で論じられた特定の身体感覚を呼び覚ますことを目的とした特殊な比喩のことで、岡田はそれを音楽の比喩の考察に応用している。

【引用・参考文献一覧】

・阿部孝子（二〇〇八）：「三島由紀夫「蘭陵王」の「蛇」：二種類の時間と蓮田善明」（『解釈』五四巻七・八号、四二〜五〇頁）
・井上豊夫（二〇〇六）：『果し得ていない約束：三島由紀夫が遺せしもの』（コスモの本）
・宇神幸男（二〇二〇）：『三島由紀夫VS音楽』（現代書館）
・大江健三郎（一九八八）：大岡昇平・吉行淳之介・大江健三郎・大庭みな子「座談会：群像の短篇名作を読む」（『群像』四三巻五号、六〜三〇頁）
・岡田暁雄（二〇〇九）：『音楽の聴き方：聴く型と趣味を語る言葉』（中公新書）
・岡田暁生（二〇一九）：『音楽と出会う：21世紀的つきあい方』（世界思想社）
・青海健（一九九二）：『三島由紀夫とニーチェ』（青弓社）
・青海健（二〇〇〇）：『三島由紀夫の帰還』（小沢書店）
・鎌田広己（一九八九）：「三島由紀夫事典：音楽」（三好行雄編『三島由紀夫必携』學燈社、三六〜七頁）
・サルトル、ジャン＝ポール（一九五二〔一九四八〕）：『サルトル全集 第九巻』加藤周一・白井健三郎共訳（人文書院）〔*Qu'est-ce que la littérature?*, Gallimard.〕
・関河眞克（二〇一四）：「龍笛と古代の笛、そして文学」（原豊二・劉暁峯編『東アジアの音楽文化：物語と交流と』勉誠出版、一九七〜二一〇頁）
・関河眞克（二〇二〇）：「小説『蘭陵王』の真実」（『三島由紀夫研究』二〇号、三四〜四六頁）
・高橋英夫（一九七三）：『見つつ畏れよ』（新潮社）
・田中美代子（二〇〇二）：「解題・校訂」（『決定版三島由紀

夫全集20』新潮社、七八九～八二五頁）
・樋口覚（二〇〇〇）：『富士曼陀羅　三島由紀夫と武田泰淳』（五柳書院）
・福田涼（二〇一七）：「三島由紀夫「蘭陵王」論」（『阪大近代文学研究』一四・一五号、八一～九五頁）
・安岡章太郎（一九六九）：「11月の小説(下)：蘇生可能の世界」（『毎日新聞』一〇月三一日夕刊）

ミシマ万華鏡

久保田裕子

三島由紀夫の人間関係は一九六〇年代後半には政治の世界にも広がっていったが、そこには同時代の人のつながりがあった。

舟橋聖一の『わが女人抄』（朝日新聞社、一九六五・一）は、宇野千代、林芙美子などの女性作家、淡島千景や高峰秀子などの女優、高松宮妃殿下などの五八名の当代の著名な女性との交流が記され、「他の文人に書けない舟橋氏の人徳溢れる好著」（三上秀吉「大仏劇と舟橋劇」「新文明」一九六九・一二）と評価されていた。本書の最後は「佐藤栄作夫人」、「三島由紀夫母堂」という二名の記事で締めくくられており、佐藤寛子と平岡倭文重が、当代きっての「名流婦人」としての「夫人」と「母堂」という、いわば女性ジェンダー化された役割によって注目を浴びていたことがわかる。舟橋は倭文重とは本郷の誠之小学校の同級生であり、「この母あっての三島文学」（『わが女人抄』）と述べている。

回想録『佐藤寛子の「宰相夫人秘録」』（朝日新聞社、一九七四・九）には、三島母子と佐藤夫妻が「永田町の総理公邸」で夕食を共にしたという記述があり、『佐藤榮作日記』第三巻（朝日新聞社、一九九八・七）の「一九六七年七月二四日」の記事には首席補佐官の楠田實が同席したという証言が残されている。この会合は石原慎太郎の提案で実現したが、寛子と倭文重は一九四七年頃、栄作が「鉄道総局長官か運輸次官をしているとき」（『佐藤寛子の「宰相夫人秘録」』）以来の旧知の仲であった。三島はまず母親の友人であった寛子と交誼を重ね、夫妻を『十日の菊』の舞台（一九六一年十一月）に招待するなど家族同士の交流は三島の死後も続いた。文学と政治の息詰まる対立が生んだ三島事件という歴史的出来事の裏側には、同時代を生きる者同士の人間関係があった。

評伝

「終末感」の最中から

『純白の夜』『愛の渇き』『青の時代』

松本　徹

　三島由紀夫の才能に早々と注目する編集者が少なくなかった。その一人が川端康成の紹介した「人間」編集長の木村徳三であったが、文芸誌よりも女性誌の方が多かったかもしれない。昭和二十一年（一九四六）冬、「婦人画報」記者が訪ねて来て小篇『恋と別離』（22年3月）を書かせ、二十三年になると「令女界」「マドモアゼル」「婦人文庫」「婦人」「婦人公論」「女性改造」などから、いろんな原稿の依頼があった。大正から昭和初期において、さまざまな議論があるか、日本は間違いなく繁栄期を迎えており、その色彩豊かで華やかな面と実生活において、女性の進出に大きな役割を果たしたのが女性誌であった。そして、戦争が男たちを戦場へ駆り出す一方、女たちを社会活動の場へ大きく引き出したのだが、それを受けて、敗戦後はさらなる展開が予想される状況にあった。

　その女性誌編集担当者たちが求める書き手は、少なくともいわゆるリアリズム中心の純文学系作家や深刻な問題意識を前面に押し出す戦後派作家ではなかった。戦時下においてほとんど無視されていた、お洒落とか社交の価値を認め、親しむ余裕もあった上流家庭を尊重し、わが国の雅びな伝統も知り、フランスを中心としたヨーロッパ文学をよく読み、モダンな機智を発揮することが出来る、若い才能でなくてはならなかった。いわゆる文壇とも本人の意識とも別で、学習院出身であり、軍隊経験がなく、若き高級官僚であるために、三島は注目されたといってもよかろう。

　そうして昭和二十三年正月号には、短篇『婦徳』（令女界）に、掌篇『接吻』『白鳥』など四編（マドモアゼル）が掲載され、編集者たちは期待する才能を認めたようである。六月には「婦人公論」の三枝佐枝子が訪ねて来て、やがて長篇の連載を求めた。それに応えて、創作ノート（決定版全集の掲載分はその一部か）を取り、取材を重ね、『純白の夜』を昭和二十五年一月号から十月号まで連載した。

　裕福な家庭の結婚して間のない初々しい夫人を主人公とする姦通小説で、お洒落で、品よくアクロパテックで、エロテックでもあり、泥臭い現実とは距離を置いた、ロマネスクな世界を精緻に展開、女性の感性、心理、肉体の内側に踏み込み、最後は無残な悲劇に終わる。だから当時の同誌読者にとっては少々衝撃的で、批判の声も上がった。が、単行本として同年十二月に刊行されると評判になり、翌年、松竹により映画化され、好評を得た。三島としては初の映画化で、自身、予告編にちらっと顔を出しもした。

　こうして三島は女性に広い読者層を獲得、作家活動の分野を拡大し、いわゆる大衆向け小説の書き手としても活躍することになった。職業作家として生涯を過ごす上では、肝要なことであった。

　もう少し詳しく紹介すると、ヒロイン（と言うのが相応しかろう）は、かつての財閥の娘郁子で、結婚（冒頭、昭和二十三年と設定されている）して三年目、夫則彦はやはり資産家で商工会議所会頭、商工大臣などを務めた父を持ち、いまは妻の実家が創設した銀行の日本橋支店貸付係長を勤める、十三歳上の村松則彦である。

　この夫婦は、則彦の父が残した立派な家に住み、女中もいれば、招いたり招かれたりする「社交界」も持つ。殊に則彦は学校友達との付き合いがよく、まだ独身の友達二人がいて、沢田は銀行の同僚で不思議にウマがあい、郁子がピアノを弾いても欠伸をするなど、気を使うこともせず、住居を出なくてはならない事情が生ずると、村松家の二階に転がり込む。もう一人の楠は、会社を経営、運転手付きの車で動き回り、夫婦の家を訪ねれば、避暑地に招く。そして、則彦の銀行から有利な条件で融資を受けている。

　このような状況のなかを、郁子はその美しさと初々しもって動くのだが、そこで彼女なりの感性、意識を働かせる。それは現実世界からいささか距離を置いた次元において、自らの心理、情感、思いを紡ぎ出すことであった。三島自身、この小説は「心理が主になつてゐる」（「作者の言葉」）と言っているとおりで、現実世界においての実際の在り様といささか距離を置いた次元での、独自の繊細、微妙な心理の展開となる。夫に対しては常に貞淑を心がけるが、楠という男の存在を徐々に徐々に意識することによって、彼女の中では、身構えるだけ逆に作用することも起こってくる。

　その楠にしても、そうして不可解な態度を見せる夫人に、引き寄せられてゆくことになる。例えば夫婦が楠らとクリスマス・イブで会食した席でのこと、楠が氷菓を摂ろうとしたところ、匙がなかった。気づいた郁子が、他に注意を奪われながら、半ば無意識に手にしていた匙を手渡す。楠は一瞬ためらい、あたりを見回すが、受け取り、氷菓を掬って口にする。作者はそのところで明治時代、あだし男の接吻を受けたばかりに自殺した貞淑な夫人がいたが、今日は「一度の接吻に死を賭ける」ことは出来ないと書き込み、読者にひそかに注意を促すのである。

　そうして翌年には、カクテル・バアの小部屋で気軽に接吻するに至る。が、その段階で彼女は、「私はまだ操をけがしてゐるわけではないんだわ！」と自分に言い聞かせ、安心するのだが、それによって、さらに接吻を繰り返すことになる。

　この小部屋での最初の接吻の叙述だが、これまで一貫して現在只今のこととして描かれていたのが、既にあったこととして記される。この違いに読者としては一瞬、立ち止まらずにおれず、作者自身の接吻への拘りを感じる。多分、その手前まで書き進めて来て、時間を飛び越さずにはおれなくなったのではないか、と。

　これ以降、二人の係わりは深まる。夫が出張で留守の日々、楠に招かれるまま、彼の滞在するホテルの一室へ入る。楠はドアを少し開ける心使いを見せるが、彼女の心理は複雑に縺れ、ドアが偶然閉まってしまっても、気にしないどころか誘うような対応をとる。それに応じ楠が迫ると、気づかれないようにしてベルでボーイを呼ぶ。先に挙げた短篇『婦徳』が夫と明石のホテルに滞在中の女を、夫が仕事で留守と知り、男が訪れて一時を過ごす、そのところでドアが微妙な役割を果たすが、それを一段と工夫して使っていると見てよかろう。

　この短篇は、邦子との別れを引き摺り、あったかもしれない男女の睦みあいを描いたと考えられるのだが、この長篇も、いま指摘した作者の接吻への拘りにより、邦子とのことが深く係わっていると思われるのだ。

　こうした楠との接近を察した夫が、銀行での楠との取引を停止するなどの行動に出ると、夫婦仲は却って親しみを増す。そして、夫が北海道へ出張した留守の夜のこと、翌早朝からの遠乗会のため目覚まし時計を設定しようとすると、故障していた。そこで沢田に修理を頼むのだが、ひどく手間取り、傍らで待つうちに彼女は微睡《まどろ》んでしまう。その隙に犯される。沢田が企んだのだ。この事態に郁子は混乱、楠に縋る思いになるが、起こった出来事を明かすことが出来ない。これに楠は、彼女の対応がますます分からなくなり、苦し紛れに執ったのが、彼女を一段と危うい状態へと追い込み、苦しめることであった。

　鎌倉の親戚に不幸があり、夫と一緒に出席することになるが、その前の一時、逢うことを楠が強要、彼女は喪服一揃と草履を持って鎌倉の秘密クラブへと出向き、賭博や秘密ショーが行われている中、楠と踊る。そうして秘密の小部屋で喪服に着替え、接吻ばかりを交わし、脱いだ衣類を風呂敷に包んで通夜へと急ぐ。その自分を「追い出される家政婦」のようだと思うのだが、楠はその女の喪服の美しさに打ちひしがれ、ますます女を苦しめずにおれなくなるとともに、自分が「優雅な汚れない愛」を燃やしていると自覚する……。

そのような日々の中、郁子は実家へ遊びに行き、婚約を解消されて荒れ狂う妹のハンドバックに青酸カリの包紙を見つけ、取り上げるが、そのまま持ち帰ってしまう。そして雨の日、再び鎌倉の料亭で過ごすと、夜遅くなって楠が郁子に夫へ電話を掛けるよう強要する。夫か自分か、決着を付けるよう求めるのだ。しかし、郁子は、「世にも晴れやかな無垢な声」で、鎌倉のおばさまの家に来ていて、今夜はここに泊まると告げる。それに楠は、ぷいと一人料亭を出て、例の倶楽部で酒を飲み、女を抱いて、翌朝、まだ郁子がいるなら「恕《ゆる》して」もよいなどと考えながら戻って来ると、郁子の夫が泣き崩れていた。彼女は青酸カリを飲んで死んでいたのだ。夜中過ぎ、郁子から再び電話があり、楠とここへ来たが、彼に棄てられ一人ぼっちだから、迎えに来てほしいと訴えたので、駆け付けたのだ。この最後は、楠と夫の、また、読者の予想を裏切って、出来する。締め括りは、葬儀を終えた夫が、沢田に向かって、二人は一度も間違いを犯さなかったのだろうかと問いかける。多分、妻の二度の電話の声が耳に残っているのだ。それに対して沢田は「たのしげに」「郁子さんはそんなことのできる人じやない。これだけは僕が太鼓判を押すよ」と言って慰める。

やや詳しく紹介したのも、この終結部は、三島自身の戸惑いと逡巡ゆえ、不器用な接吻のまま「純白の夜」にとどまった体験への言いようのない思いが、軸となっていると考えられるからで、その点でこの作品はもう一篇の『盗賊』なのである。純潔なまま、結婚初夜においてともに命を絶った、それぞれ孤独な不毛の恋にすべてを賭けた男と女の、今一つの哀切な物語として展開してみせたのだ。

それは『仮面の告白』で三島が行った自らへの「死刑執行」に対応する、邦子に対する作品上での密かな断罪ならぬ断罪、未練の告白であったかもしれない。その点で、女性雑誌向けの作品にとどまらない痛切なものがあり、かつ、連載の舞台が要求する華やかさ艶やかさを豊かに持つ。

*

この『純白の夜』を連載する前年の昭和二十四年夏、母倭文重の大阪に住む妹江村重子が上京、三島宅に滞在した折、実業界を引退した舅が営む農園の話をあれこれ聞かされた。そのなかの若い無邪気な園丁のことから、「突然、私に一つの物語の筋がうかんだ」(『三島由紀夫作品集』2あとがき)という。新潮社から書下ろし作品の依頼を受けていたからだが、すでに『純白の夜』の構想を詳細に詰めていたか、執筆にかかって、接吻への拘りにまで筆が及んでいたのかもしれない。だからもう一つの、同じような長さの、長い目の短篇ともいうべき作品の構造が、いきり浮かんだのであろう。

そうして完成に目途が付いた十月初め、『愛の渇き』の取材のため大阪へ出かけたが、この両作の創作過程は複雑に絡み合っていて、別個の作品としなくてはとの思いが強かったと思われるが、前作は女性向けのエンターティメントという限定があった。それだけに、こちらの作品に関してはかなり詳細な創作ノートを残している。

その最後の注記にはこうある。「私の作品系列の上ではエウリピデスの『メデア』の翻案である『獅子』の手法を発展させたもの」である、と。『獅子』の場合は「古典劇の翻案に、近代戯曲より小説のジャンルのほうが適当してゐる」とし、『純白の夜』は、あくまでロマネスクな、純度の高い心理小説をと考えたが、今回は、ギリシア古典劇に倣った、情念の激しい演劇的で構築的な展開を目指した小説とするべく、努めた、と。

当初は、フランスのカトリック作家モーリアックの『テレーズ・デスケルウ』『愛の砂漠』などを愛読したこともあって、それに倣う気持が強く、黙示録に基づいて「緋色の獣」と題するつもりであったが、出版社側の意向により、題までがモーリアック張りになってしまったという。その緋色は『黙示録』に出て来る、七つの首を持つ獣に騎乗する女、大淫婦が纏う衣の色で、『メデア』と同様、女主人公悦子の在り方を強調しようとしたからであった。この点で、最後に悦子が園丁を殺害に及ぶのは、最初の構想からであったろう。

悦子は大阪市近郊の豊中から私鉄で出て来て、梅田の阪急百貨店で男物の質素な靴下を買い求めたところから始まるが、東京に生まれ育って不案内な大阪の街に、恐怖心を持っている。加えて心に深く傷を負っていて、生きるのに物憂さを強く覚え、妊婦の気だるそうな歩き方をする。

それというのも彼女は、夫がチフスに感染、脳を犯され、避病院で亡くなった末に、農園を営むその父親一家の許に身を寄せているのだが、その亡夫には、女性関係で散々苦しめられて来ていた。殊に彼は、嫉妬に苦しむ妻を苛むのに喜びを見出し、女性関係を次々と作っては見せつけていた、その状況からやっと解放されて、この農園にやって来たのだが、無気力状態に陥っているその彼女の寝床に、舅が忍び込んで来て、いまや常態化している。

この農園には、知識人ぶった能天気な長男夫妻とその子供たち一家と、女中に若い園丁がいた。その暮らしぶりが徐々に明らかになって来るとともに、彼女は若く無邪気な園丁が気になって来て、彼に贈る靴下を買いに梅田の百貨店にまで出向いたのだ。しかし彼は、女中と関係がある気配で、確かにこの二人は似合いであった。悦子自身にしても、その園丁を自分の恋人にするなどと全く考えていないし、女中を嫉妬の対象とするなど思ってもいない。彼女の通常の生活感覚、意識ではそうであったが、そうであったため、思いがけず園丁に惹かれ始め、やがて女中が妊娠、相手は園丁だと知れると、またしても嫉妬の地獄へ落ち込むのだ。

この地獄に耐える術を、彼女はよく知っているはずであった。しかし、そうではなかった。そのところを描くのに、敗戦の年の十月、妹美津子がチフスになり、大久保の避病院に収容され、懸命に介抱したものの、死んでいった体験を生かしていると思われる。三島自身、「終末感からの出発――昭和二十年の自画像」（昭和30年8月）で、敗戦よりも妹の急死が「よほど痛恨事」であったと記している。それに続けて、もう一つ、「許婚の間柄」になるべき女性が「私の逡巡から」「他家の妻」となったことを挙げ、この「二つの事件が、私の以後の文学的情熱を推進する力になつたやうに思はれる」とし、じつはこの時、「私は私の人生に見切りをつけた。その後の数年の、私の生活の荒涼たる空白感は、今思ひ出しても、ゾッとせずにはゐられない」と書く。さらに「昭和二十一年から二・三年の間といふもの、私は最も死の近くにゐた」と念を押ししている。何も出来ず取り残された思いと不条理感、加えて結婚した邦子に対する嫉妬に、烈しく苛まれたのだ。

『純白の夜』は、間違いなくその体験の最初のまとまった文学上の成果であり、『愛の渇き』もそうであったのだ。嫉妬に苛まれながら、それを面へ持ち出す資格を持たず、自分を責めるよりほかない在り様と、妹美津子が死んでゆくのを傍らで見守るより他なかった無念の思いとを注ぎ込み、捩り合わせて、避病院に収容されながら妻の嫉妬を煽り立てるより他に術を持たない夫と、そのような夫を看病し続けた悦子を描き出した。なにしろ亡夫の仕打ちに鍛えられていたから、如何なる事態にも耐え得るはずであった。が、実際はそうではなかった。

その最中、敗戦直後に実業界を追放された舅が復帰することになり、悦子を伴い、上京することになった。その出発の前夜、悦子は園丁を温室に呼び出し、その心の在り様を問いただすのだ。そして彼の心の内に自分は全く存在していなかったと知るのだが、つい、自らの思いを口にせずにはおれない。と、園丁は誘われたと受け止める。

その場へ、悦子の不在に気づいた舅が鍬を担いでやって来る……。

『純白の夜』にあっては、渇望するようになればなるほど却って肉体の交わりを拒み、見事に回避し続けたことにより、死に至った。それに対してここでは、二度と味わいたくないと回避の姿勢を慎重に貫くことによって、嫉妬の苦悩が着実に競り上がって来るのだ。

悦子は、舅から鍬を奪い取ると、園丁の頭上に振り下ろす。

なぜ殺したのか、と舅に問われると、「わたくしを苦しめたからですわ」と答える。

＊

文藝出版の業界は明治から盛衰が激しいが、その中で堅実な歩みを続けて来ていたのが新潮社で、それだけに確かな才能を取り込む姿勢は確かであった。『大臣』(新潮)『侍童』(小説新潮)『退屈な旅』(別冊小説新潮)『果実』(新潮)と関連誌に短篇を掲載すると、書下ろし作品を依頼、執筆に専念してもらうべく伊豆大島のホテルに部屋を用意した。そこへ赴く三島を、編集者の菅原国隆が竹芝桟橋に見送り、後日、当のホテルを訪ねている。そして五月十七日に書き上げ、六月三十日に刊行となるが、その直前、同月二十五日には『仮面の告白』を新潮文庫の一冊(解説・福田恆存)として刊行した。この長篇は河出書房から出て、まだ一年に満たない時点であり、当時としては異例であった。以後、主要な作品は「新潮」誌上に掲載、単行本として刊行され、かつ、節目では作品集成を繰り返し出し、没後の決定版全集に及んでいる。昭和期の出版においては特記すべき事例で、三島はその扱いを生涯にわたって活用することになる。

その最初の『愛の渇き』は、長篇というよりも中篇にとどまるが、完成度が高く、新潮社の期待に十二分に答えるものであった。少し後、三島自身がこんなことを書いている、「破局(カタストローフ)といふ言葉と、この言葉の記憶は今日なほ私の悲劇的理念の、何とも言へない奇妙な支柱になつて」いて、「ひたすら破壊に向つて統制され組織された均衡の理念が、私の劇の理念、ひろくは芸術の理念になつた」(「戯曲の誘惑」30年9月)と。すでに『獅子』で実現したこの「理念」をここでも達成したと言ってよかろう。先に触れたエッセイ「終末感からの出発」を書いた翌月のことである。

これと並行して「新潮」に七月号から『青の時代』の連載を始めた。前年の昭和二十四年十一月二十四日に挑発的な遺書を残して自殺した、闇金融光クラブ社長、山崎晃嗣をモデルとしている。当時、山崎は二十七歳、三島より二歳上だが、経理学校を経へ陸軍主計少尉となり、復員して、三島と同じ東大法学部に遅れて入学、なお在学中であったが、「近代的金融」を掲げ、銀座に進出、戦後の混乱期ならではの「アプレゲール」の代表的一人と持て囃された末のことであった。三島は、こうした人物、事件を扱うのに相応しい作家と見做されたのである。

この種の事件を、三島はすでに書いていた。京都の大学生の女子大生殺しを扱った短篇『親切な機械』(昭和24年11月、風雪)がそうである。すでに阿部知二が採り上げていたが、当時はサルトルらの実存主義思想が流行、絶望を言い立て、議論に熱中する男女の学生が彷徨していた。その黒く塗りつぶされた観念世界を共に抱えていて、女が要求するまま、男が殺してやる、まことに親切な機械となりおおせたのだが、そのところを同世代の者として、掬い取って見せたのである。

それに引き続いて、闇金融光クラブ事件をとなったのだが、最初に「人間」編集の木村が提案、次いで「新潮」から依頼があり、三島は後者を選んだ。当時、かっての勢いを失っていた「人間」を勢いづけようとの思惑があっただけに、しこりを残すことになった。

ついでに記すと、この時期には社会的反響の大きい事件が相次いだ。昭和二十四年七月四日、日本国有鉄道の労働争議が紛糾した末、第一次人員整理が発表された翌日、下山定則総裁が行方不明となり、翌朝、轢死体となって発見された。続けて十五日には中央線三鷹駅構内で無人の電車が暴走、八月十七日には東北線松川駅近くで列車が転覆する事件が起った。後に三島が戯曲『喜びの琴』で扱うことになるが、翌二十五年六月二十五日には朝鮮戦争が始まった。この戦争によってアメリカは日本占領の方針を大きく転換、八月には警察予備隊を創設、日本に自衛体制を持たせれば、戦況の推移を受けトルーマン大統領が原爆使用について発言、さらに二十六年四月には、マッカーサーが中国本土攻撃を辞さないと発言、罷免される事態になった。また、この戦争が始まった一週間後の七月二日早暁、鹿苑寺の金閣が炎上した。やがて三島が採り上げ、作品化することになる。

「新潮」編集部では、光クラブ社長の自殺事件についての資料を集め、三島に提供した。三島としても、エリート意識の強い東大法学部学生が考えることは承知しているとの思いがあったろうし、その観念的抽象的な議論の領域に立ち入り、この世代特有の奇抜、奇矯な論理を追ってみようとも考えたようである。ここまでは女を主人公として、成功作を続けて書いて来ていたから、社会的事件を扱って、とも考えたのであろう。

ただし、男となるとどうであろう。女の場合、その感受性と心理の、現実を余所にした繊細でありながら奔放で、行方の分かりかねる動きを追うのに集中して筆を運べばよく、破滅が訪れても、正面から描けばよかった。実際に三島はそうして来たのだが、今回はどうか。世代として共感する所があるだけに、突き放し、距離を保たなくてはならず、感受性や心理でなく、自ら発明した論理で社会に立ち向かおうとするところをと考えたろう。また、『仮面の告白』に次ぐ作品にとの思いも、強かったのではないか。

山崎の出生地、千葉も木更津という、江戸時代以来、手軽な遊興の地に生まれ育った川崎誠を主人公として、書き始めた。その際、今日では避けられる表現を使っている。「K市は由来低能児の多い町で」「ひとり川崎家の一族が、血統においても、知能においても、道徳的潔癖においても、これら群鶏の中の一鶏だつた」などと、当時は許容されてはいたが、雑駁な表現である。三島としては、対象を出来るだけ突き放し、周辺の状況を手早く要約して示そうとしたのであろう。祖父は藩医、父は跡を継いで、この地域の有力者となっていて、それに相応しい世俗的処世観を持ち、息子に期待を寄せていた。それが嫌で嫌でたまらない少年は、半ば従いながらも、抜け出そうとする。その思いは、近所の文房具店の看板として吊るされた大きな鉛筆に象徴され、それをひどく欲しがつて母親を困らせると、父親が気前よく買ってくれたものの、ただちに海へ棄てさせられ、教訓を与えられた。この挿話がこの父と子の違いをよく示す。

その誠は、勉強がよく出来たから、医師の父を見返すため東大教授を目指す。そうして中学四年生で第一高校へ入る。ここまでは比較的丁寧な筆の運びで、入学当初の状況も扱われるが、以降、戦時下は省略され、六年後の昭和二十年の九月へと飛ぶ。

この省略が腑に落ちない。創作ノートを見ると、戦況の推移など詳細に調べており、この時期の人格形成を探る構想を抱いていたと考えられる。しかし、断念したのだ。量が膨大になると見られたためだろうが、作者としては最初の躓きであった。

元陸軍主計少尉として復員、東大に復学、刑法学を専攻するが、一高時代の友人愛宕と出会い、一緒に図書館の屋上で昼の弁当を食べていると、やはり弁当を使うためやって来た図書館勤めの野上燿子《ようこ》を知る。元帝大教授の娘で、男は愛さないが、代わりに金を愛すると嘯いてみせる。以後、愛宕と燿子との係りが中心になるが、先に触れた『親切な機械』を思い合わせるのがよいかもしれない。世俗的な日常社会を侮蔑して、流行する観念的世界に身を置く男女の学生が、殺人という事態を起こしたのだが、図書館の屋上で出会ったこの三人も、基本的には同じ、所謂アプレゲールなのだ。

川崎が父親から与えられた金十五万円を株に投資、二万円を失い、取り戻すべく街の金貸しを訪ね、まんまと騙される。それが切っ掛けとなって、愛宕に勧められ闇金融を始めるのだ。敗戦五年目の昭和二十四年十月のこと、愛宕の叔父に倣い「太陽カンパニィ」を中野で開業、下宿の三児の未亡人を誘惑して会計係に据えれば、愛宕を役員とし、自身は会長となり、二流新聞に三行広告を出す。そして大学演劇部から客役を演ずる者たちを愛宕が連れて来ると、そのなかに燿子がいた。

当時は厳しい金詰り状況であったから、東大生による近代的な新しい金融業との宣伝が効果を発揮、客が次々とやって来る。「実質的な信用よりも人目をあざむく信用つまり宣伝のはうが大切」だと山崎は主張、元金に手を付け、利息、宣伝費、人件費などに惜しげもなく注ぎ込む。すると急成長し、燿子を事務職員とする。

実際のモデル「光クラブ」は、月一割三分の高配当で投資家を募り、金を集めると、短期融資で高利の貸し付けを行った。そうして昭和二十四年一月には銀座のビルへ進出、話題を呼んだ。しかし、七月に闇金融として取り調べを受け、九月には処分保留で釈放されたが、信用はがた落ちとなり、大勢の債権者が押し寄せた。その額は当時の金額で三千万円に及び、金策に奔走したが、十一月二十四日深夜、山崎は銀座の社長室で、こんな文面の遺書を残して自殺しだ。「ご注意、検視前に死体に手をふれぬこと」「死体はモルモットとともに焼却すべし。灰と骨は肥料として売却すること」「貸借法すべて清算カリ自殺晃嗣。午後十一時四十八分五十五秒呑む……」。「清算」は「青酸」を踏まえていて、新聞は「戦後派学生の一典型」などと報じた。

小説では、このあたりにあまり立入らず、旧伯爵から手厳しい取り立てをし、手伝った人のいい従弟を手ひどく侮辱することなどを扱うにとどまり、燿子についての記述が多い。男という男を寄せ付けず、山崎が金を手渡しても、通りかかった牛が曳く荷車の飼葉桶へ投げ込んでみせる。そうした彼女の様子を見守り続けるが、破局が近づいた日、過重な残業を彼女に課して、ひとり自宅へ戻る途上、道行く人々を眺め、いずれも平凡な日々繰り返しているが、自分は「さういふものを十把ひとからげに軽蔑するためにひたすら劇的に生きてきたのだ」と改めて考える。そうして家に戻ると、突然「芽生えた情念」に襲われ、燿子を強引に呼び寄せ、「あなたは人生とちやらんぽらんな関係しか結ばない……。愛される危険を避ける道は、愛するのほかにはないからね」などと言い募る。屈折した愛の告白と言ってよかろう。それに対して彼女が率直に反応すると、接吻し、如何にも「処女らしい処女」の様子を見せるのに対応して、彼もまた男として振る舞い、「清冽な陶酔」が動き出すのを意識すると、「うれしく眺め」る、という状態になる。

この部分は、これまで書いて来た少なからぬ作品のページのなかでも、他には見られない高揚感をもって、敢えて奔放に筆を走らせているかのようである。何故だろう。例を挙げれば、「誠の接吻は蠅のやうに彼女の髪と襟足を這ひまはつた。このやさしい繊細な項は、きらひなの、きらいなの、きらひなの、と呟きながら揺れてゐた。本当にはじめて、と誠が訊いたのは愚直を極めた質問であつたが、唐突な愚直さがたまたま核心を射る場合がある。（中略）これらの問答は急速度で交されたが、速度を失ふとともに失はれがちな真実があるもので、まはつてゐる最中の独楽にしかあらはれぬ虹のいろを、真実の色彩ではないといふ理由はない。」「羞恥、無垢、嫌悪、恐怖、好奇の心、身を滅ぼしたいといふ翹望《げうばう》、擬死、相手にさげすまれたくないために身を護らうと考へる本能的な媚態、怒り、肉のよろこびに対する肉感的な憎悪、……あらゆるものがのこりなく燿子には備はつてゐた。といふよりは燿子自身が、処女性の集大成だつたのである」。

この後、一緒に街角へ出てタクシーを呼び留め、燿子を乗せ、送り返すのだが、その際に大型の封筒を渡す。

翌日、燿子は出社したものの、午後は退社、以後は姿を見せなくなる。

一週間後、愛宕が彼女を話題にすると、川崎は彼女に先日この書類を渡したと言って、写しを見せる。秘密探偵社による身上調書で、彼女は妊娠三ヶ月、相手は税務署員で、彼に貢いているばかりか、太陽カンパニイの経営内容を探って知らせようとしている、とあった。川崎は言い添える。「自分が陥つたこの凡庸な不幸を何とか非凡なものに作り変へ」ようとして、「何ひとつ知らないふりをして、完全に純真な求愛者に化け」て、彼女と一夜を過ごした。彼女もまた自分を完全な処女と見せるのに成功、「この偽者の処女ほどに処女らしい処女を見たことはない」。「僕は処女を満喫したよ」。そのお礼に、この報告書を渡したんだ、と語る。

自宅に呼び寄せての一夜について語っているのだが、なんとも奇妙な言い分ではないか。会社が倒産する破目になったのは、彼女が愛人の税務署員に経営の実態を告げたためであったのだ。それを彼も愛宕も知らなかった。その致命的ミスを「凡庸な不幸」と見做す。そのうえで、彼女が主張するとおり処女として信ずる振りをし、性行為に及んだのであり、そうすることによって「凡庸な不幸」を「非凡なものに作り変へ」て見せた、とでも言っているかのようである。少々理解に苦しむところである。

この山崎の打ち明け話に、愛宕は、君は毒薬を保持しているねと指摘する。と、自分が行った契約は、自分が死ねば事情変更の原則によって取り消される。債務が溜まって仕様がなくなったら、これを呑むよと言い、君が退職するなら退職金を出すと言う。「凡庸な不幸」を自分一人の死によって「非凡なものに作り変へ」てみせる、と言うのであろう。

こうして学友とも最後の話をした後、立ち寄った喫茶店で、気のいい甥が女と話し込んでいる姿を見かけ、自分の少年時代のこと、あの鉛筆の看板を思い出すところで終わる。

月日は不明だが、この作の連載中、「新潮」編集者菅原国隆宛メモ（決定版全集38巻所収）がある。「――これだけよむとどうしてあと30枚で終るかと思ふでせうが、細工は流々、何とか終らせてみせます。」多分、短い最終章の前、燿子との最初で最後の夜を扱った第十六章について言っているのである。先に指摘したように、ここまでと違い、恣になるのを辞さない勢いで筆を走らせ、モデル山崎晃嗣の自殺も半ば忘れているかのような印象だが、彼が明確な意識を保持したまま自死を決め、偽り多い女が偽りの果てに見せた性的陶酔と一体となった夜を、実現しようとしたのであろう。そうすることによって、他の男に心身を傾ける女を身をもって知り尽くし、燻ぶらせて来た嫉妬を清算しようとしたのかもしれない。

『純白の夜』では、恋愛の淵へと深く歩み入りながら、死ぬ事によってともかく「純潔」を貫き、『愛の渇き』では、嫉妬に苛まれた末に、当の男を殺してしまう。そうしてこの作で男は、女に騙されながらも、辛うじて自尊心は保ち、死ぬ。いずれにしても最後に死が来て、囚われていた「終末感」からは何ほどか抜け出したのだ。

そうして十月末日に筆を置き、十二月新潮社から刊行された。

三年後になつて三島自身、『青の時代』が失敗作であったと認めている。「集めるそばから小説に使つた軽率さは、今更誰のせゐにもできないが、残念なことである。文体も亦粗雑であり、時には俗悪に堕してゐる。構成も乱雑で尻すぼまりである」とし、それにも拘わらず「今なほ作者は不思議な愛着の念を禁ずることができない」と、「三島由紀夫作品集」2「あとがき」で書いている。ともかく七転八倒して見せた、と言ってよかろう。

＊

この長篇の連載を開始した同じ七月号の「文芸」に、昭和十九年に書いた長篇詩『詩人の旅』を掲載している。まだ邦子とは言葉も交わさない前であるから、恋人の語は出てくるものの、憧れと夢想の段階であったと考えるべきだろう。全十二章のなかから、第一章の初めと第十一章の一部を引く。

われよき人を恋はんとしけるに
はやその人かしこになし
われ　大海《おほうみ》を舟もてわたらず
濃紺の珠壁のごと切拓き徒《かち》もてゆきし
古への聖者《しやうじや》に似たり。
わが居る処　常に
わが居るべからざる処の如し。

◇

われよき人を恋はんとせしに
はやその人かしこになし
　…(五行略)…
かの人は摘まれずして落つる果実
かの人は触れられずしてひらく蕾
かの人はよばれずして在る也。
かの美《うま》し唇の一掬《いつきく》は
夜の星・昼の月をも映すとふ。
われその美顔《よきかほ》を遠目にして心足らひぬ。その美顔は灝《かう》

気《き》のごとく
遠近《おちこち》を問はで盈《み》ち燿き
ただ溢れ揺らめきたればなり。
……

こうした思いがなおもあって、以上見て来た作品を書くうちに、生々しく蘇ったのではないか。そして、その在り様を改めて問い直すとともに、深く夢見れば、怯みもした。なにしろ女を主人公とした小説では成功を収めても、男を主人公として成功するには至らず、さらなる課題となったのである。そうして早々に構想したのが『禁色』であった。

ミシマ万華鏡

佐藤秀明

本誌五号のインタビューに登場した六条有康氏は、父君の逝去により若くして子爵を襲爵したという。公家華族だったので、敗戦後は武家華族のように米兵に売る刀や鎧兜もなく、食料に苦労したと語っていた。もう一人の本野盛幸氏の家は男爵だった。明治維新での働きで、下級士族から男爵に成り上がったのだと自嘲的に話していた。だから自分は家柄ではなく実力を身につけて外交官になったのだと言う。華族にもそれなりの事情と苦労があったのである。

爵位でみると、『春の雪』の松枝侯爵は、綾倉伯爵より上位にいる。個人の国家貢献による宮中席次でも、無気力な綾倉伯爵よりは精力的な松枝侯爵の方が上席だったに違いない。にもかかわらず維新の勲功でのし上がった松枝家の二代目侯爵は、羽林家である伯爵家の「優雅」を欲したのである。悲劇の発端をそこに見ることができる。

『奔馬』の昭和に入ると、もはや五等爵などは意味を持たなかったようだ。誰が国粋主義者に狙われているかが、要人のランク付けになっていた。家柄よりも人物に、爵位より社会的存在感が矜恃を担保した。

しかし、藤島泰輔の『孤獨の人』を読むと、華族制度が消滅した戦後の方が、爵位に隠微な意味が生じたようだ。皇太子を描いたこの小説は、皇太子の存在によってスクールカーストが息づいていたことも活写している。

華族制度から三島文学を見直すのも面白い。

表表紙　背表紙　裏表紙

写真1 盗賊 初版本 1948年（昭和23）

資料

三島由紀夫著「盗賊」について

犬塚　潔

はじめに

「盗賊」（写真1）は、１９４８年（昭和23）に出版された三島由紀夫の最初の長編小説である。「三島文学の中で話題にされることの最も少ない作品の一つ[1]」とされている。

しかし、三島本人はこの作品に並々ならぬ愛着を持っていたことが伺える。「盗賊」について検証する。

第一章　初出雑誌

「盗賊」は、１９４７年12月から１９４８年10月にかけて、第1章から第5章までが、順不同で5種類の文芸雑誌に分載され、書き下ろされた短い第6章「実行―短き大団円」を加えて完成した。

発表された順番は、2、1、3、5、4、であった。

19471220・第2章・自殺企図者　文学会議
19480201・第1章・恋の終局そして物語の発端　午前
19480301・第3章・出会　思潮

19480320・第5章・嘉例　　新文学
19481025・第4章・美的生活者　　文学会議

第1章から第6章までのそれぞれの分量を新潮文庫の相当するページ数で調べると左記のようである。

第1章・7〜32　26ページ
第2章・33〜69　37ページ
第3章・70〜108　39ページ
第4章・109〜135　27ページ
第5章・136〜163　28ページ
第6章・164〜169　6ページ

まず最初に発表されたのは第2章で、1947年12月に「自殺企図者」と題して「文学会議」（写真1a、b）に掲載された。この表題は、単行本では「決心とその不思議な効果」となった。

「文学会議」は大日本雄弁会講談社発行の雑誌で、1947年12月の第3輯は「新人創作特輯」であった。

次に発表されたのは第1章で、1948年2月に「恋の終局そして物語の発端」と題して「午前」（写真1c、d）に掲載された。この表題は、単行本では「物語の発端」となった。

「午前」は福岡に発行所を持つ九州福岡を拠点とする雑誌である。当時、編集人であった北川晃二宛の1948年3月23日の三島書簡（写真1g、h）が残されている。受信は「福岡市西橋通三八板倉様方　北川晃二」で、発信は「東京渋谷大山一五　平岡梓内　三島由紀夫」である。

三島は「『午前』稿料及びお手紙落掌いたしました。（略）弟の詩稿おとり下さったこと感謝します。弟の名前は千之《ちゆき》です。干之ではありません。御訂正下さい」と記している。2月号に掲載された次号の広告に「干之」と記されていたのであった。三島の実弟・平岡千之の詩「東天紅」は1948年3月号の「午前」（写真1i、j）に掲載された。

また、三島は自分の名前についても

「三島由紀夫→
紀です。岐ではありません」と記している。

三島は、石丸寛の描いた表紙について、「『午前』の今度の号の表紙大へん美しいと思いました」と評している。

「午前」2月号に掲載された三島の原稿料は2255円であった。一方、千之の原稿料は150円であった。

第3章は、1948年3月に「出会」と題して「思潮」（写真1k、l、m）に掲載された。

三島は

「非良心的な発表方法であるが、当時雑誌の簇生のために、新人が前後の脈絡のない長篇の断片を、短篇として発表することが、屢々行われた。第三章、第四章も、それぞ

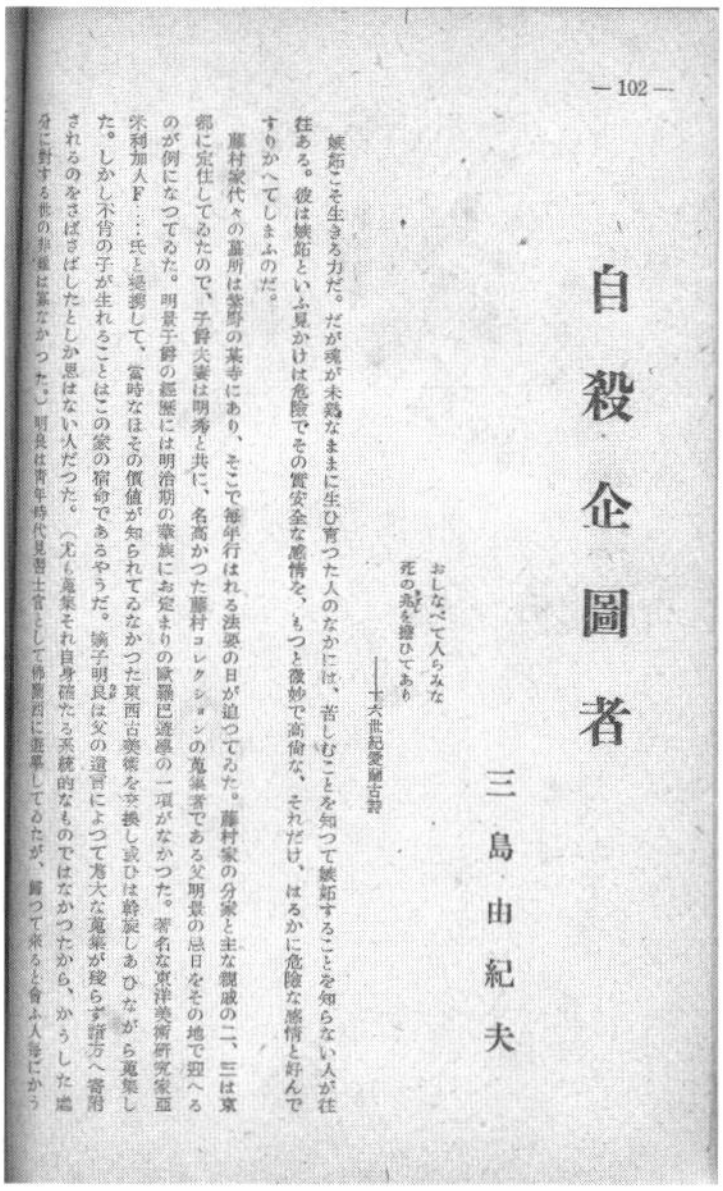

— 102 —

自殺企圖者

三島由紀夫

おしなべて人らみな
死の戀を慕ひてあり
——十六世紀愛蘭古詩

嫉妬こそ生きる力だ。だが魂が未熟なままに生ひ育つた人のなかには、苦しむことを知つて嫉妬することを知らない人が往往ある。彼は嫉妬といふ見かけは危険でその實安全な感情を、もつと微妙で高尚な、それだけ、はるかに危険な感情と好んですりかへてしまふのだ。

藤村家代々の墓所は紫野の某寺にあり、そこで毎年行はれる法要の日が迫つてゐた。藤村家の分家と主な親戚の二、三は京都に定住してゐたので、子爵夫妻は明秀と共に、名高かつた藤村コレクションの蒐集者である父明景の忌日をその地で迎へるのが例になつてゐた。明景子爵の經歴には明治期の華族にお定まりの歐羅巴遊學の一項がなかつた。著名な東洋美術研究家亜米利加人F……氏と提携して、當時なほその價値が知られてゐなかつた東西古美術を交換し或ひは斡旋しあひながら蒐集した。しかし不肖の子が生れることはこの家の宿命であるやうだ。嫡子明良は父の遺言によつて尨大な蒐集が残らず諸方へ寄附されるのをさばさばしたとしか思はない人だつた。（尤も蒐集それ自身確たる系統的なものではなかつたから、かうした處分に對する世の非難は寡なかつた。）明良は青年時代見習士官として佛蘭西に駐箚してゐたが、歸つて來ると會ふ人毎にかう

写真1ｂ 自殺企図者 1947

写真1a　文学会議1947(昭和22)

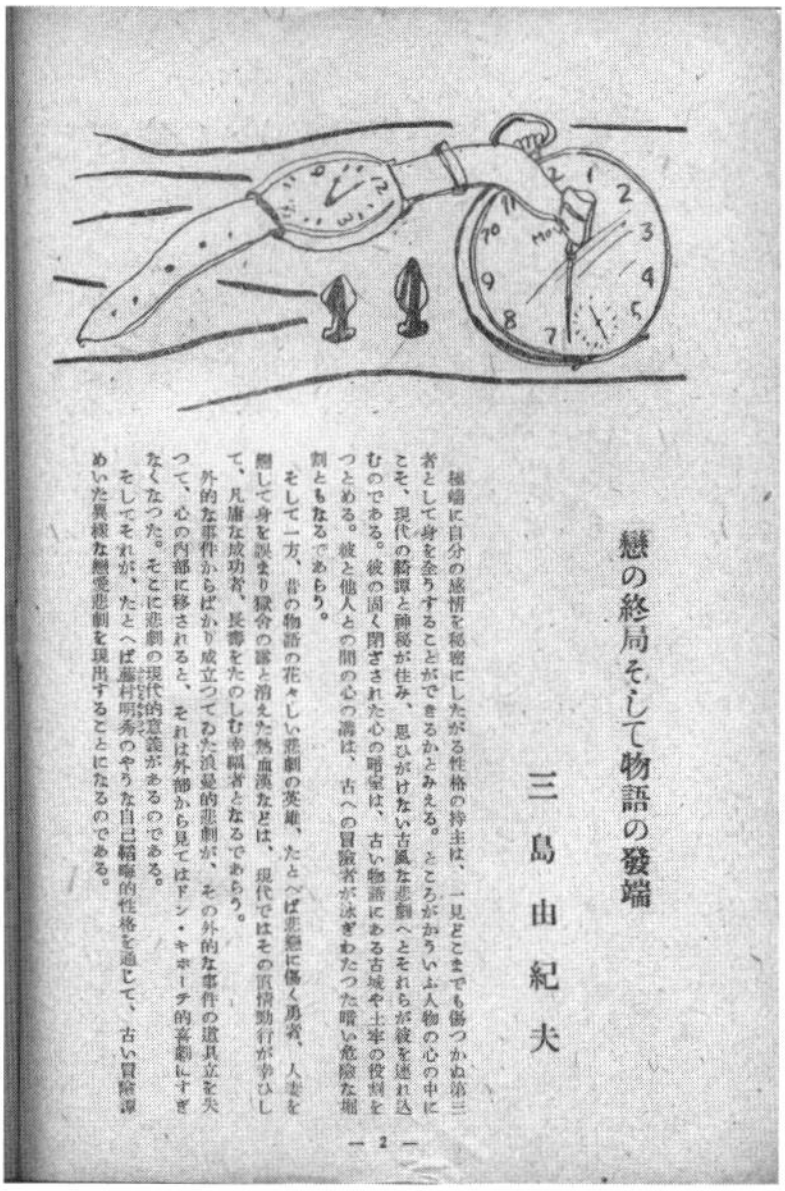

戀の終局そして物語の發端

三島由紀夫

極端に自分の感情を秘密にしたがる性格の持主は、一見どこまでも傷つかぬ第三者として身を全うすることができるかとみえる。ところがかういふ人物の心の中にこそ、現代の綺譚と神秘が住み、思ひがけない古風な悲劇へとそれらが彼を連れ込むのである。彼の固く閉ざされた心の暗室は、古い物語にある古城や土牢の役割をつとめる。彼と他人との間の心の溝は、古への冒險者が泳ぎわたつた暗い危険な堀割ともなるであらう。

そして一方、昔の物語の花々しい悲劇の英雄、たとへば悲戀に傷く勇者、人妻を戀して身を誤まり獄舎の露と消えた熱血漢などは、現代ではその直情勁行が災ひして、凡庸な成功者、長壽をたのしむ幸福者となるであらう。外的な事件からばかり成立つてゐた浪漫的悲劇が、その外的な事件の道具立を失つて、心の内部に移されると、それは外部から見てはドン・キホーテ的喜劇にすぎなくなつた。そこに悲劇の現代的意義があるのである。

そしてそれが、たとへば藤村明秀のやうな自己韜晦的性格を通して、古い冒險譚めいた異様な戀愛悲劇を現出することになるのである。

— 2 —

写真1ｄ 恋の終局そして物語の発端

写真1C 午前 1948(昭和23)

れ同様の方法で発表した」[2]と記している。

第5章は、1948年3月に「嘉例」と題して「新文学」(写真1n、o)に掲載された。

三島は

「一九四八年の春であったと記憶する。京都で発行されていた雑誌『新文学』の注文があったので、私は『嘉例』と題した短編の体裁で第五章を書き、短い第六章の大団円を附して、完成した。このため第五、六章は、それ以前の章といちじるしく筆致がちがっている」[2]と記している。表題は、単行本では「周到な共謀(下)」となった。

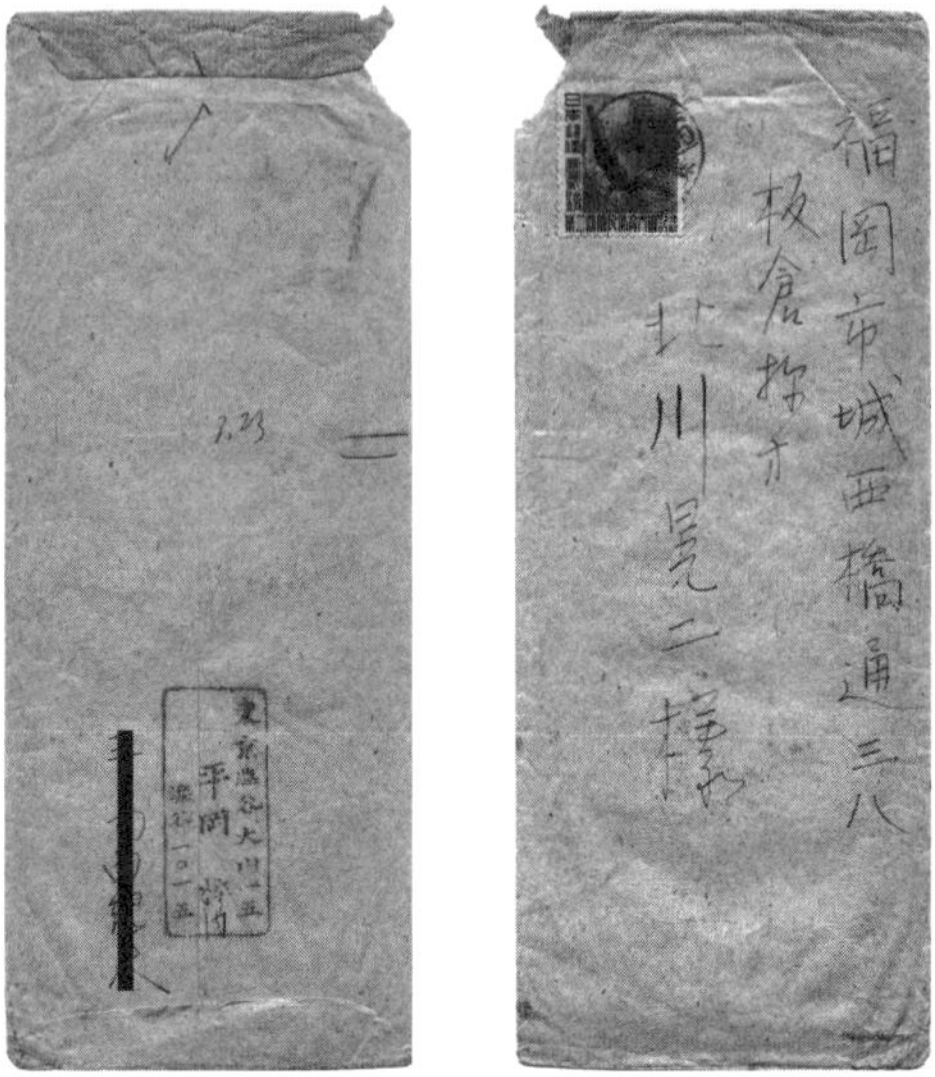

写真1e 北川晃二宛三島由紀夫書簡

三島由紀夫著作権事務所の指導により、署名偽造防止のため
三島由紀夫の署名の一部を黒塗りにしております。

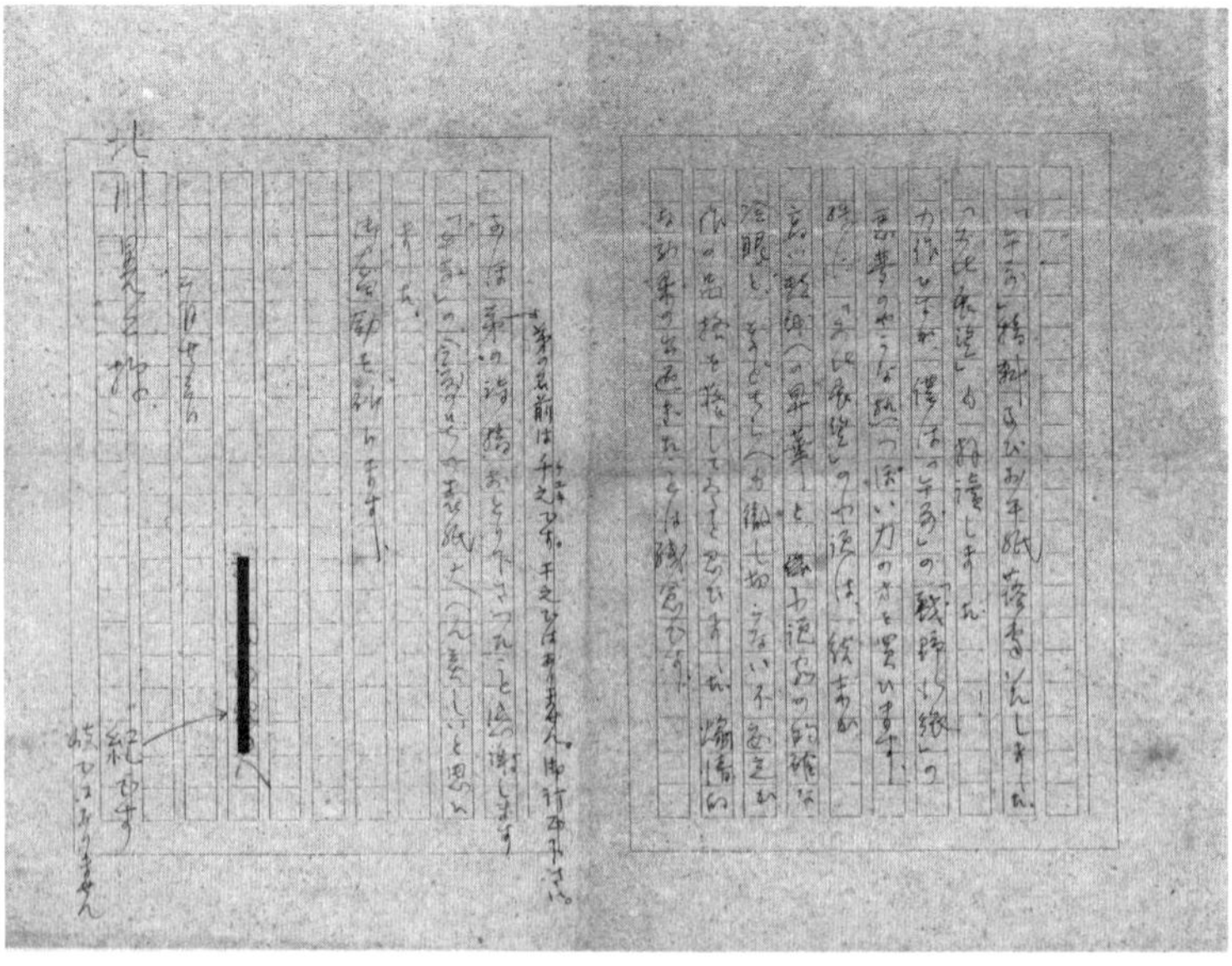

写真1ｆ 北川晃二宛三島由紀夫書簡 1948年(昭和23)3月23日

三島由紀夫著作権事務所の指導により、署名偽造防止のため、三島由紀夫の署名の一部を黒塗りにしております。

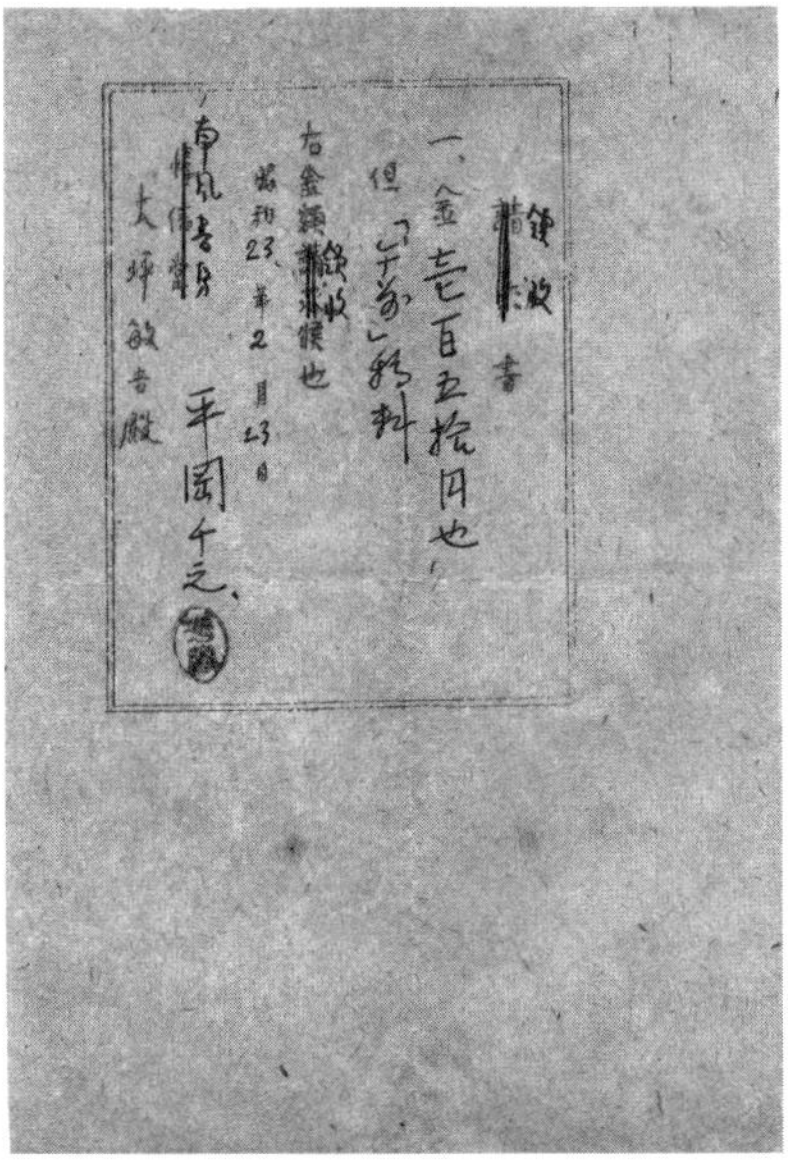
領收書
一、金壹百五拾円也
但「午前」稿料
右金額領收候也
昭和23年2月23日
平岡千之
南風書房
大坪敏吉殿

写真1ｈ 平岡千之の領収書

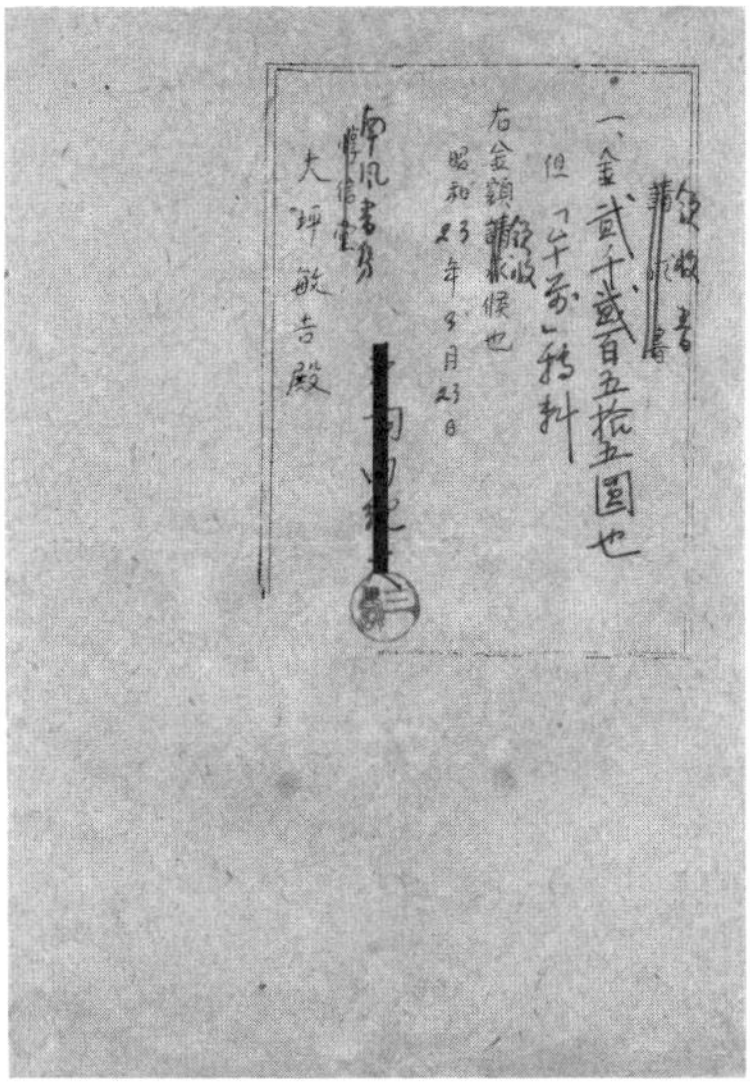
領收書
一、金貳千貳百五拾五圓也
但「午前」稿料
右金額領收候也
昭和23年3月23日
[redacted]
南風書房
大坪敏吉殿

写真1ｇ 三島由紀夫の領収書

三島由紀夫著作権事務所の指導により、署名偽造防止のため三島由紀夫の署名の一部を黒塗りにしております。

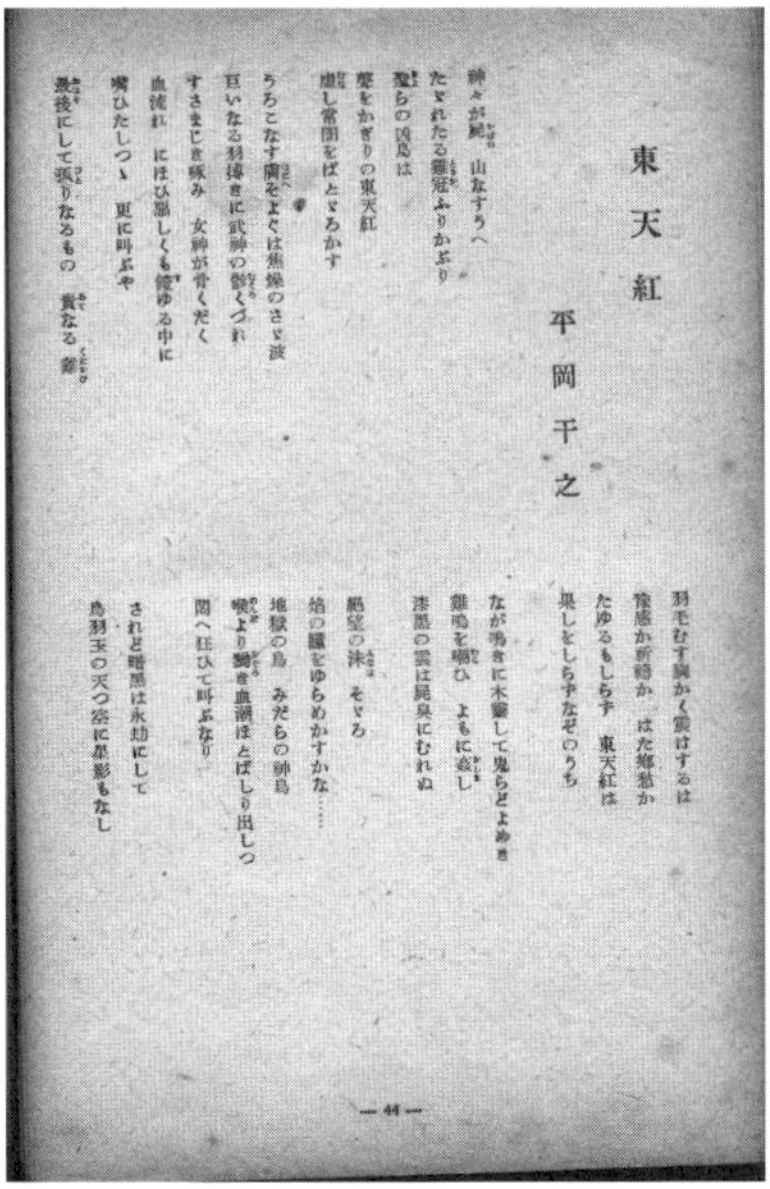
東天紅
平岡千之

神々が屍 山なすうへ
たゞれたる雞冠ふりかぶり
聖らの凶鳥は
聲をかぎりの東天紅
嘯し常闇をばとゞろかす
うろこなす膚《はだへ》そよぐは焦燥のさゞ波
巨いなる羽搏きに武神の骸くづれ
すさまじき咏み 女神が骨くだく
血流れ にほひ腥しくも燃ゆる中に
嘴ひたしつゝ 更に叫ぶや
最後にして孤りなるもの 貴なる 叢

羽毛むす胸かく震はするは
憧憬か祈禱か はた郷愁か
たゆるもしらず 東天紅は
果しをしらずなぞのうち

なが鳴きに木靈して鬼らどよめき
雞鳴を嗤ひ よもに姦し
漆黑の雲は屍臭にむれぬ

絶望の沫 そゞろ
焰の臘をゆらめかすかな……
地獄の鳥 みだらの神鳥
喉より鋼き血潮ほとばしり出しつ
闇へ狂ひて叫ぶなり

されど暗黑は永劫にして
烏羽玉の天つ空に星影もなし

— 44 —

写真1ｊ 平岡千之 東天紅

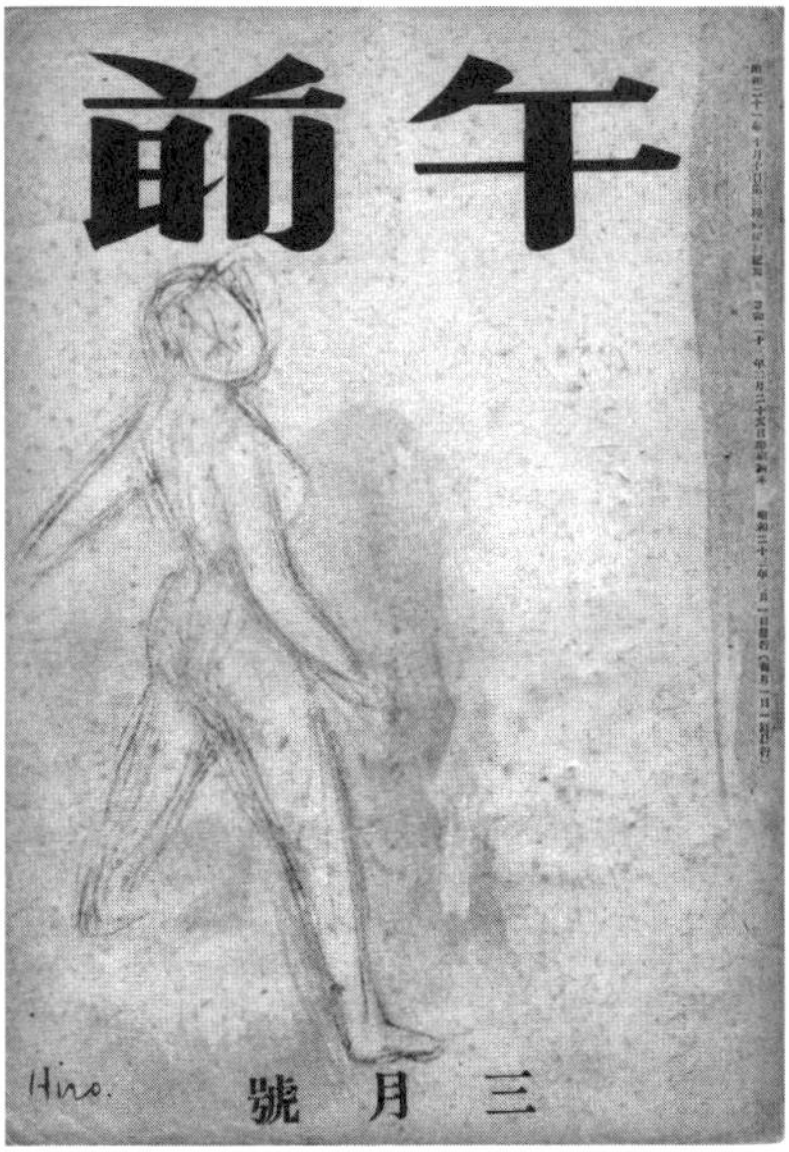

写真1ｉ 午前 1948年3月号

第４章は、１９４８年10月に「美的生活者」と題して「文学会議」（写真１p、q）に掲載された。第４章が発表されたのは、第５章が掲載されてからすでに６ケ月が過ぎていた。

三島は「第四章から連載してゆこうという不徳義の埋合せに、第一章から第三章にわたる梗概をのべることは私に当然課せられた義務であろう。しかし、梗概のほうが本文より面白かったなどと言われてはたまらないから、梗概のためには、このはしがき同様の無味乾燥な文章を用いよう[2]」と記している。三島は、左記の文章で始まる梗概「作家の序言」を掲載した。

「これは長篇『盗賊』の第四章に当り、本誌の三輯に載せられた第二章『自殺企図者』の続篇をなすものですが、

写真１k 思潮 1958

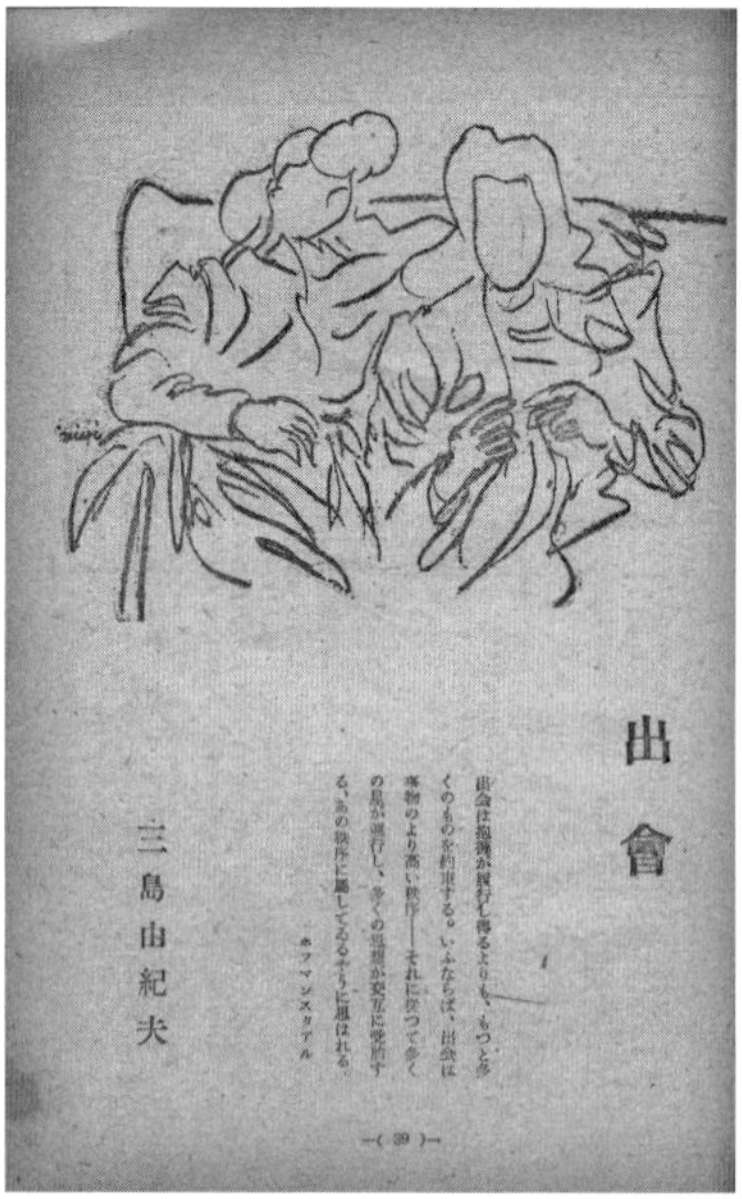

写真１l 出会

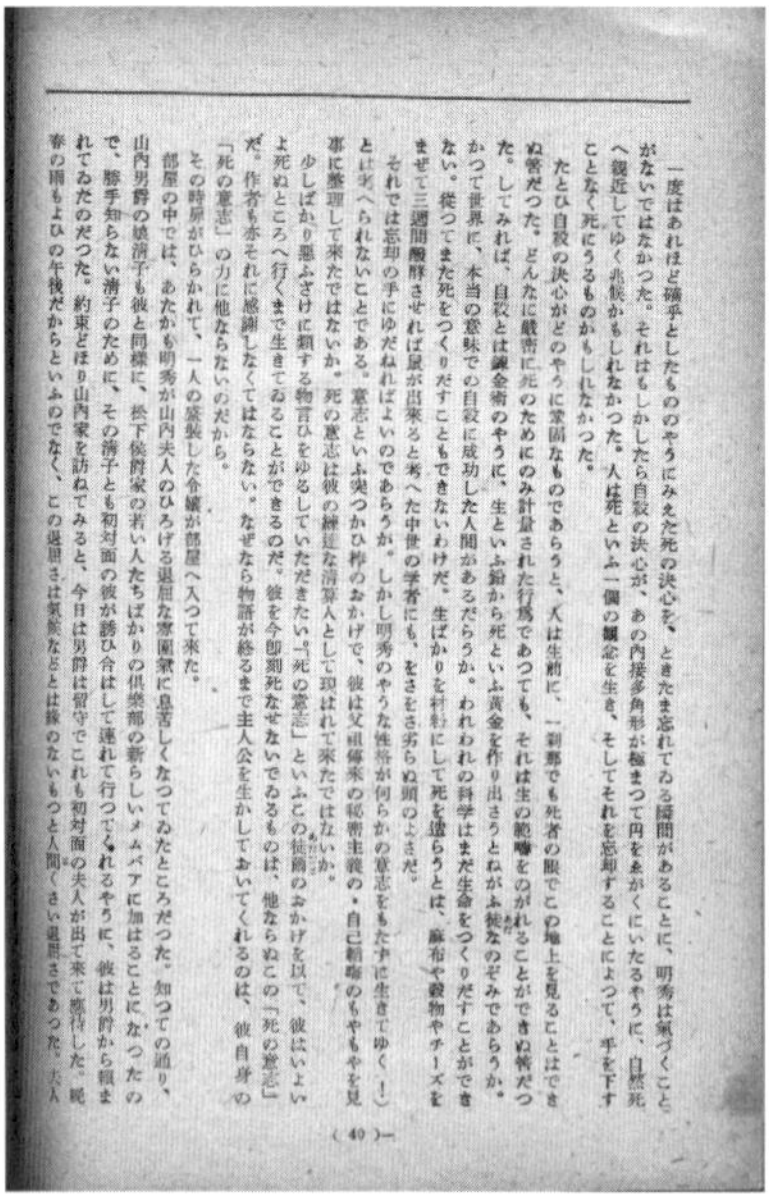
一度はあれほど確乎としたもののやうにみえた死の決心を、ときたま忘れてゐる瞬間があることに、明秀は氣づくことがないではなかつた。それはもしかしたら自殺の決心が、あの内接多角形が極まつて円をゑがくにいたるやうに、自然死へ親近してゆく兆候かもしれなかつた。人は死といふ一個の観念を生き、そしてそれを忘却することによつて、手を下すことなく死にうるものかもしれなかつた。

たとひ自殺の決心がどのやうに堅固なものであらうと、人は生前に、一刹那でも死者の眼でこの地上を見ることはできぬ筈だつた。どんなに厳密に死のためにのみ計量された行為であつても、それは生の範疇をのがれることができぬ筈だつた。してみれば、自殺とは錬金術のやうに、生といふ鉛から死といふ黄金を作り出さうとねがふ徒なのぞみであらうか。かつて世界に、本当の意味での自殺に成功した人間があるだらうか。われわれの科学はまだ生命をつくりだすことができない。従つてまた死をつくりだすこともできないわけだ。生ばかりを材料にして死を造らうとは、麻布や穀物やチーズをまぜて三週間醗酵させれば鼠が出来ると考へた中世の学者にも、をさをさ劣らぬ頭のよさだ。

それでは忘却の手にゆだねればよいのであらうか。しかし明秀のやうな性格が何らかの意志をもたずに生きてゆく（！）とは考へられないことである。意志といふ突つかひ棒のおかげで、彼は父祖傳來の秘密主義の・自己韜晦のもやもやを見事に整理して來たではないか。死の意志は彼の練達な清算人として現はれて來たではないか。

少しばかり悪ふざけに類する物言ひをゆるしていただきたい。「死の意志」といふこの徒爾のおかげを以て、彼はいよいよ死ぬところへ行くまで生きてゐることができるのだ。彼を今即刻死なせないでゐるものは、他ならぬこの「死の意志」だ。作者も亦それに感謝しなくてはならない。なぜなら物語が終るまで主人公を生かしておいてくれるのは、彼自身の「死の意志」の力に他ならないのだから。

その時扉がひらかれて、一人の盛装した令嬢が部屋へ入つて來た。

部屋の中では、あたかも明秀が山内夫人のひろげる退屈な雰囲氣に息苦しくなつてゐたところだつた。知つての通り、山内男爵の娘渚子も彼と同様に、松下侯爵家の若い人たちばかりの倶樂部の新らしいメムバアに加はることになつたので、勝手知らない渚子のために、その渚子とも初対面の彼が誘ひ合はして連れて行つてくれるやうに、彼は男爵から頼まれてゐたのだつた。約束どほり山内家を訪ねてみると、今日は男爵は留守でこれも初対面の夫人が出て來て應待した。晩春の雨もよひの午後だからといふのでなく、この退屈さは氣候などとは緣のないもつと人間くさい退屈さであつた。夫人

—(40)—

写真１m 出会

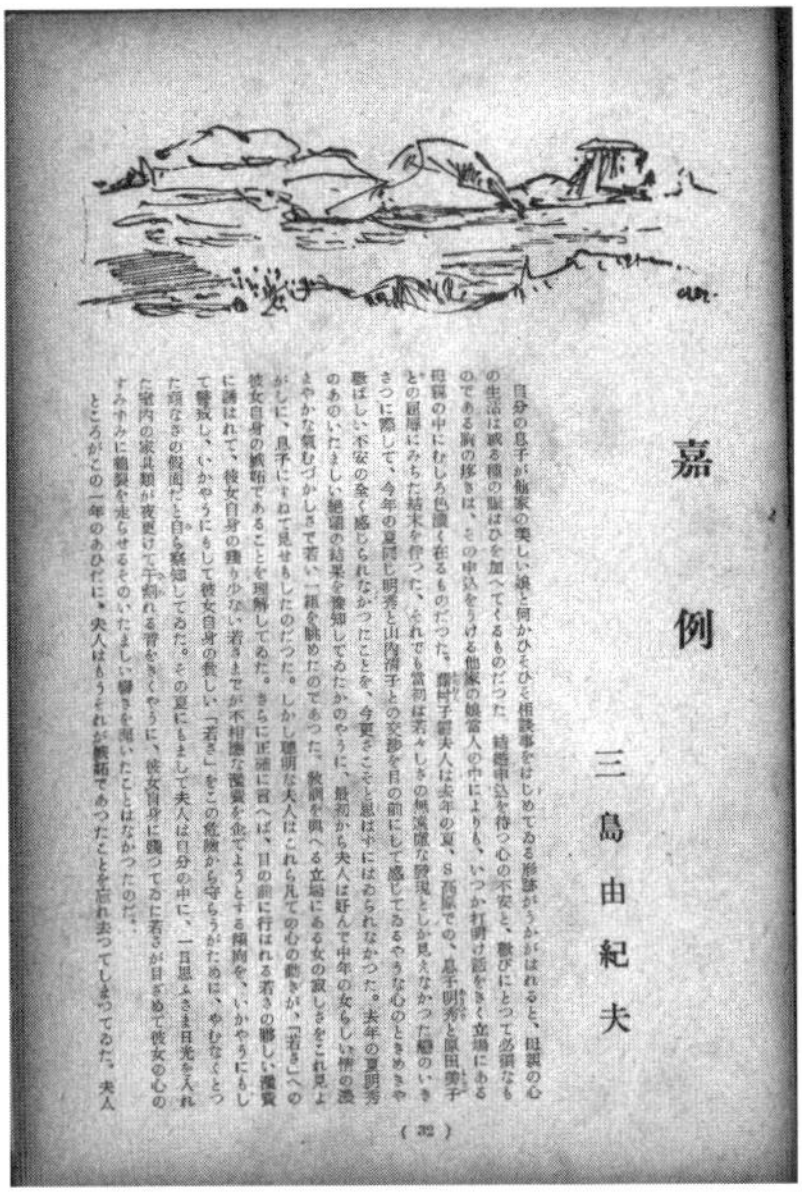
嘉例

三島由紀夫

自分の息子が他家の美しい娘と何かひそひそ相談事をはじめてゐる形跡がうかがはれると、母親の心の生活は或る種の艶はひを加へてくるものだつた。結婚申込を待つ心の不安と、歡びにとつて必須なものである胸の疼きは、その申込をうける他家の娘當人の中によりも、いつか打明け話をきく立場にある母親の中にむしろ色濃く在るものだつた。露村子爵夫人は去年の夏、S高原での、息子明秀と原田美子との屈辱にみちた結末を作つた、それでも當初は若々しさの無遠慮な發現としか見えなかつた戀のいきさつに際して、今年の夏同じ明秀と山内清子との交渉を目の前にして感じてゐるやうな心のときめきや歡ばしい不安の全く感じられなかつたことを、今更さこそと思はずにはゐられなかつた。去年の夏明秀のあのいたましい絶望の結果を豫知してゐたかのやうに、最初から夫人は好んで中年の女らしい情のこまやかな氣むづかしさで若い一組を眺めたのであつた。教訓を與へる立場にある女の寂しさをこれ見よがしに、息子にすねて見せもしたのだつた。しかし聰明な夫人はこれら凡ての心の動きが、「若さ」への彼女自身の嫉妬であることを理解してゐた。さらに正確に言へば、目の前に行はれる若さの夥しい濫費に誘はれて、彼女自身の殘り少ない若さまでが不相應な濫費を企てようとする傾向を、いかやうにもして警戒し、いかやうにもして彼女自身の乏しい「若さ」をこの危險から守らうがためには、やむなくとつた頑なさの假面だと自ら察知してゐた。その夏にもまして夫人は自分の中に、一旦思ふさま日光を入れた室内の家具類が夜更けて干割れる響をきくやうに、彼女自身に殘つてゐた若さが目ざめて彼女の心のすみずみに亀裂を走らせるそのいたましい響きを聴いたことはなかつたのだ。

ところがこの一年のあひだに、夫人はもうそれが嫉妬であつたことを忘れ去つてしまつてゐた。夫人

（32）

写真１ｏ　嘉例

写真１ｎ　新文学

間に第三章が介在するので、筋はそのままにはつながりません。四幕目から突然お目にかけるについては、作者も実は頭を悩ましているのです。（略）

さあ、皆さん、見はぐれた序幕・二幕・三幕目の梗概を、御面倒ながら耳にとめられて、わけても難曲の四幕目の二重唱を、旋律からばかりでなく歌詞の意味からも、十分御納得いただきたいのです[4]」

表題は、単行本では「周到な共謀（上）」となった。

第二章　序章

決定版三島由紀夫全集第一巻の「盗賊」の「解題」は、12ページにわたり詳細に記されている。その中に以下の文がある。

「『序章』四九枚『平岡（四百字詰）』（通し番号1～47）、昭和21・5・26完成」

「以上のほか、異稿として収録した『序章』（第一章第四稿にあたる『序章』とは別稿）は、『三島由紀夫作品集1・あとがき』に述べられているように、一度短編小説として発表され、昭和二十三年十二月刊行の短編小説集『夜の仕度』に初収録されたものである（発表誌不明）[3]。」

これを読むと「序章」は「夜の仕度」に収録される前に何らかの雑誌に掲載されたと記されている。しかし、結論を先に言うと「序章」は他の雑誌に発表されたことはなく、

「夜の仕度」（写真2ａ、ｂ）が初出である。

それでは、何故このような誤解が生じたのであろうか。

「三島由紀夫作品集1・あとがき」に、三島は「のちに、一旦この作品の完成を諦らめた私は、第一章の主要部分を、『序章』と題して、短篇として発表したことがある[2]」と記している。

「盗賊」が真光社から刊行されたのが、1948年11月20日で、「夜の仕度」が鎌倉文庫から刊行されたのが、1948年12月1日である。わずか10日間ではあるが、「盗賊」の方が早く出版された。「一旦この作品の完成を諦らめた私」が発表したのであるから、完成した「盗賊」が刊行される前に発表されたと考えるのが一般的であろう。そ

写真1ｐ 文学会議 1948

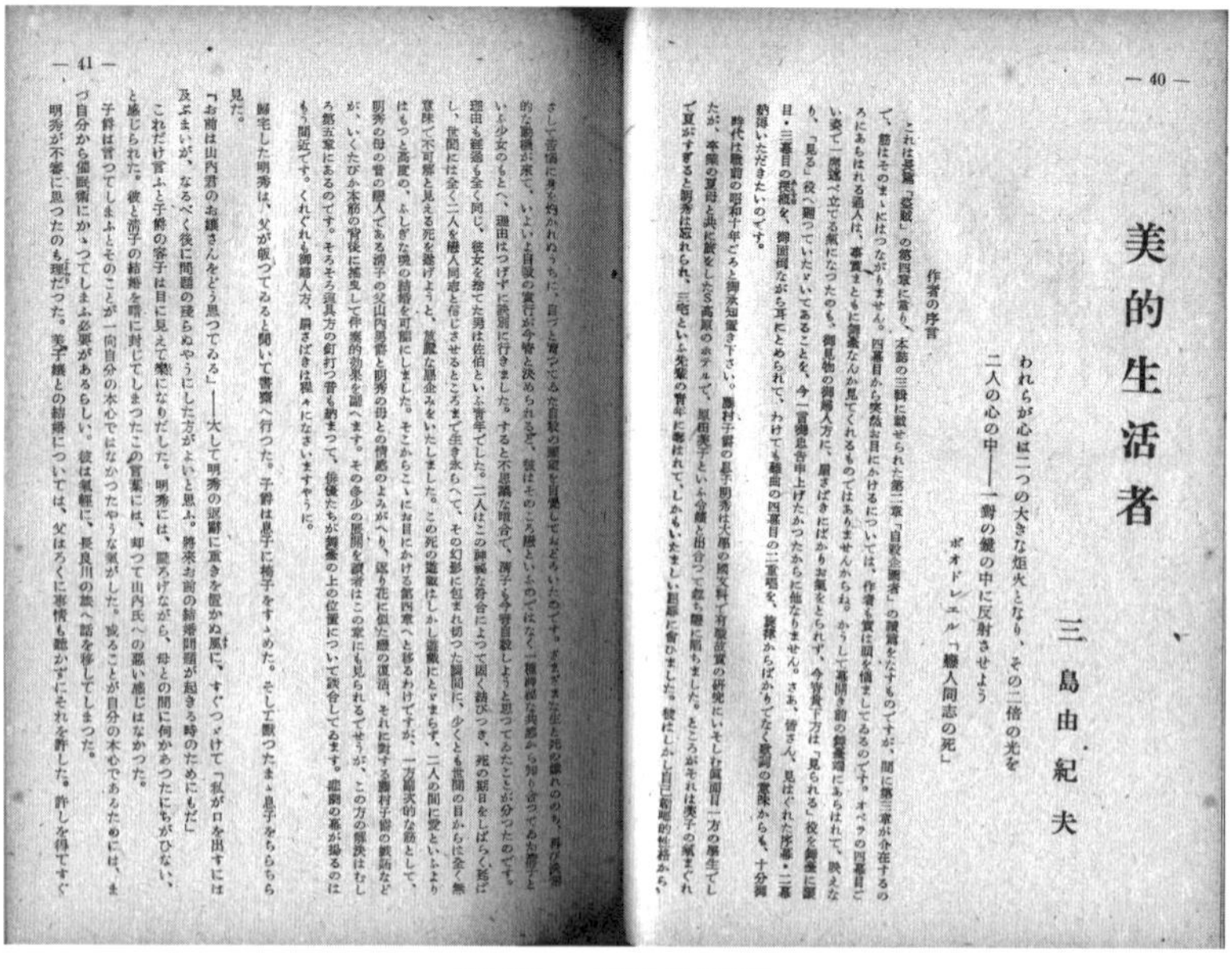

— 40 —

美的生活者

三島由紀夫

われらが心は二つの大きな炬火となり、その二倍の光を
二人の心の中——一對の鏡の中に反射させよう
ボオドレエル「戀人同志の死」

作者の序言

これは長篇「盗賊」の第四章に當り、本誌の三號に載せられた第二章「自殺企圖者」の續篇をなすものですが、間に第三章が介在するので、筋はそのまゝにはつながりません。四幕目から突然お目にかけるについては、作者も實は頭を惱ましてゐるのです。オペラの四幕目ごろにあらはれる惡人は、事實まともに顔なんか見てくれるものではありませんからね。かうして幕開き前の舞臺端にあらはれて、映えない姿で一席述べ立てる氣になつたのも、御見物の御婦人方に、扇さばきにばかりお氣をとられず、今宵貴下方は「見られる」役を舞臺に譲り、「見る」役へ廻つていたゞいてあることを、今一言御忠告申上げたかつたからに他なりません。さあ、皆さん、見はぐれた序幕・二幕目・三幕目の梗概を、御面倒ながら耳にとめられて、わけても戯曲の四幕目の二重唱を、旋律からばかりでなく歌詞の意味からも、十分御納得いただきたいのです。

時代は戰前の昭和十年ごろと御承知置き下さい。藤村子爵の息子明秀は大學の國文科で有職故實の研究にいそしむ眞面目一方の學生でしたが、本年の夏母と共に旅をしたS高原のホテルで、原田美子といふ令孃と出合つて忽ち戀に陥ちました。ところがそれは美子の氣まぐれで夏がすぎると明秀は忘れられ、三宅といふ先輩の青年に奪はれて、しかもいたましい屈辱に會ひました。彼はしかし自己劇場的性格から、さして苦悩に身を灼かれぬうちに、自づと育つてゐた自殺の願望を自覺しておどろいたのです。さまざまな生と死の戯れののち、再び誤解的な動機が來て、いよいよ自殺の實行が今宵と決められると、彼はそのころ戀といふのではなく一種神秘な共感から知り合つてゐた清子といふ少女のもとへ、理由はつげずに訣別に行きました。すると不思議な暗合で、清子も今宵自殺しようと思つてゐたことが分つたのです。理由も經緯も全く同じ、彼女を捨てた男は佐伯といふ青年でした。二人はこの神秘な符合によつて固く結びつき、死の期日をしばらく延ばし、世間には全く二人を戀人同志と信じさせるところまで生き永らへて、その幻影に包まれ切つた瞬間に、少くとも世間の目からは全く無意味で不可解と見える死を遂げようと、放膽な企みをいたしました。この死の遊戯はしかし遊戯にとゞまらず、二人の間に愛といふよりはもつと高度の、ふしぎな魂の結婚を可能にしました。そこからこゝにお目にかける第四章へと移るわけですが、一方副次的な筋として、明秀の母の昔の戀人である清子の父山内男爵と明秀の母との情感のよみがへり、返り花に似た戀の復活、それに對する藤村子爵の鈍感などが、いくたびか本筋の背後に揺曳して伴奏的効果を添へます。その多少の展開を讀者はこの章にも見られるでせうが、この方の解決はむしろ第五章にあるのです。そろそろ道具方の釘打つ音も納まつて、俳優たちが舞臺の上の位置について談合してゐます。悲劇の幕が揚るのはもう間近です。くれぐれも御婦人方、扇さばきは程々になさいますやうに。

歸宅した明秀は、父が歸つてゐると聞いて書齋へ行つた。子爵は息子に椅子をすゝめた。そして默つたまゝ息子をちらちら見た。

「お前は山内君のお孃さんをどう思つてゐる」——大して明秀の返辭に重きを置かぬ風に、すぐつゞけて「私が口を出すには及ぶまいが、なるべく後に問題の殘らぬやうにした方がよいと思ふ。將來お前の結婚問題が起きる時のためにもだ」

これだけ言ふと子爵の容子は目に見えて樂になりだした。明秀には、朧ろげながら、母との間に何かあつたにちがひない、と感じられた。彼と清子の結婚を暗に封じてしまつたこの言葉には、却つて山内氏への惡い感じはなかつた。

子爵は言つてしまふとそのことが一向自分の本心ではなかつたやうな氣がした。喋ることが自分の本心であるためには、まづ自分から催眠術にかゝつてしまふ必要があるらしい。彼は氣輕に、長良川の旅へ話を移してしまつた。

明秀が不審に思つたのも理だつた。美子孃との結婚については、父はろくに事情も聽かずにそれを許した。許しを得てすぐ

— 41 —

写真1ｑ 美的生活者

れで、単行本「盗賊」より前に何らかの雑誌に発表されたと考えられたのであった。

「序章」が完成したのが、「昭和21・５・26」と明記されていることも誤解の誘因であると思う。１９４６年５月26日から１９４８年11月20日までは２年６ケ月もある。この間には多くの雑誌が刊行されているから、そのいずれかに「序章」が掲載されていると思われても何の不思議もない。「夜の仕度」が「盗賊」よりも早く刊行されていれば、完成される前の出版になるのでこのような混乱は起きなかったのであるまいか。

１９４８年は敗戦後の物資が最も不足していた時代であった。「夜の仕度」と「盗賊」の刊行がどちらが先にな

写真2ａ 夜の支度 初版本 1948年

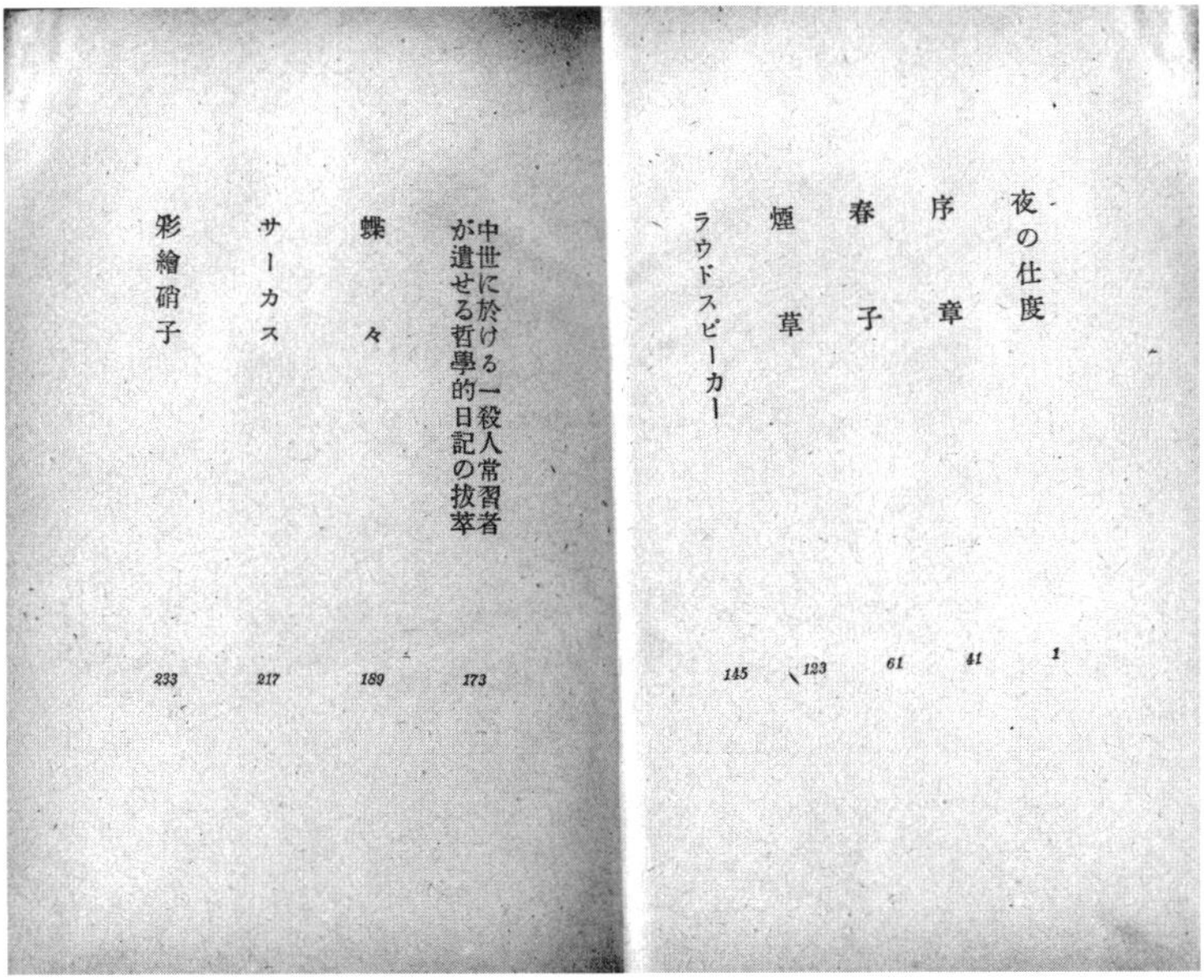

写真2ｂ 夜の支度 目次

るかなど、大した問題ではなかったのかもしれない。

　三島由紀夫作品の発表誌についてもう少し調べてみる。「私が一旦完成を諦めたのは、その年の夏ごろ[2]」とあり１９４６年の夏頃と記されている。そして、「完成を諦めた三島が第１章の主要部分を「序章」として完成したのが、「昭和21・5・26」である。

　「もう一度完成しようといふ熱情が蘇って来たのは、翌年の夏頃、そのころ沢山あった文芸雑誌に発表の機会を得るようになってからである。私はまず第二章を『自殺企図者』と題して、文芸家協会編集の文芸誌『文学会議』に発表した[2]」とある。「文学会議」が刊行されたのが、１９６７年12月20日であった。「三島由紀夫作品集１・あとがき」に、「序章」を何年に何に発表したかについては明記されていないが、三島が最初に発表した章は「第二章」であり「序章」ではなかった。続いて、１９４８年２月１日に「第一章」が「恋の終局そして物語の発端」と題して「午前」に発表された。

　もし、何かの雑誌に発表したのであれば、これ以後のことになるので、三島作品が掲載された１９４８年の雑誌を検索すればよいことになる。１９４８年の三島作品掲載誌は私が渉猟し得た範囲では43冊であった。その他、写真の掲載誌が２種あり、これを含めると45冊が確認された。

　三島が「三島由紀夫作品集１・あとがき」を書いたのは、１９５１年のことで、これを三島由紀夫全集編集者らが「発表誌不明」と誤解したのが、２０００年のことであった。最初から存在しないものを探しても見つけることはできないので、「序章」は「発表誌不明」となり70年間見つかっていないということになったのである。

　存在することを証明するにはその物を証拠として提示すれば足りる。「私は見たことがある」「Ａさんは所蔵している」では、見間違いもあり得るので信憑性に疑問が残る。

　一方、存在しないことを証明するのは困難な場合がある。

　１９４８年（昭和23）の三島由紀夫作品及び写真の掲載誌を供覧する。（写真２ｃ～ｇ）

昭和23年の三島由紀夫作品及び写真掲載誌

１月１日・サーカス・進路
１月１日・婦徳・令女界
１月１日・接吻・白鳥・伝説・哲学・マドモアゼル
１月１日・相聞歌の源流・日本短歌
２月１日・蝶々・花
２月１日・恋の終局そして物語の発端・午前
３月１日・重症者の兇器・人間
３月１日・出会・思潮
３月１日・三島の写真・文芸
３月20日・嘉例・新文学

4月1日・殉教・丹頂
4月1日・親切な男・新世間
4月1日・風の抑揚・婦人文庫
4月〇日・師弟・青年
4月15日・ジャン・コクトオへの手紙・キネマ旬報
4月18日・邪教・サンデー毎日
4月20日・家族合せ・文学季刊
5月1日・あやめ・婦人文庫
5月1日・ツタンカーメンの結婚・財政
5月10日・ドルヂェル伯の舞踏会・世界文学
5月12日・三島と猫の写真・アサヒグラフ
6月1日・頭文字・文学界
6月1日・慈善・改造
6月1日・座談会・妻をめとらば・婦人画報
6月1日・宝石売買・文芸
6月15日・オルフェウス・軽皇子序詩・舞踏
7月1日・好色・小説界
7月1日・罪びと・婦人
9月1日・インダストリー・海峡
9月1日・反時代的な芸術家・玄想
9月1日・没落する貴族たち・婦人公論
9月1日・情死について・婦人文庫
9月10日・落葉の歌・新思潮
10月1日・不実な洋傘・婦人公論
10月15日・説明役について・氷山
10月25日・美的生活者・文学会議
11月1日・山羊の首・別冊文藝春秋
11月1日・火宅・人間
11月1日・そぞろあるき・芸苑
11月1日・宗十郎の「蘭蝶」・日本演劇
11月1日・夜告げ鳥・文藝
11月20日・盗賊・真光社
12月1日・獅子・序曲
12月1日・夜の仕度・鎌倉文庫
12月20日・四つの処女作・文学の世界

3月1日発行の「文芸」3月号に、青柳栄次郎撮影の写真（写真2h）が掲載されている。「写真の中に定着されてしまった僕を羨ましく思う(5)」と三島のコメントがある。このコメントは決定版三島由紀夫全集未収録である。なお、「青年」は確認できませんでした。

第三章　初版本

「盗賊」の初版本（写真1）は1948年11月20日、真光社より刊行された。

三島は作品集の「あとがき」に左記のように記している。

「この作品は、私の長編小説の処女作であるが、処女作

1月1日 マドモアゼル

1月1日 令女界

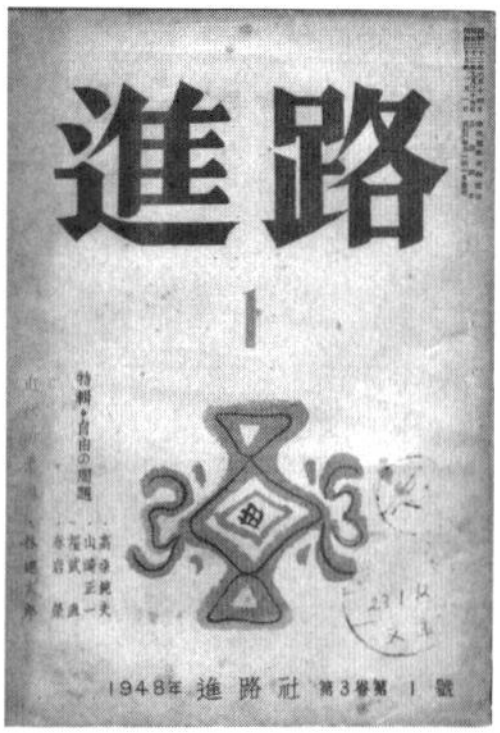

1月1日 進路

2月1日 午前

2月1日 花

1月1日 日本短歌

3月1日 文芸

3月1日 思潮

3月1日 人間

写真2ｃ 昭和23年の三島由紀夫作品掲載誌

4月1日 新世間

4月1日 丹頂

3月20日 新文学

4月15日 キネマ旬報

4月 青年(未確認)

4月1日 婦人文庫

5月1日 婦人文庫

4月20日 文学季刊

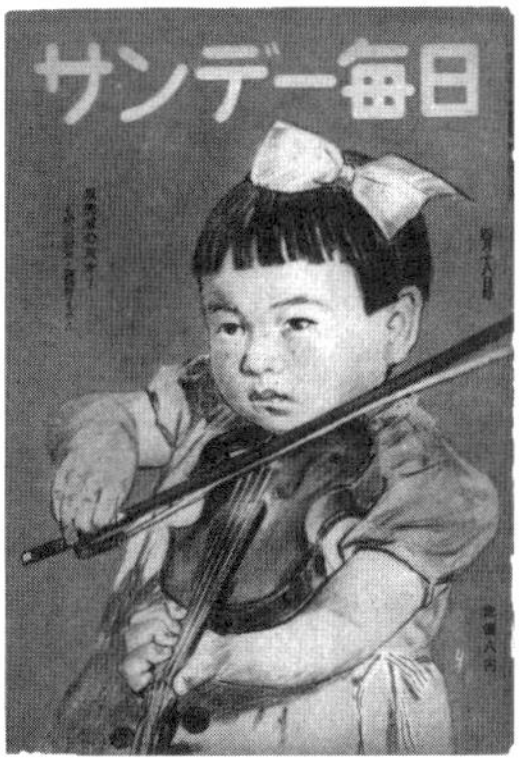

4月18日 サンデー毎日

写真2d 昭和23年の三島由紀夫作品掲載誌

5月12日 アサヒグラフ

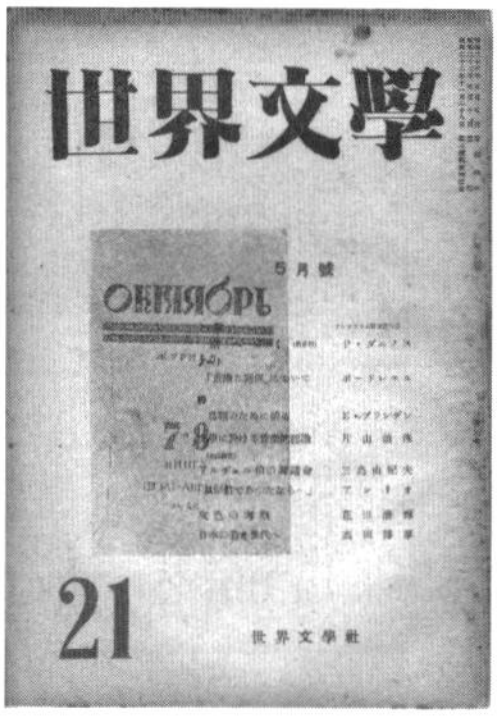

5月10日 世界文学

5月1日 財政

6月1日 婦人画報

6月1日 改造

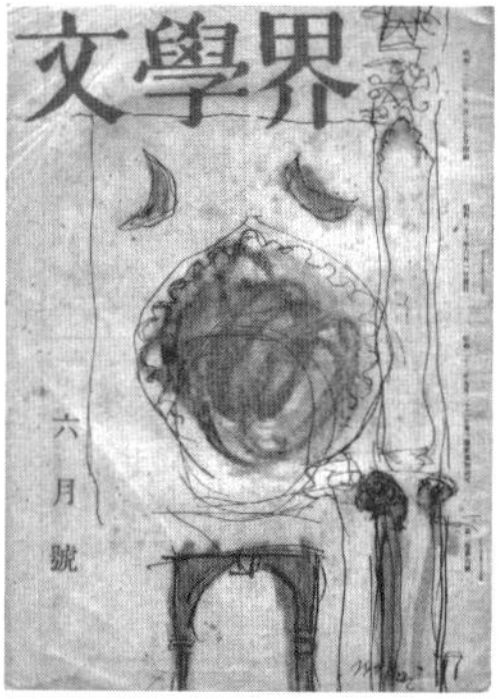

6月1日 文学界

7月1日 小説界

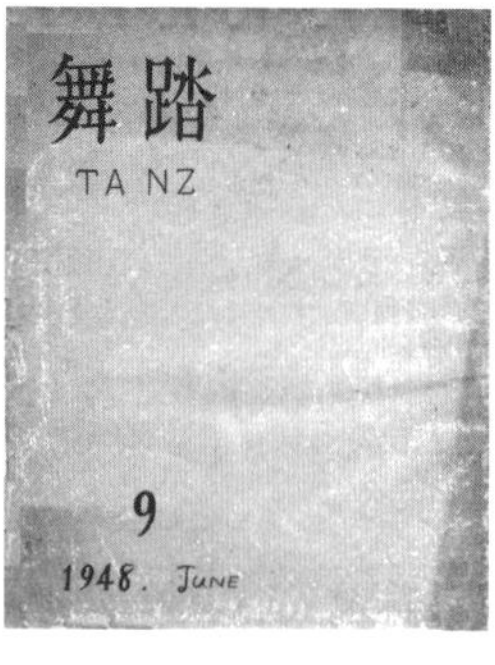

6月15日 舞踏

6月1日 文藝

写真2e 昭和23年の三島由紀夫作品掲載誌

9月1日 玄想

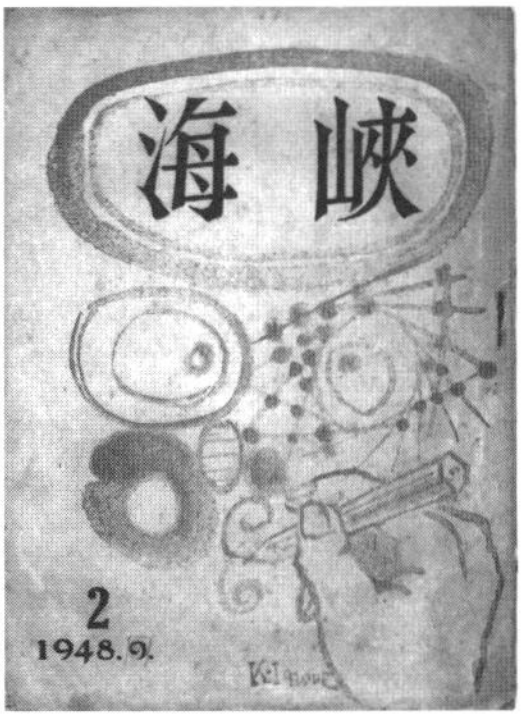

7月1日 海峡

10月1日 婦人

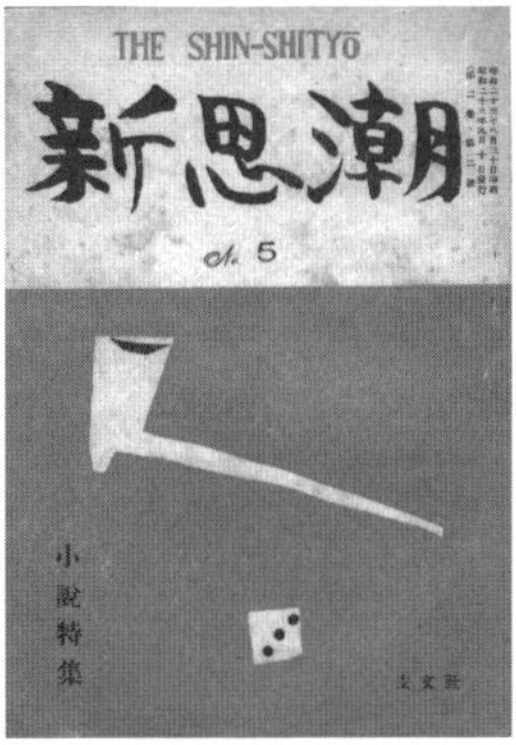

9月10日 新思潮

9月1日 婦人文庫

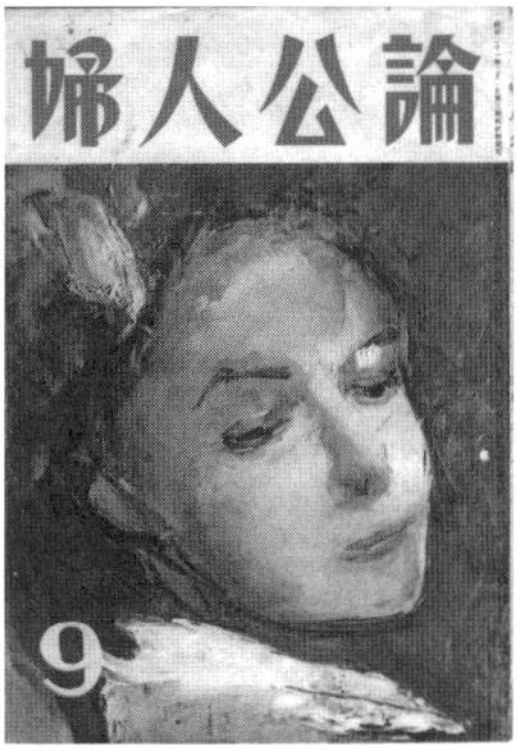

9月1日 婦人公論

10月25日 文学会議

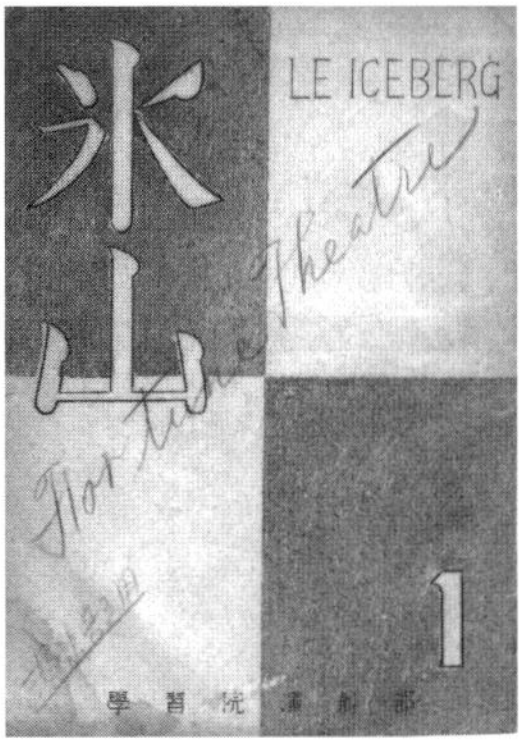

10月15日 氷山

10月1日 婦人公論

写真２ｆ 昭和23年の三島由紀夫作品掲載誌

11月1日 藝苑

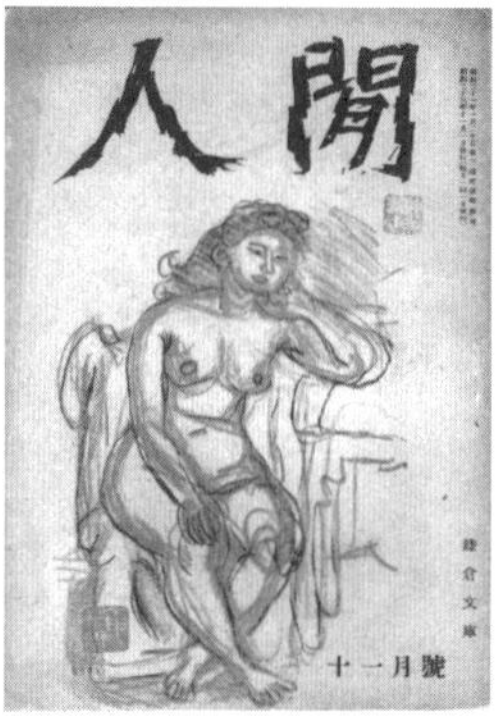

11月1日 人間

11月1日 別冊文藝春秋

11月20日 盗賊

11月1日 文藝

11月1日 日本演劇

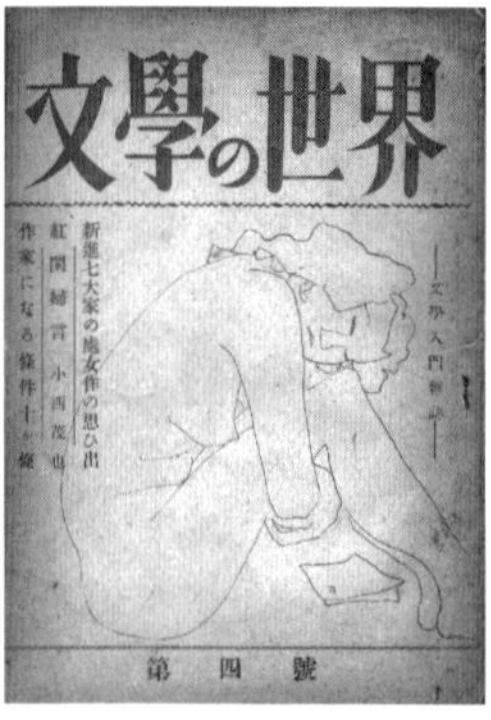

12月20日 文学の世界

12月1日 夜の仕度

12月1日 序曲

写真2g 昭和23年の三島由紀夫作品掲載誌

写真2ｉ アサヒグラフ

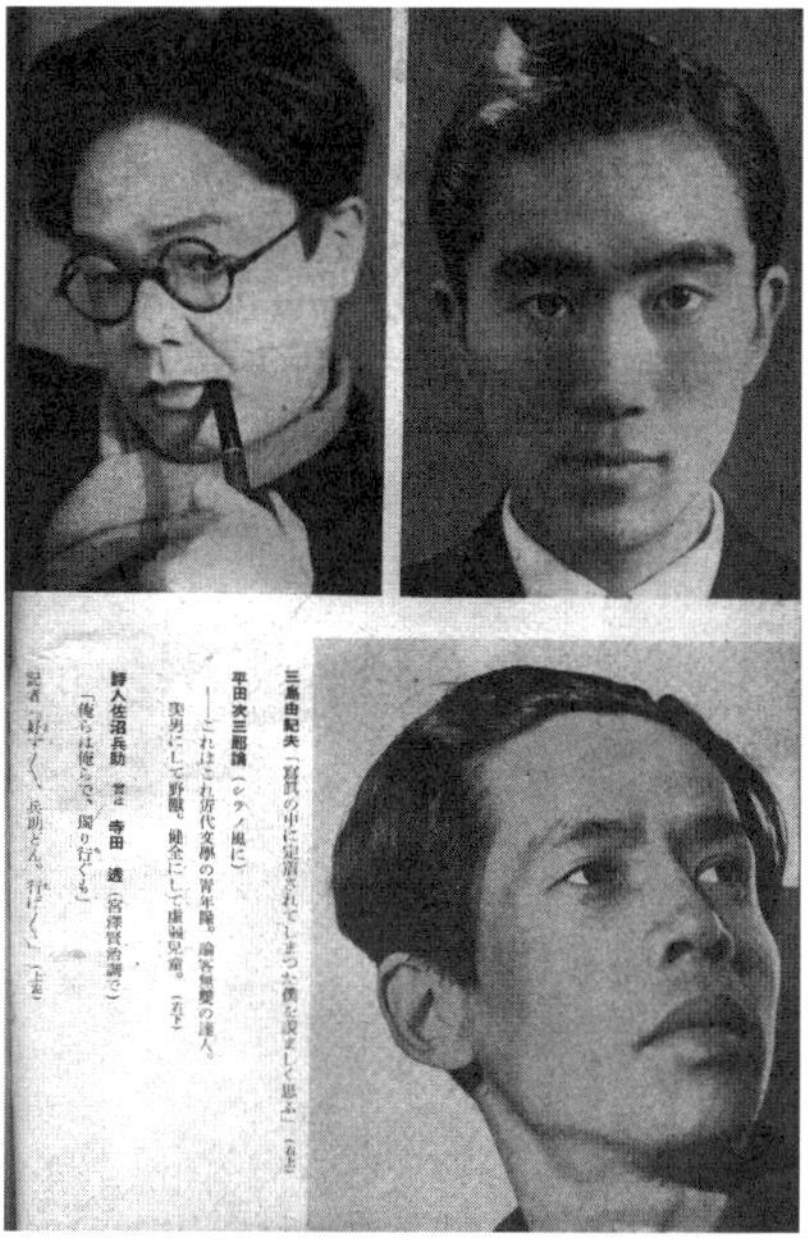

写真2ｈ 文芸 三島由紀夫

写真2ｋ アサヒグラフ

写真2ｊ 文芸 三島由紀夫

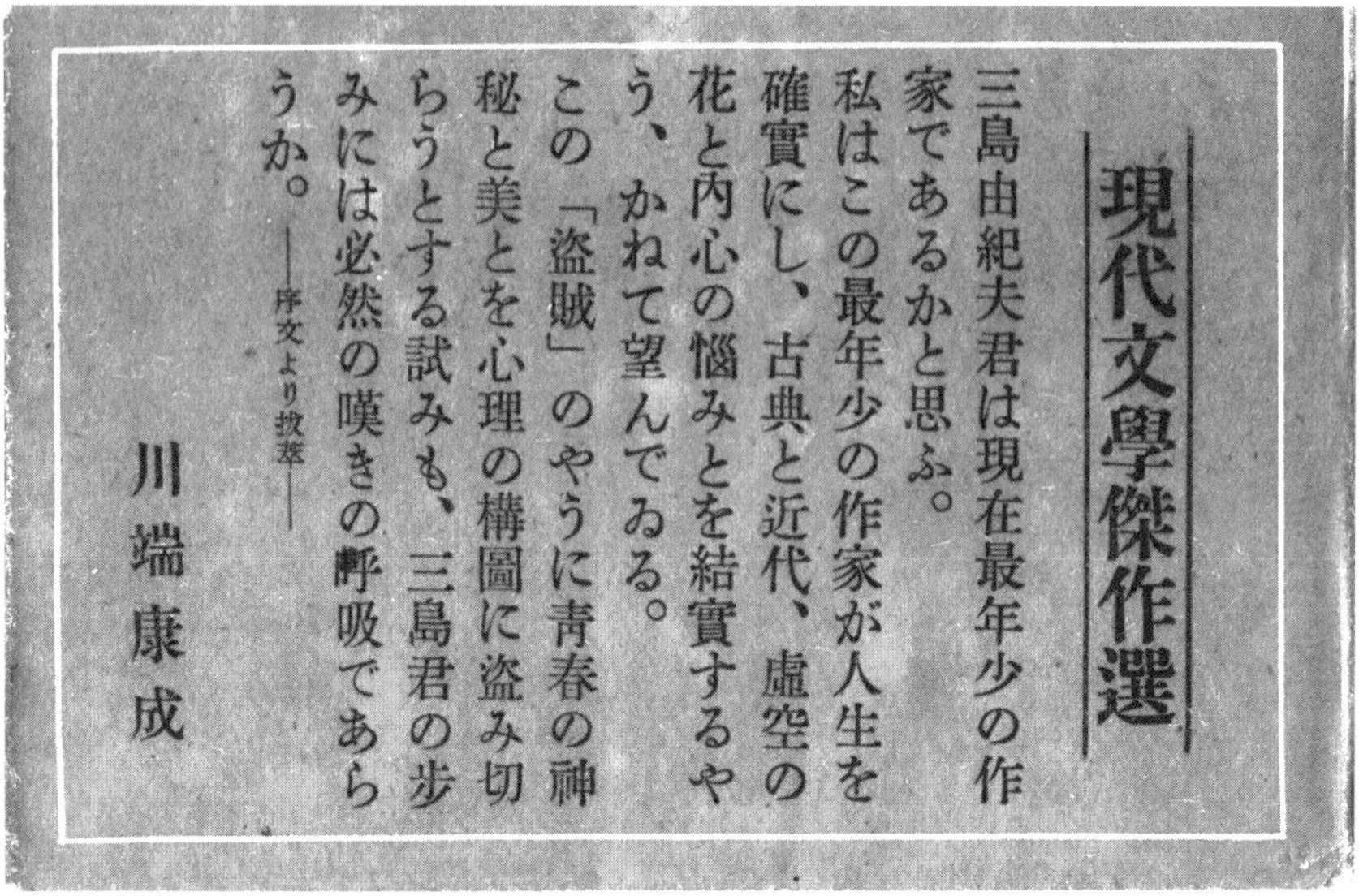

現代文學傑作選

三島由紀夫君は現在最年少の作家であるかと思ふ。

私はこの最年少の作家が人生を確實にし、古典と近代、虚空の花と内心の惱みとを結實するやう、かねて望んでゐる。

この「盜賊」のやうに青春の神秘と美とを心理の構圖に盜み切らうとする試みも、三島君の歩みには必然の嘆きの呼吸であらうか。

——序文より拔萃——

川端康成

写真3 盗賊 初版本 帯 1948

と謂うよりは、習作と謂ったほうが適当であろう。

一九四五年、戦争がおわる。その年の十月に妹が死ぬ。私は満二十歳、東大法学部の学生である。そのころの私の生活体験から、この小説の構想が生じた。しかし作品の書かれる動機は、純粋なものだけではありえない。それまでせいぜい百八十枚限度の作品しか書けなかった私は、終戦を機会に、人をおどろかすような一篇の可成長い小説を書こうという野心を起こしたのである[2]」

「盗賊」の執筆中に三島は、何度も改稿し、その度に川端康成に見てもらった。三島は左記のように記している。

「川端康成氏の作品には少年時代から親しんでいたが、親炙するにいたったのは一九四六年の正月のことである。人の紹介でお宅に上り、その後たびたび原稿を読んでいただいた。短編『煙草』は氏の推薦で『人間』に載った。『盗賊』の各章も、出来上るとすぐ鎌倉へ飛んで行って、氏に預っていただく。そうしないと、安心できない。自分の手許を離れて四五日すると、作品の欠点がありありと目にうかんで来て、もう少し待ってから読んでいただけばよかったと後悔するが、この習慣は改めることができなかった[2]」

「盗賊」の序文を川端が執筆した。初版本は真赤な帯（写真3）が印象的である。この帯に川端の序文より抜粋された最初の一行と最後の二行の文章が印刷されている。

「盗賊」の出版後、間もなく真光社は倒産した。

写真4d 創作ノオト 表紙

写真4d 創作ノオト 函 1950

第四章　創作ノオト

「創作ノオト」（写真4a、b、c）は、1955年7月25日にひまわり社より限定3000部の完全複製版で刊行された。三島は遺作「豊饒の海・天人五衰」に至るまで詳細な創作ノートを制作しているが、「盗賊」の創作ノオトは生前に公にされた唯一のものであった。

三島は「『盗賊』ノオトについて」（写真5d、e）に左記のように記している。

「齢不惑にも達せざる作家が、それも習作的長篇のノオトを公開するとは、実に恥づべきわざであります。しかし作家の虚栄心と我執は、時として、なりふりかまわぬ現われ方をする。色キチガイの女と同じことであります。

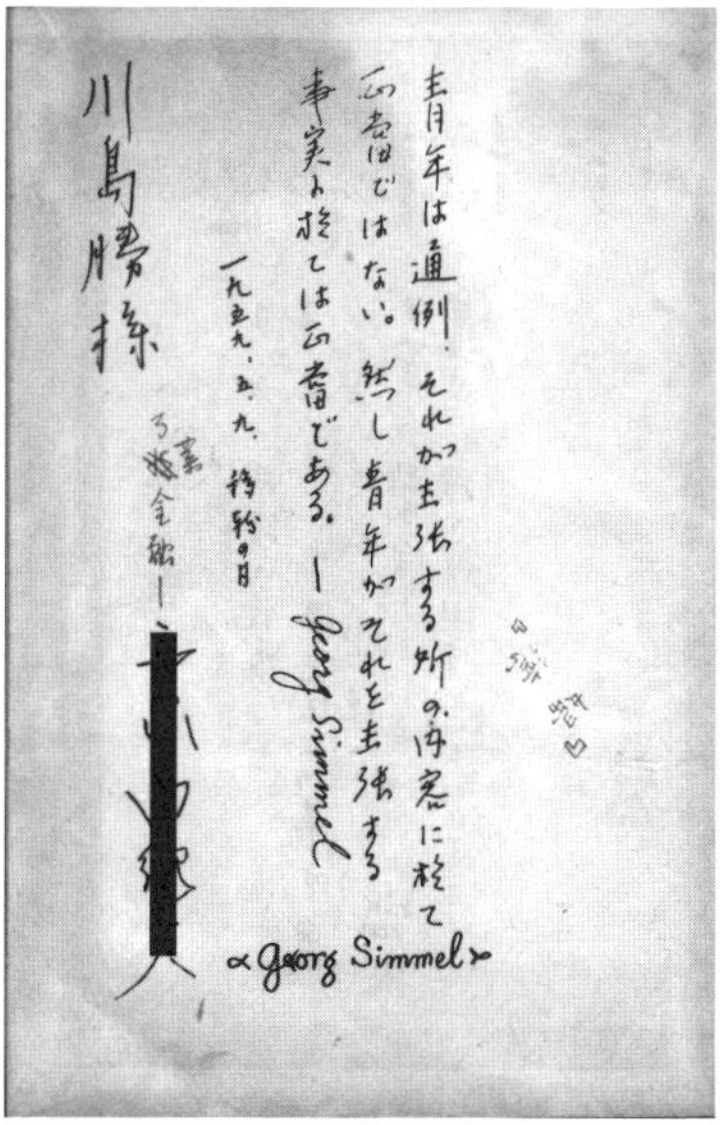

写真4c川島勝宛献呈署名本

三島由紀夫著作権事務所の指導により、署名偽造防止のため三島由紀夫の署名の一部を黒塗りにしております。

正直云って、私にはこれらのノオトがなつかしい。ひどく耽溺的になつかしい。そのなつかしさを人に押しつけてはいけないが、私にはどうもその則をこえたくなるような懐かしさがある。（略）

このノオトを世に送る唯一の理由は、小説を書くごく若い人たちに示して、最初の長篇小説を書くことの、精神的困難と技術的困難のあとを如実に見てもらい、いかにその制作が、不断の自己弁護に裏づけられねばならなかったかを読みとってもらって、以て後車の戒めとしてもらうことにしかないでしょう[6]」

1959年に、三島は目黒区緑ケ丘から大田区馬込東（現・南馬込）に転居した。川島勝は三島の引っ越しの手伝

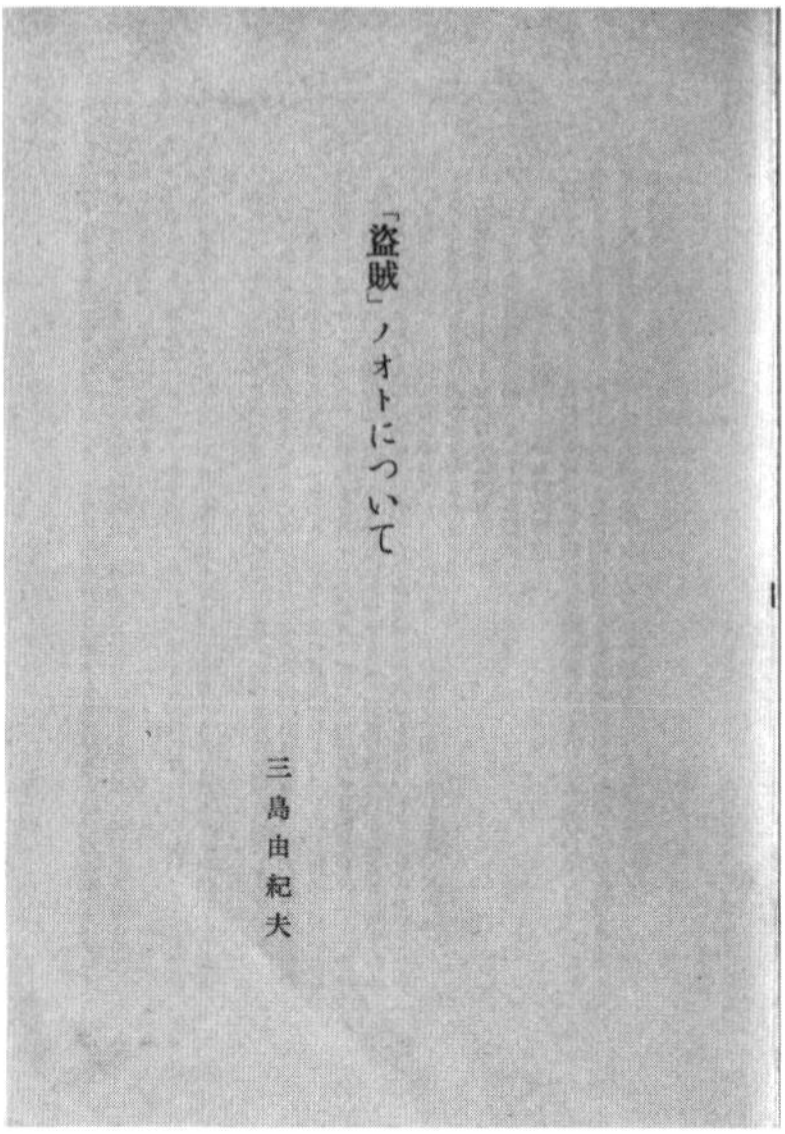

写真4d 創作ノオト 冊子 表紙

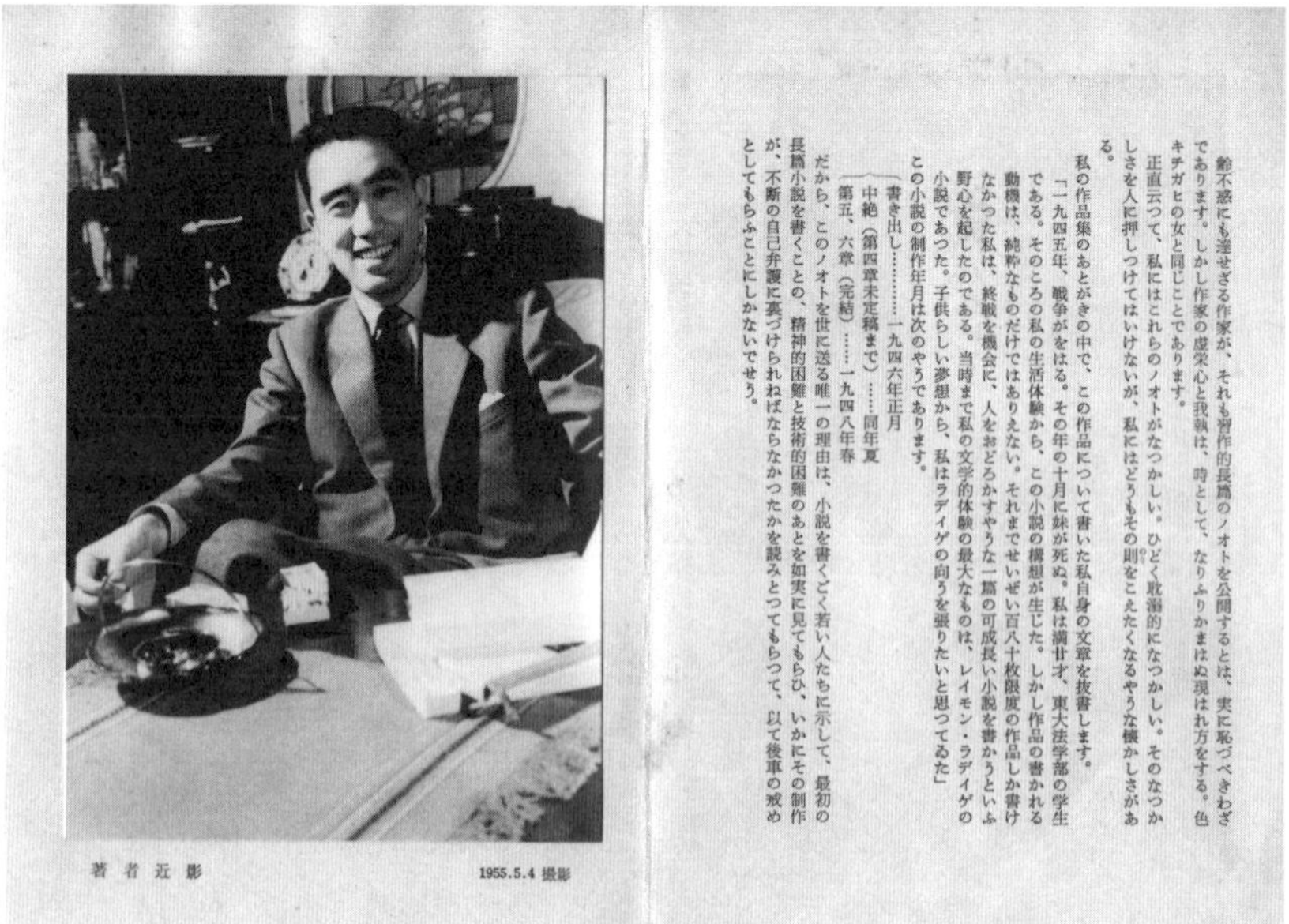

齢不惑にも達せざる作家が、それも習作的長篇のノオトを公開するとは、実に恥づべきわざであります。しかし作家の虚栄心と我執は、時として、なりふりかまはぬ現はれ方をする。色キチガヒの女と同じことであります。

正直云つて、私にはこれらのノオトがなつかしい。ひどく耽溺的になつかしい。そのなつかしさを人に押しつけてはいけないが、私にはどうもその則をこえたくなるやうな懐かしさがある。

私の作品集のあとがきの中で、この作品について書いた私自身の文章を抜書します。

「一九四五年、戦争がをはる。その年の十月に妹が死ぬ。私は満廿才、東大法学部の学生である。そのころの私の生活体験から、この小説の構想が生じた。しかし作品の書かれる動機は、純粋なものだけではありえない。それまでせいぜい百八十枚限度の作品しか書けなかつた私は、終戦を機会に、人をおどろかすやうな一篇の可成長い小説を書かうといふ野心を起したのである。当時まで私の文学的体験の最大なものは、レイモン・ラディゲの小説であつた。子供らしい夢想から、私はラディゲの向うを張りたいと思つてゐた」

この小説の制作年月は次のやうであります。

書き出し……………一九四六年正月
中絶（第四章未定稿まで）……同年夏
第五、六章（完結）……一九四八年春

だから、このノオトを世に送る唯一の理由は、小説を書くごく若い人たちに示して、最初の長篇小説を書くことの、精神的困難と技術的困難のあとを如実に見てもらひ、いかにその制作が、不断の自己弁護に裏づけられねばならなかつたかを読みとつてもらつて、以て後車の戒めとしてもらふことにしかないでせう。

写真4d 創作ノオト 冊子

写真５ａ 初版本 1965

写真５ｂ 再版本

いをした。そのお礼に三島は川島に「創作ノオト」を贈った。川島は、「『盗賊』ノオトの限定番号は一番であった。（略）限定一番は著者が保存するための貴重な一冊である。

私は何げない心配りがうれしかった[7]」と記している。

第五章　サド侯爵夫人の豪華本

１９６５年11月15日、河出書房より「サド侯爵夫人」（写真５ａ）の単行本が刊行された。戯曲の単行本としては異例の売れ行きを示した。初版刊行約１ケ月後の12月25日には再版（写真５ｂ）が刊行された。さらに２年後の１９６７年10月20日には三版（写真５ｃ）も刊行されている。装幀は秋山正でクロス装、帯は白色、貼函であった。

写真５ｃ 三版本

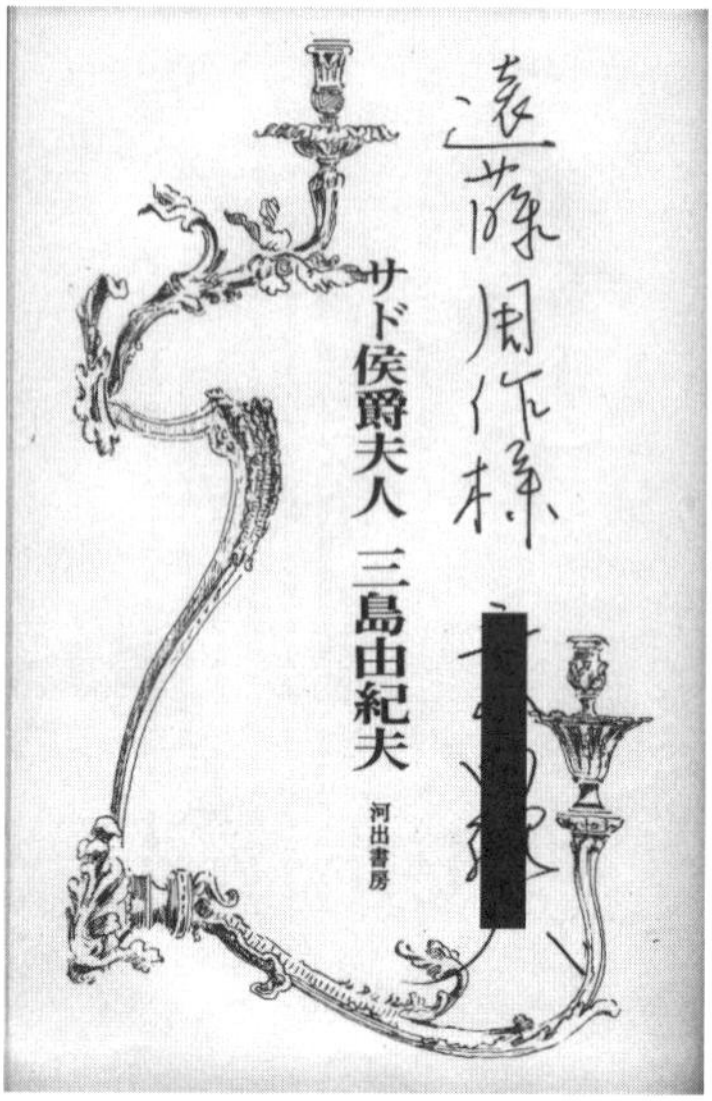

写真5d　遠藤周作宛献呈署名本

三島由紀夫著作権事務所の指導により、署名偽造防止のため三島由紀夫の署名の一部を黒塗りにしております。

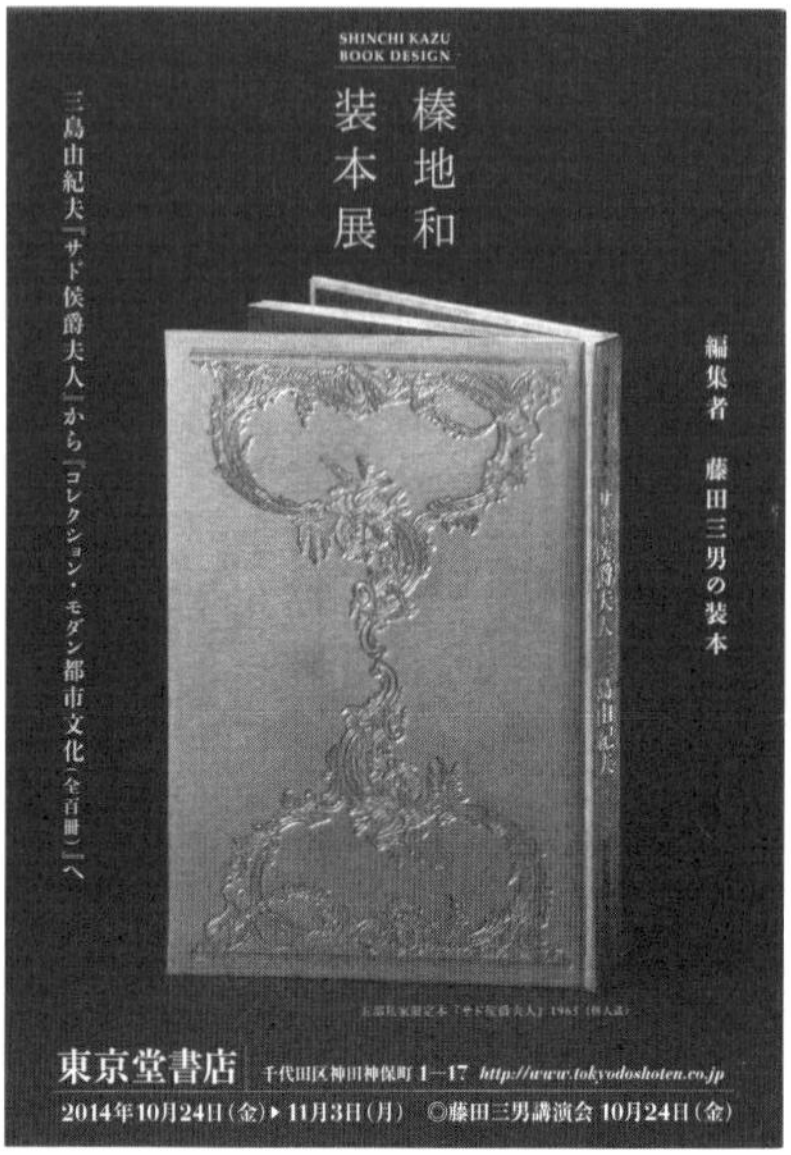

写真5e　榛地和装本展 2014

初版本の帯文は「三島戯曲の最高傑作」であり、再版本では「芸術祭賞受賞作」、三版では「近年最大の傑作」と記されている。

遠藤周作は、「極端な言い方をすれば俳優は自分の扮装やはなやかな舞台装置や音楽に頼ってはならない。彼が観客を酔わせるのは台詞だけである。（私はその点、三島氏の『サド侯爵夫人』に感心した）」[8]と記し、「サド侯爵夫人」を絶賛している。遠藤宛の献呈署名本（写真５d）が残されている。「サド侯爵夫人」が、三島戯曲の最高傑作であることは、誰もが認めることであろう。

三島は、担当編集者の藤田三男に「サド侯爵夫人」の豪華本を作ってほしい、と依頼した。

藤田が制作した豪華本については、三島由紀夫書誌に「私家限定本三部あり」と記されている。しかし、書誌には私家限定本の書影は掲載されていないため、この本は長い間「幻の本」であった。

２０１４年10月24日から11月3日まで、神田神保町の東京堂書店にて榛地和装本展（写真５e）が開催され、「サド侯爵夫人」の私家限定本が初めて公開された。榛地和は藤田三男の装幀名である。

私家限定本は再版本を使用して作られ、内容は一般の本（写真５f）と変わりがない。再版の奥付がある。

「クリーム色のゴート革（山羊革）を使用した革装本で、

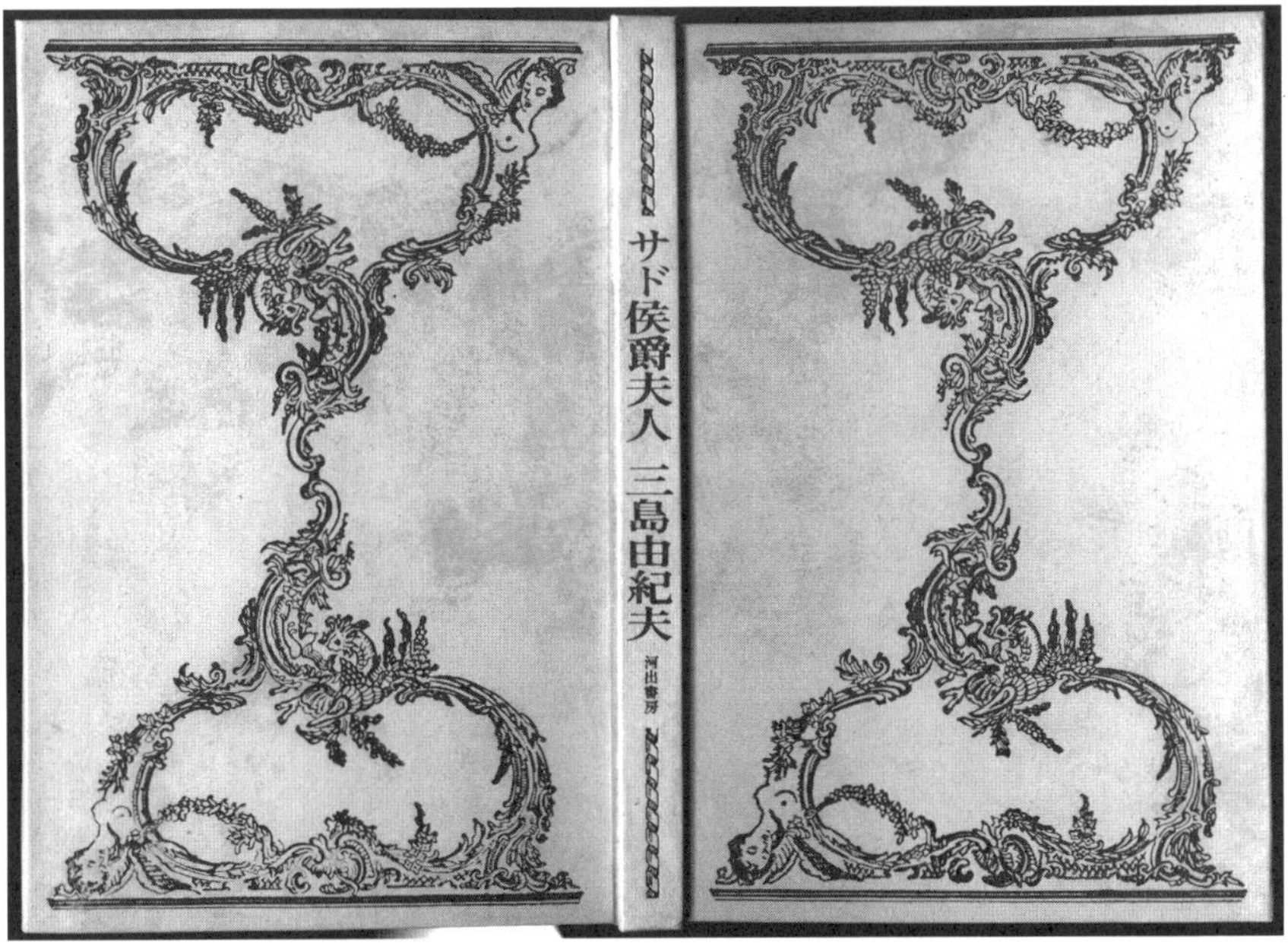

写真5 f　サド侯爵婦人 初版本 表紙 1965

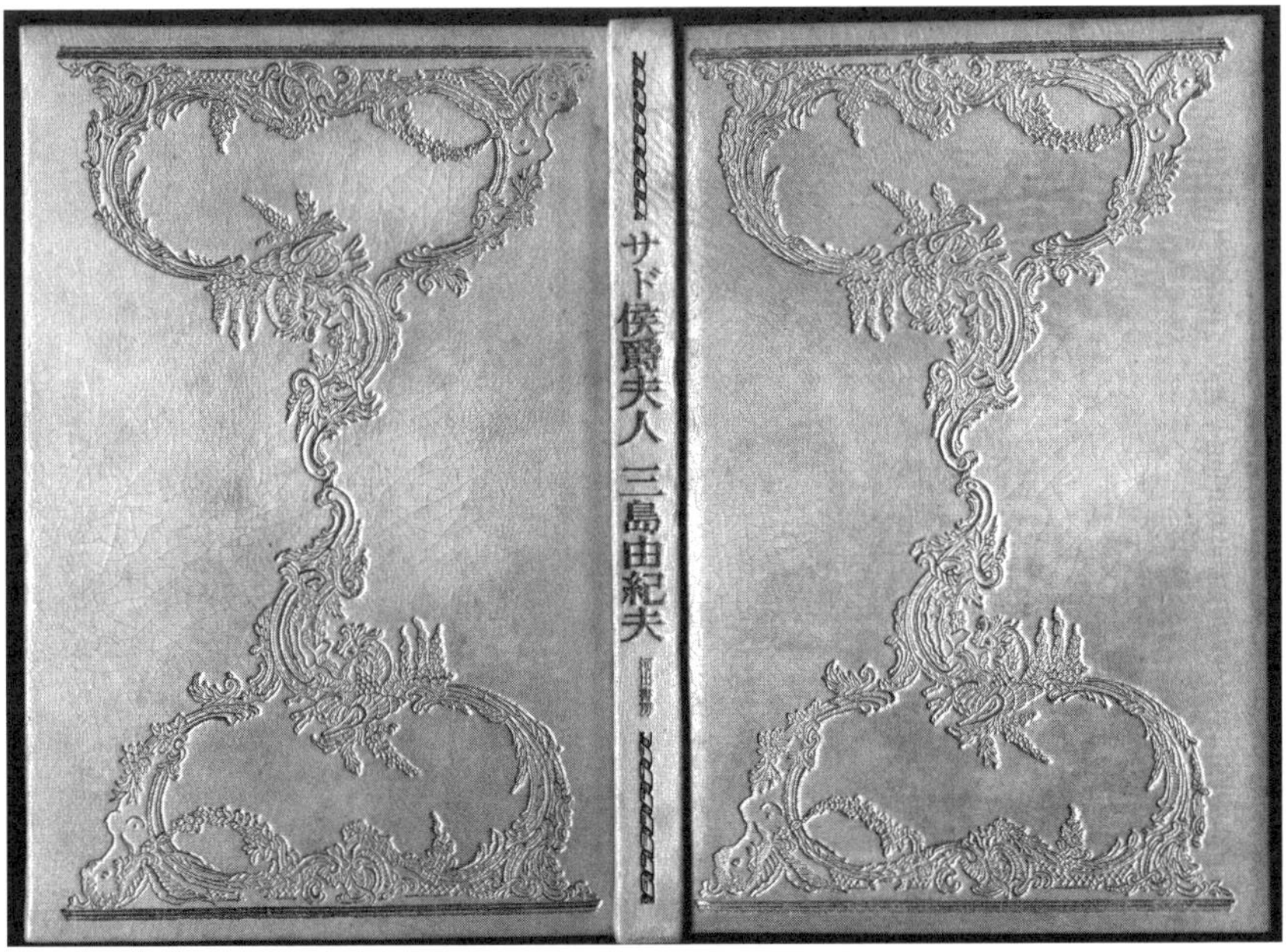

写真5 g　サド侯爵婦人 私家限定本 表紙 榛地和制作 1965

膨らみを持たせるために、革の下にマウントを入れ、本金を使用して模様を箔押しした」（写真5g）と藤田は説明している。三方金である。函は元々の貼函で再版用の帯もついている。

私家限定本は、三島由紀夫書誌に、「三部」と記載されているが、実際には五部制作された。藤田は三部を三島家に納め、一部を先輩の編集者に進呈した。そして、一部を藤田自身が所蔵した。私家限定本は、ゴート革装で本金の箔押しが魅力的な本ではあるが、定価580円の再版の函は豪華ではない。三島が考える「豪華」と、藤田が考えた「豪華」には、開きがあったことはいさめない。

三島がこの本に満足しなかったことは明白であり、約2

写真5h 盗賊 初版本 1948

写真5j サド公爵夫人 表紙

写真5i サド侯爵婦人 函 1967

写真5k 盗賊 初版本 表紙 部分 1948

写真5l サド公爵夫人 限定本 表紙 部分 1967

年後の１９６７年８月18日に、中央公論社から限定３８０部の豪華限定本を署名入りで刊行している。この本に

「表紙・カット
アートディレクター　神野八左衛門
イラストレーター　内藤紀子　」と記されている。

「盗賊」の表紙（写真５ｈ）の絵を誰が描いたのか、初版本を見ても何の記載もされていない。

「サド侯爵夫人」の表紙画（写真５ｉ、ｊ）は、内藤紀子の作品である。これに神野の企画により「盗賊」の表紙に描かれた扇の絵（写真５ｋ）が描き込まれている。内藤または神野が、独断で「サド侯爵夫人」の豪華本の表紙に「盗賊」の表紙画を描きこむ理由はない。これを指示できたのは三島以外には考えられない。もしかすると三島は「盗賊」の豪華本を造りたかったのではあるまいか。しかし、このあまり評価されていない最初の長編小説を豪華本にすることはできなかった。

「サド侯爵夫人」の表紙に描かれた「盗賊」の扇は、一部分が破れている。（写真５ｌ）その破れ目から遠景が覗いている。この破れを指示したのも三島であろうか。この扇の破れには、三島のどんな想いが込められているのであろうか。

　三島は、自身の最高傑作である「サド侯爵夫人」の豪華限定本の制作時に「盗賊」初版本の表紙画をその表紙画に埋め込むことで、この絵の中に「盗賊」に対する自分の想いを封じ込めたのではないだろうか。豪華限定本「サド侯爵夫人」の表紙画を見ていると、私にはそのように思えるのである。

（三島由紀夫研究家）

注１　田中美代子：恋物語の脱構築、決定版三島由紀夫全集第1巻月報、新潮社、２０００

２　三島由紀夫：あとがき、三島由紀夫作品集1、新潮社、１９５３

３　田中美代子、井上隆史：解題・盗賊、決定版三島由紀夫全集第1巻、新潮社、２０００

４　三島由紀夫：作家の序言、美的生活者、文学会議、講談社、１９４８

５　三島由紀夫：無題、文芸、河出書房、１９４８

６　三島由紀夫：「盗賊」ノオトについて、創作ノオト、ひまわり社、１９５５

７　川島勝：三島由紀夫の家、三島由紀夫、文藝春秋社、１９９６

８　遠藤周作：小説殺法と戯曲殺法、観客席から、番町書房、１９７５

三島由紀夫研究

A5 版並製 各巻本体・2,500 円＋税　定期購読申込み受付中・年 1 回刊

①三島由紀夫の出発
②三島由紀夫と映画
③三島由紀夫・仮面の告白
④三島由紀夫の演劇
⑤三島由紀夫・禁色
⑥三島由紀夫・金閣寺
❼三島由紀夫・近代能楽集
❽三島由紀夫・英霊の聲
❾三島由紀夫と歌舞伎
❿越境する三島由紀夫
⑪三島由紀夫と編集
⑫三島由紀夫と同時代作家
⑬三島由紀夫と昭和十年代
⑭三島由紀夫・鏡子の家
⑮三島由紀夫・短篇小説
⑯三島由紀夫・没後45年
⑰三島由紀夫とスポーツ
⑱三島由紀夫と澁澤龍彦
⑲三島由紀夫・豊饒の海
⑳『豊饒の海』の時代
㉑三島由紀夫・『作家論』
㉒三島由紀夫の方法

（白抜きナンバー品切れ）

＊表示価格はすべて本体価格です。消費税が加算されます。
＊ご注文は、書店、ネット書店、または弊社へのファックス・E メールでも承ります。
＊弊社図書の詳しい内容は、ホームページでご覧下さい。

図書出版 鼎 書 房　〒134－0083 東京都江戸川区中葛西 5－41－17－606
電話・ファックス 03－5878－0122
URL http://www.kanae-shobo.com　E-mail info@kanae-shobo.com

断想

加曽利達孝さんのこと

佐藤秀明

故・加曽利達孝 氏

「単著が五冊くらいあって、大変なんだよ」と、加曽利さんはいつものようにぼやいてみせた。ちょっと間を置いて、「全部、今年度中に作らなくちゃいけないんだ」と、語尾がややくぐもった。景気のいい話じゃないですか、と言うと、「まあ、そうだけどね」と返ってきた。去年の夏の初めだったと思う。「三島由紀夫研究㉒」は四月に刊行され、次の原稿締め切りまでは間があったから、編集の話ではなく、送ってもらったサクランボのお礼で電話をかけたのかもしれない。

加曽利さんとは電話で話すことが多い。例年、年末に「三島由紀夫研究」の忘年会をやり、松本徹さん、田中美代子さん、犬塚潔さん、山中剛史さん、それに加曽利達孝さんと私というのがお定まりメンバーになっていた。試論社の山内由紀人さんが加わることもあった。私はこのメンバーで話すのが楽しみで、忘年会のたびにホテルを予約し、のこのこと関西から上京した。それもコロナ禍で取り止めになっていた。だから電話で用件が終わると、よもやま話になる。昭和三十年代の映画の話になったり、亡くなった昔の研究者の話になったり、売れ残った本の裁断の話になったりした。加曽利さんはコロナウイルスに対してもの凄く警戒していて、仕事で打ち合わせをするときも、公園で離れて座ってするのだと言っていた。公園までは車で行き、電車は避けていた。

本誌「三島由紀夫研究」の編集と出版を担ってくれた鼎書房社主の加曽利達孝さんが亡くなったと伝え知ったのは、何日か経ってからのことだった。有元伸子さんが、『現代女性作家読本』の締め切りについて編者に問い合わせたところ、そう聞いたとメールで知らせてきた。まだ不確かな情報だった。ご自宅に電話したが、出ない。携帯に電話しても出ない。松本さんは知っていると思い電話をかけたら、知らなかった。只々驚いていた。少し前に神奈川近代文学館のドナルド・キーン展に行こうと誘ったら、松本さんの熱中症を心配してくれたそうだ。結局、加曽利さんは出かけず、松本さんは勝又浩さんと行ったそうだ。そのときの電話の声が、少し弱々しかったという。

亡くなったのは、二〇二二(令和四)年八月七日。末年の昭和十八年生まれだから、享年七十九歳だった。

のちに奥様から聞いたところによると、直接の死因は脳血栓だったのだが、癌が見つかってそれが手遅れだったという。なのに本人もご家族も、気がつかなかったというのだ。腰が痛いので掛かりつけの医院に行くと、肝臓の数値が悪いとのことで、がんセンターに行きMRIで調べたら、手術もできない状態だったという。その頃は、電話で話していない。

癌を告知されてどういう心境だったのか。重いものが体の中に入ってしまった感じだったのではないか。しかし、加曽利さんは鼎書房を現社主である金子堅一郎さんに任せることにし、「三島由紀夫研究」も継続する道を開いてくれていた。告知されて一カ月も経たない間に、これだけのことをしていた。

自宅で倒れ、そのまま逝かれた。食卓に向かっていて横転したのだという。ご家族にすれば驚天動地のことだったに違いないのだが、今となってみれば、入院もせずに介護も受けずに、幸せな逝き方だったと思う。

もう四十年以上前のことだが、学会やその懇親会、あるいは誰かの出版記念会のような集まりで、当時笠間書院の編集者だった加曽利さんと何度か顔を合わせた。私はまだ大学院生で、この先ものになるのかどうかも分からない若僧にすぎなかった。加曽利さんは干支が一回り上で、彼の方から声をかけてくれた。いつの間にか親しく話をするようになっていた。

松本徹さんが加曽利さんに話をつけ、この「三島由紀夫研究」が刊行されるようになって、長く編集長の役割を続けてきて、私にバトンを渡したのは平成の最後の年で、二〇一九年発行の十九号の編集からだった。その頃、加曽利さんは、「三島研究」をそろそろ辞めようかということを言い出していた。二人いるお子さんたちは、会社を継ぐ気はないという。松本さんから受け継いだ私の力を危うんでいたところもあったと思われる。その危惧がだんだん薄れてきたようで、それにつれて電話で無駄話をする時間が増えていった。「もう少し続けるよ」と、これも電話で言っていた。

加曽利さんには、ちょっと大雑把で物事を突き詰めないバランス感覚があった。随分腹の立つこともあったようだが、「しょうがないよ」と言い、根にもたなかった。それでこの「三島由紀夫研究」も続いてきたと思われる。話していて、面倒見のよい人だということも知った。親類縁者の老後や死後のことにも駆け回り、近所の小学生が通る家の前の道に、花を植えたプランターやメダカを入れた鉢を置いているとも言っていた。人に尽くすのを楽しみとする人には、何かしら貴い雰囲気が漂うものだが、加曽利さんには親しみやすさとともに、どことなくそういう印象があった。

版面の美しさに気を遣う人で、最後の行が一文字ぶら下がっていたりすると、巧みに前の二、三行の文字間隔を詰めて、きれいに納めた。若い頃は印刷会社に勤めていたというから、こういうところに気づくのかと思ったが、あれも加曽利さんの美意識だったのだろう。私は、加曽利さんが目立たないシックなお洒落を楽しむダンディーだと知っている。いい生地の服をさり気なく着ていた。遺影に対面したとき、今にも電話を通した声が聞こえそうな気がした。

書評

藤田佑著

『小説の戦後――三島由紀夫論』

田中裕也

「戦後の小説」ではなく、「小説の戦後」が本書の題である。耳馴染みのない表現だが、本書の構想と関わっているようだ。

本書の構成については、序章で著者自身が各章の目的や背景などを詳しく述べているので、ここでは概括的な説明にとどめたい。著者は昭和二十年代の三島文学は「戦後派文学」や「風俗小説」等々の戦後文学の諸カテゴリーに、「見かけは準拠し自作を構成しながら、それらの膠着を個々の作品の内部から明るみに出すこと」によって、「「小説」というジャンルの臨界を見定めていった」のだと言う。さらに著者は、三島がその臨界を策定していくために他の文学ジャンルを小説内に召請したと言い、しかもそれが三島自身の内的要請のなかで「「戯曲」から「詩」へ向かってい」ったと言う。著者は各章でこれらの問題の実状を作品から分析し、「戦後文学史」と「三島由紀夫の作家史」の問題へ切り込む。

本書は第一章から第五章を前半部として、『仮面の告白』（第一章）『獅子』（第二章）『盗賊』（第三章）「川端康成論の一方法――「作品」について」（第四章）『青の時代』（第五章）を論じている。著者自身が第一章の『仮面の告白』が前半部の「座標軸」だと述べているように、この章では三島由紀夫の「戦後」「小説」への問題意識とその実践について重点的に論じている。少しく見ていきたい。

第一章では、まず三島の「戦後文学」への問題意識について、中村光夫と福田恆存との共通性が確認される。著者は三島由紀夫の短い評論である「小説の技巧について」（「世界文学」昭24・3）に注目する。三島は同評論で近代小説が方法論を軽視していることに疑問を呈し、「小説」が自律した文学ジャンルになるために敢えて「戯曲の条件をまづ小説に課さう」と言う。著者はこの三島の主張が、「新しさ」を謳う「戦後文学」へ懐疑の念を抱いていた中村と、「自己劇化」という逆説的な方法によってのみ告白が可能になることを主張していた福田と重なると言う。三島が『仮面の告白』で戦後文学が問題とした「内面」と「外界」をめぐる問題を「私」の告白を書くということで引き受けながら、同時に「私」が「私」を演じるということを記していくというメタフィクション的な作品を作り上げたのだと著者は論じる。そして、この作品によって三島は「戦後文学」のマンネリズムの打開を宣言し、「三島由紀夫」というフィクションを生きる決意を抱いたと著者は考察する。

しかし、もし三島が「小説」への擬態的かつ否定神学的な追求をおこなっていたとすれば、作品だけでなく作家自身も「小説」の陰画に追いやられてしまうのではないか。またそうした欠点とも言える問題に、三島自身が無自覚とは考えにくい。本書の著者もその点をよく理解している。

第五章の『青の時代』論で著者は「劇との対比関係から見出された小説というジャンルの宿命的困難を、小説それ内部から表明していた」と述べ、昭和二十年代後半の三島は「戯曲」から「詩」へと関心を移し、さらには「三島の著す小説は、小説論から小説家論へと、相貌を変えていく」と言うのである。「詩」の問題を扱った本書の後半部を確認したい。

後半部の第六章から第十章では、『禁色』（第六章）『潮騒』（第七章）『ラディゲの死』『詩を書く少年』（第八章）「亀は兎に追ひつくか？」（第九章）『金閣寺』（第十章）の諸作品が論じられる。著者は三島が昭和二十年代後半に「詩人」と「詩」へ、再び関心を抱くことと、作家「三島由紀夫」という表象との関係性に注目し、論じている。

第八章で著者は三島が憧れた詩人・伊東静雄の死（昭28・3）の直後に、「詩」や「詩人」を題材とした、『ラディゲの死』『詩を書く少年』の二作を発表したことに注目する。著者はこの二作から、作家・三島由紀夫のジレンマを読み取る。それは作家と言葉との関係性や距離感に関する問題である。著者は、この二作で三島が「美しい言葉を繰り出す小説家の資質と、存在それ自体が美であるという詩人の条件」という、二律背反とも言える作家の在りようを著したと解釈する。つまり幾ら美しい言葉を弄しても、作家自身が美しくなることはないのである。著者は三島が「詩人の条件」である自分自身が美しくなることを選び、それ以降の三島はボディ・ビルに精を出し現実社会にコミットする存在になったのだと言う。

それは「小説」だけでなく、文学的言語からの離脱を表明したことに他ならない。著者は第十章で、『金閣寺』の「私」の吃音と「美」をめぐる問題を、三島の「文学」をめぐる問題に当て嵌め、「言葉に肉声の重みを持たせることの、困難な模索から始まった三島由紀夫の昭和二十年代は、声への到達を清々しく断念した『金閣寺』によって終わりを迎える」と結論づける。そして著者は三島が戦後の終わりとともに「文学」に見切りをつけ、「「文学」というジャンルの外側から、「三島由紀夫」としての声を発し始める」のだと言う。

本書の主眼は、三島が戦後文学の旗手として華々しく活躍しながらも、言葉と肉体との葛藤から肉体を選び、さらには「文学」を捨てたことに戦後文学の衰退を読み取ったことだと理解した。『小説の戦後』という題は戦後文学の黄昏の意味合いでつけられたのだろう。

各章ごとの作品読解と戦後史に関するできごととの関係性を追うと本書の意図を見失いそうになるが、三島が「小説」とは何かということを追究し、それを断念するまでの過程は明解である。また同時代の文学をめぐる言説と先行研究を手広くおさえながら、文章巧みに論じている点は賞賛したい。しかし著者の目的意識が明確であるが故に、その論理的な手続きの粗さも目立つ。

特に三島文学における、「小説」と「戯曲」や「詩」との関係性である。著者は「戯曲」や「詩」と「小説」との差異が何かを、第二章を除いては回避したきらいがある。三島が「小説」に求めたのが「声」のような、文学や美との一体化だとするならば、「戯曲」や「詩」を扱わなくても論じられたのではないか。三島が戦後小説として何を達成したのかが、本書からは分かりづらかった。ありきたりの三島論からの逸脱を期待しただけに、その点は残念であった。

（二〇二一年七月、鼎書房、三二〇頁、本体五〇〇〇円+税）

書評

Thierry Hoquet 著　Mystère Mishima（『ミステール・ミシマ』）

竹本俊雄

著者のオケは哲学者、題名は三島とは解答のない謎だという予告だ。

各部は以下の通り。

序　三島我が愛　オケは三島への共感を表明する。

1三島を忘れ、再発見すること　三島＝極右の愛国者と言う式を壊し、その文学を受容すべきだ。また彼の写真も考察する必要がある。

2　同性愛と三島　ホモセクシュアルは男性美の具現だ。『ヴェニスに死す』と「志賀上人の恋」の主人公はディオニュソス的熱狂とは無縁だと信じていたが恋に懊悩する。彼らには報いがない。愛し合うことは不可能なのだ。『仮面の告白』で近江とセバスチアンは等価である。近江は文学と断絶しなければならない。彼は単なる身体だから内面は不要なのだ。『禁色』。南悠一という名は南方、即ちギリシアを指す。南方にはキリスト教が発明した精神はない。南は自責の念や羞恥心とは無縁である。

3　男らしさの宮殿　『悲劇の誕生』が参照項である。『アポロの杯』のアテネの廃墟と太陽は不可分だ。オケはディオニュソスをインドのカーリー神や母性を表す大地等と比べる。『愛の渇き』と『テレーズ・デスケルー』。悦子もテレーズも監視されている。悦子は夫を殺したのではないか？彼女は生きることを欲している。『潮騒』と『午後の曳航』にオケは男性的な海を表すポセイドン神話を援用する。歌島は少年たちのユートピアだが、荒れ狂う海に取り囲まれている。海は意志と過剰な生命力の象徴である。『午後の曳航』では衰えた父が殺害される。海を裏切る船乗りは、男らしさを放棄する。男の場所を去り大地という女の空間に包まれるからだ。子供達は彼に死の苦痛を与え船乗りの理想たる人生を再構成する。猫を殺す場面。猫は漱石以来の近代文学の象徴だ。日本近代文学の原点を、三島は殺戮する。『太陽と鉄』三島が文人として自己否定し行動者になる時、彼は言葉の中にいるのか？肉体の中なのか？この二つが拮抗する地点に文武両道という生き方がある。次にオケは『暁の寺』の美しきものたちのユートピアを分析する。その源泉はセバスチアンとアンテイノウス。夭折者たちは永遠に追悼される英雄なのだ。

4　ナルシス、歴史哲学　三島は苦悩する若者を好んで描く。彼らには熱い血が流れている。三島はギリシア人の理想的な生き方と武士道の切腹を等価とする。「ナルシズム論」ではナルシズムは男に特有のものと断言する。ナルシズムは女性の虚栄心ではない。女性は鏡で自分の美を確認するが男性のナルシスは鏡など見ない。男には死の欲動があるのみ。三島作品ではナルシスの泉は、生命の源泉かつ真実と死の場なのだ。三島はスタンダール的な意味で遅れてきた英雄だ。だから作品に行動が未だ、可能だった時代、天皇が天皇であった時代を憂いつつ描く。『豊饒の海』四部作は日本人の本質が自己破壊であると示唆する。『春の雪』は万能の太陽が消失する物語だ。清顕と聡子は反抗者であり祖父たちの偉大さを奪還する。『奔馬』各巻の主人公は前作の主人公の欠点を矯正する。が、勲の怒りは無効だ。この太陽は自らを破滅させる。二つの作品は行動が無益なことを示している。『天人五衰』では『見出された時』が対立項だ。プルーストはサロンでの不毛な歳月が話者に必要だったと確認するが、三島は全てを崩壊する。安永透の姓は永遠の安売り、名は不在を暗示する。本多は太陽の全てを溶解する力から青白い月光の下へ逃げたインテリの戯画である。ジン・ジャンは男性かつ女性だ。慶子と睦みあうジン・ジャンには勲の魂がある。オケのキーワードは両義性であり、二つの世界の共存が『豊饒の海』の語りの論理なのだ。輪廻転生は本多にとって現実だが聡子にとっては本多の幻影だ。そして月は太陽と英雄の対義語だ。月修寺とは英雄不在の世界なのだ。『愛の渇き』三島作品には女性の仮面を被った男性が登場する。悦子は『仮面の告白』の主人公の後身だ。『音楽』聖なるものと穢れたものが近親相姦で一致する。この論理を受容しなければ三島は理解できない。11月25日。天皇は三島にとって超越的なものの象徴だ。天皇の機能が問題なのだ。なぜ三島は11月25日に切腹したのか？昭和天皇の即位は１９２６年12月25日。その生涯が昭和の歴史と一致する三島は昭和天皇を自分の分身と考えた。天皇は日本の魂だから必要な時に死を選ぶべきだ。だが昭和天皇はこの義務を怠った。これが『金閣寺』と三島の死のメッセージである。『金閣寺』金閣寺は戦前の日本の換喩だが戦時中、金閣寺は焼かれなかった。戦中と戦後に断絶はない。『金閣寺』は称号のみを持つ天皇が行幸する戦後への攻撃だ「憂国」憂国とは母国への猜疑と不安だ。この小説ではエロスが政治的言説に勝っている。三島と社会。45歳の三島は『ヴェニスに死す』の老作家同様、名声がある。そして読者の期待に応ずる義務がある。不断の努力と忍耐力が作家を支える。作家とは聖セバスチャンである。１９６０年に三島は日本の作家は読者に支持されつつ世界を変えなければならないと語っている。文学には何ができるか？私見だが三島が死の直前に語った日本の姿は２０２２年の日本をほぼ予言している。と言うことは三島の警告は無効だったのではないのか？オケはニーチェの受動的なニヒリズムと能動的なニヒリズムを三島に援用する。三島の人生は、本田の堕する受動的ニヒリズムとの闘いであり、男らしさの再征服、すなわち能動的ニヒリズムの極地たる自死への過程だったのだろう。

結論 二分法を超えて、眩暈『太陽の鉄』でウロボロスを描写する三島がF104に乗っているのは何故か？神話と現実が繋がっているからだ。三島は対立物を錯綜させる。二元論では作品は解けない。「三島」とは無数の鏡であり、その無限の反射の中に我々は彼を見失う。三島自身、最後の瞬間に自分を映す鏡を壊してしまった。我々はその破片から全体を再構成しなければならない。三島の死は生の過剰の結果だ。彼が夢見たものは読者を行動へ欲動する文学なのだ。

おわりに マンリー・ベイの夕日

三島の教訓とは文学と生を両立させ火傷せずに太陽の暖かさを味わうこと。彼は反面教師なのだ。

2021年、Gallimard、三四八頁、五〇euros.

編集後記

今回の特集は「三島由紀夫・短編小説２」で、第十五号でも同じ特集を組んだので「短編小説２」とした。

最近の文芸誌には、短編小説はあまり載らない。短編を集めて本にしてもたいして売れないからだが、要するに読者が短編を楽しめなくなったのである。読めなくなったと言えるかもしれない。短編には短編の切り取り方があり、説明を省いてポンと打ち出す力量も要り、空白を設けてそこに意味を充満させる技術も必要だ。読み手はそれを読み取るのを面倒臭がる傾向がある。何より読者が文脈を共有していないと苦しいのだが、今の文化は細分化され分断が起こっている。コントを喜ぶ読書習慣も貧しくなっている。

しかし、掲載した論文は、思いがけない方面から論じたものばかりで、新鮮な感じがした。愉しんで書いてくれているようにも受け取れ、嬉しくなった。三島研究のプロパーを避けて原稿を依頼したのがよかったと思っている。

久しぶりに三島由紀夫文学館のレイクサロンを活字化して載せられた。平野啓一郎氏は、難解な存在論について、平易な語り口で論じてくれた。ハイデッガーの「存在」の哲学と唯識とが、三島の中でどう交錯したのか、あるいは三島の中では交わらなかったかもしれぬが、どのような接点を見出せるのか、ここは聞きたかった。パネリストの私たちがツッコミを入れるべきところだったが、聴衆の盛んな質問に時間を譲ってしまった。おかげでレイクサロンの評判は上々だった。

少子高齢化と円安と物価高と低賃金とで、この国の明日はあまり明るくない。大災害と戦争がこのところまだないという、不安を抱えた楽天性にすがろうか。滅入らずに、快楽物質のドーパミンが分泌されるように、体を動かして楽しみを探すのが、さしあたりすべきことかもしれない。そう言えば、三島は常に上機嫌であろうと努めていたように思われる。

次号と次々号は、三島由紀夫のエンターテインメントを特集する予定である。

（佐藤秀明）

三島由紀夫研究㉓

三島由紀夫・短篇小説2

発　行――令和5年（二〇二三）四月二五日

編　集――松本　徹・佐藤秀明・山中剛史
有元伸子・久保田裕子

発行者――金子堅一郎

発行所――鼎　書　房　https://www.kanae-shobo.com
〒134-0083 東京都江戸川区中葛西五-四一-一七-六〇六
TEL・FAX　〇三-五八七八-〇一二二

印刷所――太平印刷社

製本所――エイワ

ISBN978-4-907282-88-2　C0095